# Babylon Rosenheim

HEINZ VON WILK

# Babylon Rosenheim

HEINZ VON WILK

GMEINER

Immer informiert

Spannung pur – mit unserem Newsletter informieren wir Sie regelmäßig über Wissenswertes aus unserer Bücherwelt.

Gefällt mir!

Facebook: @Gmeiner.Verlag
Instagram: @gmeinerverlag
Twitter: @GmeinerVerlag

MIX
Papier aus verantwortungsvollen Quellen
FSC® C014496

Besuchen Sie uns im Internet:
www.gmeiner-verlag.de


Im Ehnried 5, 88605 Meßkirch
Telefon 07575/2095-0
info@gmeiner-verlag.de

1. Auflage 2020

Herstellung: Mirjam Hecht
Umschlaggestaltung: U.O.R.G. Lutz Eberle, Stuttgart
unter Verwendung eines Fotos von: © Kanea / shutterstock.com
und © Nik Merkulov / shutterstock.com
Druck: GGP Media GmbH, Pößneck
Printed in Germany
ISBN 978-3-8392-2688-9

Dies ist ein Roman. Viele der Handlungen und Personen sind frei erfunden, andere nicht. Aber Sie würden sie nicht erkennen, selbst wenn die eine oder andere Figur aus dieser Geschichte auf der Straße an Ihnen vorbeiginge. Oder in einem der Geschäfte direkt neben Ihnen ihre Einkäufe tätigte. Denn natürlich gibt es den Metzger Lohberger und seine gnadenlos guten Weißwürscht, die Bäckerei Bergmeister samt dem »Sizilianischen Zitronenkuchen«. Genau deswegen sind Ähnlichkeiten mit lebenden oder toten Personen nur manchmal rein zufällig.

# VORWORT

Diese Geschichte ist auch wieder nichts für schwache Nerven. Aber sie hat sich genau so abgespielt. Fast jedenfalls. Deswegen will ich dich was fragen, bevor wir anfangen: Wie gut kennst du deine Stadt? Ich meine, weißt du, was in den Straßen, Hinterhöfen und Kneipen passiert, in den Stunden der tiefsten Dunkelheit? Zwischen weit nach Mitternacht und der Zeit, in der die lange Nacht gegen den neuen Tag so langsam den Kürzeren zieht?

Also überleg es dir, denn hier sind sie alle wieder: der Auer Max und die Nutella-Rosi, die Tante Friedl und ihr Ex-Heiratsschwindler Manfred. Du weißt schon, das ist der alte Kerl, der immer sagt: »Wer vögeln will, muss freundlich sein.« Und natürlich sind da noch all die schillernden und schrägen Figuren, die erst auftauchen, wenn du schon lange schläfst. Dann kommen sie, die Kinder der Nacht, und übernehmen die Stadt: Polizisten im und außer Dienst, die lauten Zuhälter und ihre bunten Mädels. Die Barmänner, Kartenhaie, Ganoven, die schrägen Abstauber und ein schweigsamer Rausschmeißer mit Holzbein. Ja, und natürlich die Silikon-Wally, das achte Weltwunder.

# EINLEITUNG ODER: »DIE WALLY UND DAS SÜNDIGE LEBEN«

Manche von euch haben sie gekannt, die Silikon-Wally. Da bin ich mir sogar ziemlich sicher. Und der eine oder andere war natürlich auch in ihrer Bar in der Samerstraße, dem legendären Babylon.

Denn für die Wally und ihre Cocktails sind die Kerle von überall hergekommen, musst du wissen. Aus München, Salzburg, ja, was sag ich: Einmal ist sogar die gesamte zweite Mannschaft des FC Turin mit dem Bus angerollt.

Gut, die haben zu der Zeit in Tirol ein Trainingslager gehabt, glaube ich. Aber ebenda hat ihnen jemand von der Wally erzählt, und von ihren Cocktails: dem Pornostar, dem doppelten Kuschelterror auf Eis oder dem flambierten Latex-Freak. In den hat die Wally immer so bunte, leuchtende Plastik-Schirmchen reingesteckt. Du merkst es schon, das Babylon war nichts für Weichwaden und Teddybären-Werfer.

Und die Wally? Die ist eine Frau mit Nebenwirkungen, das kannst du mir ruhig glauben: fast einen Meter 80 groß, schlank, blond, blaue Augen und mit einem Busen gesegnet, den die Gesetze der Schwerkraft nie interessiert haben. Die ganze Pracht ist zwar echt und real. Trotzdem hat sie sehr schnell den Spitznamen »Silikon-Wally« gehabt.

Wenn du ins Babylon gegangen bist, dann hast du das reale Leben draußen in der Welt schnell vergessen. Die Kerle wollten die Wally vielleicht nicht direkt heiraten, aber ein jeder hat definitiv versucht, sie ins Bett zu kriegen, was glaubst du denn? Jeder, sag ich dir, und das mit allen Tricks, das kannst du mir ruhig glauben.

Einer ihrer Stammgäste in der Bar war der trinkfeste Professor Dr. Eduard Steinbrenner, ein Schönheitschirurg, der sich im Alter auf aufgepolsterte Pobacken spezialisiert hat. Den hat sie mal gefragt, ob er ihren Mordsbusen nicht ein bissel verkleinern kann. Und der Professor, in Halbwelt-Kreisen als »Falten-Ede« bekannt, sagte zu ihr: »Ja spinnst jetzt? Lass doch lieber die Hände von deinem Kerl vergrößern!«

Dabei hat sie damals, als sich diese Sache mit der Leich' zugetragen hat, offiziell gar keinen festen Kerl mehr gehabt. Weil der Günter abwechselnd entweder irgendwo untergetaucht war oder spektakuläre Überfälle auf Geldtransporter durchgezogen hat. Um gleich danach wieder unterzutauchen, schon klar, oder? Ob das im Endeffekt gut für sie war, das ganze Unter- und Auftauchen vom Günter, das kann ich dir jetzt aber beim besten Willen nicht sagen. Auf jeden Fall hätte sich wahrscheinlich vieles ganz anders abgespielt. Aber was meinst du: Können wir jetzt anfangen? Denn das ist ihre Geschichte:

# »JESSAS, NED SCHON WIEDER EINE LEICH'«,

sagte der Manfred und schielte über den Zeitungsrand zum Auer Max rüber. Der war aber so mit dem Sportteil beschäftigt, dass er den Manfred nicht so richtig verstand: »Was? Wo ist eine Leiche?«

Jetzt musst du wissen, dass die zwei, der Manfred und der Max, nach dem Frühstück immer noch gerne ein bissel lesend am Tisch sitzen und sich dabei das OVB teilen. Es gibt ja sonst keine andere Zeitung mehr hier im Chiemgau, die heißen dann eben nur anders. Und auch wenn du dir aus Trotz dazu noch die AZ kaufen würdest: Es hilft ja nix, weil da im Prinzip auch nichts anderes drinsteht.

Der Max hatte den Sport und las da einen Artikel vom Günter Klein, den er besonders schätzt: »Pass einmal auf: Der Klein schreibt hier, dass ihm beim Handball die Fouls zu offensichtlich sind. Und dass sich die meisten Spieler vorher vier Voltaren-Pillen reinklopfen, und nur mit getapten Sprunggelenken aufs Feld gehen. Hast du das gewusst? Außerdem fallen zu viele Tore, die nicht gewertet werden dürften, schreibt er. Weil beim Sprungwurf der Fuß den Boden berührt, und, ich zitiere ›der Ball die Hand aber noch nicht verlassen hat‹. Deswegen haben die auch noch keinen Videobeweis, schreibt er. Hast du nicht auch einmal Handball gespielt?«

Manfred ließ mit einem süffisanten Lächeln seinen Teil »Rosenheim & Region« sinken: »Mein lieber Junge, um in meinem anspruchsvollen Beruf erfolgreich zu sein, spielst du nicht Handball oder machst Sackhüpfen. Du musst die besten Golfplätze der Welt kennen, dich über Polo unterhalten können und wissen, was ein Tie-Break beim Schach ist. Hast du übrigens gehört, was ich gerade vorher gesagt habe?«

»Ja. Was ist mit der Leich'?«

Manfred schob seinen Zeitungsteil zu Max rüber und klopfte mit dem Finger auf einen Artikel im unteren Drittel der Seite: »Da. Vor ein paar Tagen haben sie einen aus dem Inn gefischt. Aus ermittlungstaktischen Gründen wurde das vorher nicht bekannt gegeben. Lies mal, was da steht.«

Max schnappte sich die Zeitung, rückte seine Lesebrille zurecht und las laut: »Wie hat der Millionendieb seinen Kollegen ausgetrickst? Anwohner und Passanten in der Münchener Straße sahen die zwei blau uniformierten Männer, die am 27. April 2018 um 16.45 Uhr durch den Salinpark in Richtung KUKO liefen. Sie zogen zwei große Aluminium-Koffer auf Rollen hinter sich her, die aus dem Geldtransporter stammten, der mit laufendem Motor vor den beiden Telefonzellen neben dem Kiosk stand. Offenbar handelte es sich bei den beiden Männern um die Fahrer des Geldtransporters. Fahrzeuge dieser Art sind zwar durch GPS, Video, Panzerglas, Alarmanlagen, besondere Türschließsysteme und weitere Sicherungen gegen Angriffe von außen bestens geschützt. Aber die beiden Fahrer tricksten das System damals von innen heraus scheinbar mühelos aus. Wir berichteten, dass auch eine sofortige Ringfahndung, an der mehr als 40 Polizeifahrzeuge beteiligt waren, und der Hubschrauber-Einsatz keinen Erfolg hatten. Nun ist womöglich einer der beiden Räuber tot aus dem Inn geborgen worden. Taucher des THW holten den Leichnam vom Grund des Flusses. Der Tote war eng in einen Maschendrahtzaun eingewickelt. Nach ersten Untersuchungen teilte die Kripo durch ihren Pressesprecher mit, dass es sich bei dem Aufgefundenen mit großer Wahrscheinlichkeit um Richard Blumenauer handelt. Er war einer der beiden Geldtransport-Fahrer. Von dem zweiten Mann, Günter Laim und dem gestohlenen Geld fehlt nach wie vor jede Spur. Zur Höhe der Beute wollte sich weder das Sicherheitsunternehmen noch die Polizei äußern.«

Max legte die Zeitung wieder auf den Tisch und nahm die Brille ab: »Das mit dem Maschendraht kommt mir bekannt vor. Wir hatten in München zwei solche Fälle, das ist eine alte italienische Methode.«

»Ja, aber du warst doch bei der Sitte, oder?«

Manfred schenkte sich noch etwas Kaffee nach und hob die Kanne zu Max, der den Kopf schüttelte: »Danke, nein. Ich war auch ein Jahr oder so beim Mord. Als Mord-Bulle hinkst du dem Geschehen immer einen Schritt hinterher. Weil, wenn wir kommen, dann sind die, um die es geht, ja schon tot. Und der Mörder? Weg. Das frustriert dich irgendwann. Also, zum Thema Drahtzaun: Wenn du einen von oben bis unten in Maschendraht einwickelst, dann muss das ganz stramm sitzen, bevor du ihn ins Wasser schmeißt. Denn wenn sich dann nach einiger Zeit die Gase im Körper ausdehnen, zerschneidet der enggeschnürte Draht den Kerl in handliches Fischfutter. Und wenn der Tote lange genug auf dem Grund liegt, sind irgendwann nur noch Knochen übrig. Gut, was?«

Der Manfred ist eigentlich von seinem Naturell her immer ein friedlicher Mensch gewesen, das muss ich jetzt schon einmal sagen. Und als gelernter, diplomierter Heiratsschwindler kommst du ja auch nicht so oft in die Verlegenheit, dass du jemanden umbringen musst. Im Gegenteil, wenn du dich nicht früh genug aus diesem Beruf zurückziehst, kann es schnell sein, dass dich ein Infarkterl oder ein Schlagerl aus dem Leben reißt. Augen auf bei der Berufswahl, sage ich immer. Überanstrengung am Arbeitsplatz ist das Stichwort.

Auf jeden Fall starrte der Manfred entsetzt auf den Max, und wie sich die zwei im Wohnzimmer des 184-Quadratmeter-Penthouses der Friedl hoch über der Münchener Straße anschauten, kam ebendiese aus der Küche getänzelt: »Na ihr zwei Männer, ich habe mir grade überlegt, dass wir uns heute Abend einen schönen gedämpften Fisch gönnen könnten. Mit Gemüse und Kartoffeln. Maxi, wenn du später mal beim Buck vorbeischaust? Die haben doch immer so wunderbare Zanderfilets. Na, was meint ihr?«

»Äh, ja, das klingt doch wunderbar. Sag, mein Schatz, was frisst denn so ein Zander eigentlich? Also, überwiegend und überhaupt, meine ich?« Manfred, sichtlich um Fassung bemüht, lächelte die Friedl an.

Max setzte sein fiesestes Jack-Nicholson-Lächeln auf: »So ein Zander? Warum interessiert dich das jetzt? Der frisst alles, was ihm vor die Kiefer kommt. Die Chiemsee-Fischer nennen ihn deswegen auch ›Hundsbarsch‹, weil er ein sensibler Kannibale ist. Warum fragst du?«

»Hmhm, ich mein ja nur. Warum legen wir nicht mal einen vegetarischen Tag ein? Pfannkuchen mit Ei oder so?«

Friedl schaute ihren Manfred zweifelnd an: »Pfannkuchen sind an und für sich aus Ei. Zusammen mit Mehl und Milch. Einen Pfannkuchen mit Spiegelei oder Rührei habe ich noch nie gesehen oder gegessen. Du schon?«

Manfred wand sich: »Ja klar. In vielen Ländern, da essen sie so was. Die Pygmäen in Dings, auf dieser Zwergen-Insel in der Südsee, auf Pygmalion, die essen nur so was. Die sind ganz verrückt danach, diese kleinen Kerle. Immer und ausschließlich Pfannkuchen mit Spiegelei, wie ich betonen möchte.«

Friedl beugte sich über Manfred: »Bringst du da nicht was durcheinander, mein Lieber? Pygmalion, das ist doch ein Schauspiel, von Bernard Shaw, glaube ich.«

Manfred räusperte sich: »Sag ich doch. Diese Pfannkuchen mit Spiegelei sind so berühmt, dass es sogar ein Theaterstück darüber gibt.«

Die Friedl schüttelte den Kopf: »So ein Schmarrn. Aber wie ihr wollt. Dann überlegt euch bitte was anderes. Was hast du dem Manfred denn grade vorgelesen, Maxi? Ich meine, weil er gar so blass ist?«

Der Auer, eins-achtzig, 86 Kilo, 41 Jahre alt, hasste es, wenn ihn die Friedl »Maxi« oder »Bub« nannte, schnappte sich die Zeitung und las: »Hier, genau diesen Artikel: Als man den Schimpansen die Möglichkeit gab, das Fernsehprogramm mittels einer Fernbedienung selber zu bestimmen, wählten sie den Playboy-Kanal als ihr Lieblingsprogramm. Interessant, was?«

Friedl sagte: »Das untermauert eigentlich nur meine Meinung zur Evolutionstheorie.« Friedl holte tief Luft, um weiterzusprechen, aber in dem Moment brummte Auers Handy. Er hob es ans Ohr: »Ja?«

»Servus Auer. Ich bin's, der Chili.« Max drückte das Telefon an die Brust und sagte: »'tschuldigung, ich geh mal kurz auf die Terrasse.« Er stand auf und marschierte auf die Dachterrasse, ging bis zum Geländer und schaute auf die Münchener Straße runter: »Ja, grüß dich, Sepp. Was läuft?«

Erinnerst du dich doch noch an den Glasl Sepp? Bestimmt, oder? Seit der das »Wild West«, da hinten bei der Klepperstraße hat, nennt er sich »Chili«. Das »Wild West« ist offiziell ein Steakhaus und inoffiziell ein ziemlich schräger Laden, musst du wissen. Mit Mädels an der Stange und an den Tischen. Und wenn du die richtigen Leute kennst, dann kannst du es im Wilden Westen auch im Juli oder August auf den Tischen in Lines schneien lassen. Von den Rosenheimern, die in Chilis Laden ein und aus gehen, da sagt auch keiner »Wild West«, sondern einfach nur »West«, »Go West« oder »ab in den wilden Westen«.

Im Sommer sitzt der Chili oft vor dem Café Bergmeister. Du hast ihn da bestimmt schon gesehen, pass auf: großer Typ, schlank, an die 40, die Haare an den Seiten ausrasiert, aber einen langen, dünnen, hellblonden Pferdeschwanz. Trinkt immer Orangensaft und Kaffee. Manchmal auch einen kleinen Roten dazu. Na, klingelt da was bei dir?

Sag ich doch, den Chili vergisst man nicht, wenn man ihn einmal gesehen hat. Aber lass mich jetzt weitererzählen:

»Alles Lucky in Kentucky. Max, kannst du gegen Mittag bei mir vorbeischauen? Im ›Wild West‹? Da kommt eine Dame, die möchte dich kennenlernen.«

»Eine Dame? Und die will mich kennenlernen? Seit wann verkehren bei dir Damen? Bist jetzt ganz deppert, Chili? Und, wenn die Rosi so was mitkriegt, bin ich so gut wie tot. Ruf mich an, wenn du was nettes Auswärtiges für mich hast. Einen netten Hasen am Tegernsee oder noch ein bissel weiter weg. Aber in Rosenheim? Vergiss es.«

»Nein, nein. Die will was von dir. Beruflich. Da haben sich plötzlich ein paar Probleme aufgetan, deswegen braucht sie Schutz. Und noch was: Die ist höllisch attraktiv, eine stadtbekannte Schönheit. Na, wie klingt das jetzt für dich?«

»Da ist sie bei dir doch in besten Händen. Stell ihr deine Zwillinge an die Seite, lass sie bei dir im Haus wohnen und dafür soll sie an der Stange tanzen. Patsch. Drei Fliegen mit einer Klappe.«

»Geht nicht. Wir reden hier von der Silikon-Wally. Und ein Teil ihrer Probleme kommt aus München und ist möglicherweise schon in der Stadt.«

»Wieder eine Fußball-Mannschaft?«

»Schlimmer. Viel schlimmer. Nur ein Kerl, aber dafür von einem bösen Kaliber. Der Adi. Kommst du oder ja?«

Max überlegte kurz: »Der schöne Adi? Bist du sicher, dass es der Adi ist? Adi Mitler, Mitler wie Hitler, nur ohne H?«

»Genau so hat er sich gestern Nacht bei der Silikone am Telefon vorgestellt. Und gesagt, dass er extra wegen ihr aus

München kommt. Geschäftlich, sie soll also nichts, was bald passiert, persönlich nehmen.«

»Was ist so schlimm daran?«

Der Chili seufzte, so wie man seufzt, wenn man einem Kind was erklärt, und der Blagen checkt das ums Verrecken nicht: »Die Silikon-Wally war mal oder ist immer noch mit dem Laim Günter zusammen, so genau weiß das keiner. Und voriges Jahr im Sommer hat der Laim zusammen mit dem Blumenauer Richie den Kohlewagen geleert. Den Geldtransporter, gegenüber vom Karstadt war das. Steht doch heute in der Zeitung. Liest du keine Tagespresse?«

Auer kniff die Augen zusammen: »Ja, das hab ich gelesen. Letzten Sommer war ich aber noch bei der Bullerei in München. Im September bin ich nach Rosenheim gekommen. Trotzdem begreife ich aber nicht, was ich da in der Sache machen soll.«

Wieder ein stöhnendes Seufzen: »Der liebe Gott hat auch dir ein Gehirn gegeben, mein Bruder. Nur hat er in deinem Fall anscheinend die Gebrauchsanweisung nicht mitgeliefert, hab ich recht?«

Jetzt fragst du dich natürlich, warum einer wie der Chili mit einem wie dem Auer Max so reden kann, ohne dass es gleich scheppert. Das kann ich dir sagen: Die zwei waren zusammen in der Volksschule. Du weißt schon, das gelbe Haus in der Königstraße.

Da haben die zwei Jahre lang nebeneinander auf der Bank gesessen. Das heißt, der Chili war eigentlich ursprünglich zwei Klassen über dem Auer. Aber er hat's halt immer schon mehr in den Armen als im Kopf gehabt. Das mangelnde Denkvermögen, und natürlich, weil er dem alten Schmid, dem Erdkundelehrer, Sekundenkleber auf den Stuhl gestrichen hat, das hat ihm die zwei Ehrenrunden eingebracht.

Deswegen saß er ab der siebten Klasse neben dem Auer Max. Stichwort: Freundschaft und Blutsbrüderschaft nach ein paar Tagen. Und in der Pause haben sie zusammen mit dem Waschler Peter, der mit 13 schon ausgesehen hat wie einer von den Klitschkos, den Schulhof beherrscht.

Der Waschler ist jetzt ein Revierförster im Allgäu, der Auer ist zur Polizei gegangen, und der Glasl hat es nie so mit der Arbeit gehabt und war mit 18 das erste Mal hinter Gitter. Dort hat er eine umfassende Ausbildung für sein weiteres Leben erhalten.

Da fällt mir noch schnell was ein: Der Waschler, der hat auch noch eine Schwester gehabt, die Ellie. Die war ein Jahr älter als er und gut gebaut. Für eine Breze und ein Fuffzgerl, das der Waschler im Voraus kassiert hat, ist die Ellie manchmal nachmittags um drei auf einer Bank am Inndamm, direkt hinter dem Eisstadion, gesessen. Und man durfte der Ellie nach Bezahlung einmal kurz an eine Brust fassen. Welche, das konnte man sich selber aussuchen, da war der Waschler Peter kulant und der Ellie war das eh wurscht. Die hat während des Geschäftsablaufs nach oben in die Baumkronen geschaut und mit einem Bubble Gum große Blasen gemacht, die beim Zerplatzen ziemlich laut geknallt haben. Zeitmäßig war die Ellie auch ziemlich großzügig. Aber wehe, du hast zweimal zugedrückt. Oder schnell mal die Brust gewechselt, ja, was glaubst du?

Ich hab da selber mal miterlebt, wie sich der Waschler den Holzinger Bene hochkant über die Schulter geworfen hat. Dann ist er gemächlich den Damm runtergeklettert und hat den schreienden und strampelnden Holzinger in den Inn geworfen. Da wäre der fast dabei ersoffen.

Anschließend hat der Waschler die Preise fürs Greifen erhöht. Aber das Geschäft war eh ein Auslaufmodell, weil die Ellie kurz darauf in ein Heim für schwer erziehbare Mädchen gekommen ist.

Aber stell dir vor: Ich hab sie vor ein paar Jahren zufällig im Fernsehen gesehen. Die ist jetzt bei der AfD im Osten, hat es geheißen, und mit einer angeblich ganzkörperbehaarten Frau verheiratet.

Aber lass mich weitermachen:

Der Max sagte also: »Ja gut. Ich hör mir das mal unverbindlich an. Dafür gibst du mir drei von deinen Bison-Rib-Eye-Steaks aus Arkansas.«

»Zwei!«

»Drei. Sonst schreib ich in der Samstagszeitung einen Leserbrief, dass deine original Arkansas-Bison-Steaks aus Grabenstätt kommen und ganz ordinäres Rindfleisch sind.«

»Das wagst du nicht! Oder?«

»Bis gleich, Alter, und pack das Fleisch gut ein, ja?«

Grinsend schlenderte der Max über die riesige Dachterrasse und ging wieder ins Wohnzimmer. Die Friedl hatte den Tisch abgeräumt und saß gegenüber vom Manfred, der ihre Hand hielt und sie anlächelte. »Ich finde überhaupt nicht, dass du alt aussiehst, mein Schatz. Im Gegenteil, wenn ich dich auf der Straße sehen würde, dann käme ich mir zu alt vor, um dich überhaupt anzusprechen. Weil, das wär ja dann versuchte Unzucht mit Minderjährigen, oder?«

Friedl schlug ihm lachend auf die Hand: »Du elender alter Schleimer. Immer noch die beruflichen Sprüche drauf, was? Aber es ist halt so, die Zeit knetet sich einen jeden von uns nach und nach zurecht.«

Und zu Max: »Was ist jetzt mit dem Fisch?«

Der Auer schüttelte den Kopf: »Ich muss zum Glasl raus, und der hat mir grade angeboten, dass er mir drei schöne Steaks herrichtet. Die mache ich uns heute Abend, mit Trüffel-Pommes aus dem Airfryer. Wie klingt das?«

Friedl klatschte in die Hände: »Au ja. Dann sauen wir uns mit Ketchup und Mayo so richtig zu.«

Manfred verdrehte die Augen und meinte: »Darf ich zum Thema Fleisch noch ganz kurz was anmerken?«

Der Auer hob warnend den Zeigefinger und meinte: »Manni, übertreib es jetzt nicht, ja?«

Bevor ich es vergesse, so macht der Griller vom Chili ein perfektes Wagyu-Steak, und für die ist das »Wild West« ja weltberühmt in Rosenheim:

Er nimmt ein schönes Steak von circa 250 Gramm, das reicht.

Wichtig: Das Fleisch ein paar Stunden vor dem Braten aus dem Kühlschrank holen, es muss Zimmertemperatur haben. Das Fleisch auf keinen Fall vorher salzen oder pfeffern.

Zum Anbraten eine unbeschichtete Eisenpfanne nehmen. Ganz wenig Butterschmalz rein. Erst kurz vor dem Rauchpunkt das Steak in die Pfanne legen. Je nach Fleischdicke auf jeder Seite ein paar Minuten unter Volldampf anbraten. Durch, denn gerade Wagyu-Fleisch muss durch sein, so schmeckt es am besten. Jetzt hat sich beidseitig eine schöne braune Kruste gebildet und du nimmst das Fleisch raus, legst es bei 80 Grad auf einem Teller für circa 15 Minuten in den Backofen. Den Saft, der austritt, den brauchst du gleich noch.

In diesen circa 15 Minuten machst du die Pommes (kauf teure, dünne) in einem Airfryer. Auf den Tisch kommen noch Leicht-Mayo (gibt es in Österreich) und Leicht-Ketchup. Wenn die Pommes fertig sind, würzt du sie mit feinem Salz und Trüffel-Trester, getrocknet aus dem Glas.

Das Fleisch in fingerdicke Streifen schneiden, auf die Teller legen, den ausgetretenen Saft drüber, ein wenig pfeffern, ein wenig salzen, Pommes dazu und auf den Tisch damit. Das kostet im »Wild West« 40 Euro, aber es hat noch keiner gemeckert. So, jetzt machen wir aber mit der Story weiter.

# SCHON, ODER?

Weil, jetzt weiß ich natürlich auch nicht, ob du dich noch an das »Wild West« erinnerst? Vielleicht aus der ersten Geschichte? Pass auf: Das Schild über der Tür mit der Leuchtreklame, das gibt es immer noch. Die gelbe Schrift auf dem schwarzen Grund ist natürlich schon ein bissel verblasst und die roten Chili-Schoten, die gehören auch einmal nachgepinselt, meine ich.

Die Fenster sind immer noch mit Folie verklebt. Die zieht aber schon überall Falten, verblasst und wird brüchig. Aber die Eingangstür, die eigentlich aus einem Gefängnis in Traunstein stammt und einmal eine Zellentür war, die kriegst du nicht kaputt. Das haben schon viele versucht. Im Knast und später vor dem »Wild West«.

Ist dir nicht auch schon einmal aufgefallen, dass es in Bars, Spielsalons und Bordellen keine Fenster gibt? Und wenn, dann sind die zugeklebt. Warum machen die das, denkst du dir jetzt, oder? Ganz einfach: So will man die Zeit aussperren. Du sollst nicht merken, wie die Zeit vergeht. Ob es noch Nacht oder schon Tag ist. Gut, im Bordell ist das vielleicht nicht ganz so. Da machst du deine Übungen und dann heißt es wie beim Zahnarzt: der Nächste bitte.

Der Auer Max hatte seine liebe Mühe, die schwere Tür aufzumachen. Der Geruch von schalem Bier, verschüttetem Schnaps und kaltem, süßlichem Rauch schlug ihm aus dem Halbdunkel der Kneipe entgegen.

Um diese Zeit war der Laden ja noch offiziell zu, deswegen verbreiteten nur ein paar matte weiße Neonleuchten ein diffuses Licht. Max versuchte, seine Augen an das Dämmerlicht zu gewöhnen und nahm nach ein paar Sekunden die Blonde hinter der Bar wahr. Die Laura. Erinnerst du dich noch an sie? Oder an ihren Kater, den Carlo? Bestimmt, oder? Der Carlo, der hat immer noch seine neun Kilo, und die Laura sagt immer noch, dass neun Kilo für einen Kater nicht besonders viel sind, weil, wie sie sagt, das bei dem Carlo eh bloß die reine Muskelmasse und Samenstränge sind. Ach ja, und ganz kurze, sehr enge goldglitzernde Mini-Röcke hat sie immer noch an, die Laura. Nur wenn sie sich umdreht und sich streckt, um von ganz oben aus dem Regal eine Flasche zu holen, dann siehst du eine Änderung an ihrem Körper: Das kunstvoll tätowierte, farbige Arschgeweih, dessen Hörner bis hoch zu den Nieren gingen, das ist weg. Gut, nicht direkt weg. Sie hat sich einen Erzengel mit mächtigen Flügeln draus machen lassen. Der sieht zwar ein bissel merkwürdig aus, so als reiner Engel, aber die Eltern von der Laura wohnen in Niederbayern und haben drauf bestanden, dass aus dem Geweih ein Engel wird. Oder mindestens was ähnlich Religiöses.

Die Laura hob Flaschen mit Absolut-Wodka aus einer Schachtel und stellte sie in die Glasregale hinter der Theke.

An einem der Tische an der Tanzfläche saßen die Zwillinge. Du weißt schon, Danny und Arnold. Klingelt da wenigstens was? Nein? Pass auf, ich erinnere dich: Danny ist der Kleinere von beiden. Er behauptet zwar, einsfünfundfünfzig zu sein, aber das stimmt nur, wenn man seine Plateauschuhe mitzählt. Und Arnold? Der ist ein Brocken, so wie der Schwarzenegger früher einer war. Nur dass Arnold viel größer ist. Er ist höchstwahrscheinlich ein Finne. So genau weiß man das aber nicht, weil er fast nie redet. Und wenn er was von sich gibt, dann versteht es nur sein Zwilling Danny. Ja, da ist noch was: Der Arnold hat links, vom Kniegelenk abwärts, ein Holzbein. Wenn du jetzt auch noch wissen willst, warum das so ist, dann erzähl ich dir das auch noch schnell: Ein Bärenweibchen hat ihm das Bein abgebissen. Und ist damit abgehauen. Das muss jetzt für den Moment reichen, sonst kommen wir mit der Geschichte gar nicht vorwärts.

Also, die Zwillinge sitzen in ihren identischen pflaumenfarbenen Polyester-Anzügen, weißen Gürteln und weißen Cowboystiefeln da und passen auf, dass sie sich die lachsfarbenen Glitzerhemden nicht vollsauen. Weil sie billigen Ost-Whisky aus Tetra-Packs in Jim-Beam-Flaschen umfüllen. Auf dem Tisch stehen ein Dutzend bereits abgefüllte Flaschen, unter dem Tisch liegen ein paar Tetra-Packs. Arnold hält die Flasche und den kleinen roten Trichter, während Danny mit wichtiger Miene den Fusel laufen lässt.

»Hey Mäd Mäx, lange nicht gesehen. Was geht so?« Danny schaute lächelnd auf und der braune Strahl des Gesöffs landete auf Arnolds Jacke. Der knurrte und Danny sagte: »Sorry, Mann. Ich hab gelegentlich keinen Einfluss auf das, was in meiner Umgebung passiert. Aber das Gesöff gibt keine Flecken hier im Dunkeln.« Und zu Max: »Geh ins Büro. Der Chili und die Schnitte warten schon auf dich.«

Arnold knurrte wieder, diesmal etwas länger. Danny meinte: »Er sagt, ich soll nicht so von einer Dame reden. Ich glaube, unser Kleiner hier hat sich schockverliebt. Seit die Wally hier aufgetaucht ist, ist er fix und fertig.«

Max klopfte dem Arnold auf die Schulter und sagte zu Danny: »Versteh ich voll und ganz.«

Danny stellte die Fusel-Tüte auf den Tisch. »Arnold hat mir vorhin erzählt, da, wo er herkommt, da haben die Frauen so gut wie überhaupt keinen Busen. Wegen dem Permafrost, verstehst du? Da in Hinterfinnland ist es ununterbrochen so kalt, wenn die Mädels da solche Möpse hätten wie die Silikon-Wally, würden die denen ruck-zuck-abfrieren.«

»Mit was ziehen die dann die Säuglinge auf?«

Danny grinste. »Mit Bärenmilch. Die holen die sich bei Bedarf frisch aus dem Wald.«

Max schaute auf Arnold und sagte: »Das glaube ich aufs Wort.«

# IM BÜRO

war es heller. An den Wänden hingen immer noch die Will-Smith-Poster aus dem »Wild West«-Film. Und neben den vergilbten Po- und Titten-Bildern das vergrößerte Foto von Chili vor seinem roten 68er-Mustang Cabrio.

Chili saß hinter dem Schreibtisch, seine Füße steckten in hellen Alligator-Stiefeln und lagen auf dem Tisch. Neben seiner rechten Hand lag ein dickes, in Silberfolie eingewickeltes Paket: »Dreimal vom Feinsten, mein Freund. Edel-Cut sozusagen. Nimm Platz. Kennst du die Wally?«

Wenn du jetzt sehen würdest, wie der Auer Max aus der Wäsche schaut. Ich meine, er war aus seiner Zeit bei der Sitte einiges gewöhnt. Und da sind ihm Frauen untergekommen, mein lieber Mann. Da ist Hollywood ein Dreck dagegen.

Aber die Wally? Das hätte ich dir gleich sagen können. Die haut einen jeden Kerl um und bringt ihn umgehend dazu, nur noch Blödsinn zu stammeln. Pass auf, dann weißt du, was ich meine:

»Äh, ja. Ich bin der Auer. Ich meine, der Max. Also, genau genommen, der Auer Max. Und Sie sind die Wally?«

»Nein, ich bin bloß ihr Tages-Double.« Dabei schaute sie ihn mit ihren huskyblauen Augen an, dass ihm ganz anders wurde. Na ja, und den Riesenbusen, den übersiehst du ja eh nicht. Das ist so ein richtiger Blicke-Magnet mit Sogwirkung.

»Wenn Sie mit meiner Oberweite fertig sind, dann setzen Sie sich doch«, sagte die Wally, und der Max, jäh aus seinen Tagträumen gerissen, murmelte vor sich hin, während er sich auf dem Stuhl neben ihr niederließ.

Der Chili klatschte in die Hände: »So, jetzt sind wir vollzählig. Max, ich hab der Wally schon von dir erzählt. Was du so gemacht hast und was du jetzt tust. Die Wally hier, die wird bedroht. Von einem üblen Typen aus München. Deswegen sitzt sie hier. Du sollst ihr helfen. Gegen Bezahlung natürlich. Was willst du wissen?«

Der Auer lehnte sich zurück und fixierte das Bild von dem Mustang-Cabrio an der Wand, um zu verhindern, dass sich seine Augen unbeherrscht nach rechts bewegten. Er räusperte zweimal, dann sagte er zu dem Bild: »Warum werden Sie bedroht? Was will der von Ihnen?«

Die Wally legte ihre Hand auf seinen rechten Unterarm: »Schauen Sie mich doch bitte an, wenn Sie mit mir reden. Wenn Sie stur die Wand anglotzen, macht mich das nervös.«

Und ich?, dachte der Auer. Werde ich vielleicht nicht nervös, wenn ich dir auf die Kirchenglocken starre? Aber er drehte sich ein bisschen im Stuhl und ihre Blicke trafen sich.

»Schon besser. Also, Sie haben doch in der Zeitung von dem Toten gelesen, den man aus dem Inn gefischt hat? Der war ein, wie soll ich sagen, Freund und Geschäftspartner meines früheren LAPs.«

Jetzt wissen bestimmt ein paar von euch nicht, was ein LAP ist, hab ich recht? Das ist ein »Lebensabschnittspartner«. Ein verlängertes Gschpusi, das »Lebens-Nebengeräusch«, wie wir in Rosenheim auch sagen würden.

Der Auer hat es aber gewusst, denn der hat genickt und weiterhin nichts gesagt. Das machen die bei der Polizei gerne, dass sie dich anschauen und nix sagen. Das ist das Mikado-Prinzip. Wer sich zuerst bewegt, hat schon verloren. Die Wally ist das aber gewöhnt, dass es den Kerlen bei ihrem Anblick die Sprache verschlägt, also lächelte sie und plapperte einfach weiter: »Mein verflossener ist der Günter Laim. Wir waren einige Jahre zusammen, das ist aber jetzt auch schon wieder einige Zeit her. Das heißt, damals, als die beiden den Geldtransporter überfallen haben sollen, war der Günter schon ein Jahr aus Rosenheim weg.«

»Warum weg?«

Wally atmete tief ein, was den Chili zum Schielen brachte und den Auer Max dazu, wieder das Cabrio-Foto anzuschauen.

»Warum weg? Na, weil Schluss war mit uns. Der Günter war eifersüchtig wie der Teufel, ist nach unserem Beziehungsende noch ein paarmal ins Babylon gekommen und hat sich da aufgeführt wie die Sau beim Metzger. Kurz darauf hab ich aber den Ivo kennenglernt, und der hat dem Günter ein Angebot gemacht, das er nicht ablehnen konnte.«

»Was macht der Ivo beruflich?« Der Auer hypnotisierte immer noch das Bild an der Wand.

»Der Hamburger-Ivo? Schwer zu sagen. Der hat immer Geld gehabt, tolle Klamotten und viel Schmuck. Seinen Ferrari hat er seit Jahren mit Hamburger Nummer weitergefahren, weil er es nie lange in einer Stadt aushält, hat er mir mal erzählt. Da rentiert sich das Ummelden nicht. Was wollte ich eigentlich sagen? Ach so, ja, der Günter hat sich vom Ivo überreden lassen und ist nach München gezogen. Glaube ich jedenfalls. Was er da oder woanders macht, das weiß ich nicht. Er hat sich nie mehr bei mir gemeldet. Kein Anruf, nichts.«

»Haben Sie gewusst, dass der Laim und der Blumenauer den Geldtransporter ausgeräumt haben?«

Die Wally beugte sich zum Max rüber, legte ihm wieder die Hand auf den Arm und drückte ein bisschen zu. Zu lange und zu fest, wie es dem Max schien. Denn er merkte, wie es zwischen seinen Beinen zu Kribbeln begann.

»Wollen wir nicht Du sagen? Ich bin die Wally. Mit dem Chili bin ich ja schon lange per Du, das bringt die Branche so mit sich, gell, Chili?«

Der nickte grinsend, sodass sein langer Pferdeschwanz auf und ab schwang.

Aber der Auer Max, mein lieber Freund, dem ist ganz schön warm geworden, das kannst du mir jetzt ruhig glauben. Trotzdem: Selbstbeherrschung ist das Stichwort, und die hat er immer schon gehabt. Das Kribbeln verflüchtigte sich.

»Äh, ja, ich bin der Max. Wally, hast du von dem Ding gewusst?«

Sie rekelte sich ein bisschen im Stuhl, ihre Hand lag immer noch auf dem Unterarm vom Max: »So direkt gewusst hab ich das natürlich nicht. Aber dass die zwei was ausbrüten, das habe ich schon bemerkt. Ich weiß von drei oder vier Dingern, die der Richie und der Günter abgezogen haben. Und zutrauen würde ich denen den Rosenheimer Geldtransporter schon. Besonders, weil der Richie den gefahren hat, wie es heißt.«

Jetzt machte der Max große Augen, ja was glaubst du?

»Was?«

Der Chili nahm die Stiefel von der Tischplatte und beugte sich vor: »Ist aber so. Das halten die im Moment unter der Decke, weil ja noch ein zweiter Wachmann im Auto war. Pass auf: Der Richie hat den Geldtransporter gefahren. Den zweiten Wachmann, eine ziemliche Flachbirne, den hat der Richie ein paar Hundert Meter weiter vorne, ungefähr bei der Bushaltestelle vor dem Thalia aussteigen lassen. Wie er das geschafft hat, alleine das ist schon ein Meisterstück. Auf jeden Fall: Flachbirne steigt aus und geht über die Straße in den Imbiss, um was für die beiden zu holen. Der Richie wartet, bis Flachbirne in dem Laden ist, dann fährt er los. Am Salingarten vor dem Kiosk wartet schon der Günter. Die beiden schnappen sich die schwersten Koffer, werfen die auf je ein Rollbrett und hauen durch den Salingarten ab. Hinter der

Stadthalle stand wahrscheinlich der Fluchtwagen. Ich weiß sogar, dass es ein schwarzer Audi war.«

»Woher?« Jetzt war der Auer hellwach.

Chili zog eine Grimasse: »Weil ein Kumpel von mir genau den einen Tag vorher aus der Sparkassen-Tiefgarage geklaut und mit neuen Schildern versehen hat.«

Auer lehnte sich zurück: »Und dann?«

Die Wally drückte wieder sachte am Unterarm zu: »Die zwei sind nie gefunden worden. Das Geld auch nicht. Jetzt ist der Richie aufgetaucht, im wahrsten Sinne des Wortes. Wo der Günter ist, das weiß ich beim besten Willen nicht. Ich glaube aber, der Kerl aus München, der mich bedroht, ist hinter der Beute her. Vielleicht denkt der jetzt, wo sie den Richie aus dem Inn geholt haben, dass der Günter mit bei dem Job war und ihn umgelegt hat, weil er nicht teilen wollte.«

Auer schaute sie an: »War der Günter denn einer, der teilt?«

Sie lächelte: »Mich hätte er mit niemandem geteilt. Mit Geld war er aber sehr großzügig. Ich glaube nicht, dass er den Richie kalt gemacht hat. Niemals, die beiden waren alte Spezl.«

Auer dachte nach: »Gut. Weiter. Dich hat also jemand angerufen. Und der hat seinen Namen genannt?«

»Ja. Das war ganz komisch. Der sagte: ›Hallo, sind Sie die Wally?‹ Ich sag: ›Ja, warum?‹ Und er: ›Hier ist der Adi Mitler, Mitler wie Hitler. Ich habe da was Geschäftliches mit Ihnen zu besprechen. Deswegen komme ich im Lauf der nächsten Tage zu Ihnen nach Rosenheim.‹ Ich sag ja, worum geht es denn, Herr Hitler?‹ Und er: Mitler, Mädel, Mitler. Um sehr viel Geld und um Ihre Gesundheit.‹ Und dann sagt er noch: ›Sie wissen nicht zufällig, wo der Günter ist?‹ Ich sag: ›Wie, welcher Günter denn?‹ Und er lacht und legt auf. So, wie der gelacht hat, da kann einem richtig angst und bange werden, das sag ich euch.«

Chili kratzte sich am Kinn und schaute den Auer an. Und die Wally auch. Jetzt einmal so ganz nebenbei gesagt: Wenn du dir den Auer so anschaust, dann wärst du nie im Leben drauf gekommen, dass er mal ein Bulle war. Weil man sich einen Kripo-Mann irgendwie anders vorstellt, Stichwort: harter Blick, kantige Gesichtszüge und so weiter. Der Auer, der schaut aber eher wie ein arbeitsloser Schauspieler aus. Netter Kerl, guter Typ, aber halt ziemlich normal. So was in der Art mag sich auch die Wally jetzt gedacht haben, weil sie nach einer Weile des allgemeinen Rumschauens tief Luft holte und sagte: »Also, Männer, ich weiß auch nicht, ob das hier was bringt. Ihr könnt's euch ja noch ein bissel beratschlagen, aber ich muss dann mal wieder los.«

Und zum Chili: »Sepp, du weißt ja, wo du mich findest. Kannst du dich heute Abend ein paar Stunden ins Babylon setzen? Falls dieser Mitler auftaucht?«

Das hat dem Chili jetzt gar nicht gepasst, das siehst du ihm direkt an. Weil er ja keiner ist, der sich gerne schlägt und so. Obwohl er das immer noch gut draufhat. Wenn's im »Wild West«, speziell in der Samstagnacht, rappelt, dann sind natürlich der Danny und der Arnold dran. Aber manchmal, wenn es zu viele von den besoffenen Fernfahrern sind, dann geht der Chili auch schon mal raus aus seinem Büro, ja, was denkst du? Die Samstagnacht ist Trucker-Night, wegen des Sonntagsfahrverbots. In der Nähe ist ja die große Raststätte, wo dann an die hundert Trucks stehen. Die Fahrer saufen sich bis Mitternacht mit Aldi-Wodka zu und dann kommen sie ins »Wild West«. Und dann geht's meistens so um drei, vier Uhr in der Früh zur Sache. Da kannst du deine Uhr danach stellen, wenn du willst.

Aber der Chili? Seit einiger Zeit sieht er sich und seine Rolle auch ein bisschen anders: Er ist jetzt mehr so der Organisator, der Macher, verstehst? Ich sage nur: Das Nackerten-Filmgeschäft boomt immer noch.

Und jetzt, das solltest du mal sehen, da windet er sich in seinem Stuhl und schaut mit großer Geste auf die Uhr: »Ja, des is' jetzt blöd, weil ich akkurat heute Abend ein paar neue Darsteller casten muss. Die kommen extra aus Japan und wollen in einer neuen Produktion mitspielen. Die heißt ›Fick deinen Star‹. Und wenn diese Japaner schon extra aus Japan hierherkommen, dann muss ich da schon selber die Auswahl machen. Apropos Auswahl: Wally, hättest nicht einmal Lust, in einem anspruchsvollen Erotikstreifen von mir mitzuspielen? Mit deinen, wie soll ich sagen, hervorstechenden körperlichen Merkmalen könnte man da was richtig Künstlerisches reinbringen. Einen Touch von Hollywood. Ich sehe die Cover von den DVDs schon vor mir.« Der Chili lehnte sich in seinem Stuhl zurück, schaute zur Decke hoch und breitete die Arme aus wie ein Dirigent: »Pass auf. Widescreen. Super-Cinemascope. Dreidimensional. Durchsichtige Großbuchstaben, die von unten, wie bei Star Wars über deinen Alabaster-Körper gleiten: STURM AUF DIE WATZMÄNNER … und als Subtitel …«

Den werden wir aber nicht mehr erfahren. Denn wie du dir denken kannst, ist die Wally aufgestanden, hat sich über den Schreibtisch gebeugt und zum Chili gesagt: »Einen schönen Gruß von meinen Watzmännern. Die wünschen dir einen Arsch voll Hämorrhoiden und so kurze Arme, dass du dich nicht selber kratzen kannst. Habedieehre, meine Herren.«

Der Max sprang ebenfalls auf, legte der Wally eine Hand auf die Schulter und meinte beschwichtigend: »Kann ich dich irgendwohin bringen?«

Worauf sie sich zu ihm drehte und ihm so tief in die Augen schaute, dass sein Herz ein paar Extraschläge machte: »Und wo soll uns beide das hinbringen, wenn du mich wo hinbringst, hm?«

Sie war schon an der Tür, als der Auer seine Stimme wiederfand: »Wart', Wally, eine Frage hab ich noch, und jetzt einmal echt ehrlich: Lebt der Günter Laim noch?«

Sie lehnte sich an die Tür und riss die Augen auf: »Was schaut's ihr so? Ich habe keine Ahnung, ob und warum der noch leben könnte. Ich wär' ja auch lieber eine lustige Witwe, das macht sich besser fürs Geschäft. Also, kann ich dann mal?«

Der Max hob die Hand: »Ein Freund von mir setzt sich heute Abend ins Babylon. Der Manfred. Das ist ein netter älterer Herr, aber Vorsicht, der hat's faustdick hinter den Ohren. Wenn was ist, ruft der mich an und ich komme ruck, zuck in die Bar. Ist das okay für dich, Wally?«

Sie schwebte einen Schritt näher, küsste den Auer voll auf den Mund und säuselte: »Ich hab's ja gewusst, dass du ein ganz Lieber bist. Tschaui Waui!«

Sie stupste ihm mit dem Zeigefinger schelmisch auf die Nase und verschwand durch die Tür, die sie hinter sich zuknallte.

Aber jetzt pass auf: Wie der Auer Max versteinert an der Wand steht und der Chili in seinem Sessel sitzt und blöd lachend Grimassen zieht, da hört man aus der Gaststube ein markerschütterndes, tiefes Brüllen, so laut, dass einem die Hosenbeine flattern.

Über den Chili kannst du ja sagen, was du willst. Aber jetzt, in dem Moment, wo sich die beiden noch anschauen, springt er blitzschnell hoch. Mit einem schnellen Griff reißt er eine abgesägte Schrotflinte unter der Tischplatte hervor, sprintet mit zwei Sätzen an die Tür und reißt sie auf.

Vorbei am Max steht er schon breitbeinig mit der Flinte im Anschlag zwei Meter oder so im Lokal. Der Max ist aus seiner Trance erwacht und kommt jetzt auch angesaust. Und was die beiden da sehen, das glaubst du mir bestimmt nicht, aber genau so war es:

Der Brüller, das war der riesenhafte Arnold. Sein linker Arm, oder besser gesagt der linke Ärmel des schillernden Plastik-Anzuges, stand in hellen Flammen. Denn genau da, wo ihm der Danny vor ein paar Minuten einen Viertelliter Fusel drübergeschüttet hatte, da loderte jetzt ein ansehnliches Feuer. Mit schwarzem Rauch und allem, was du willst.

Quer über die Tanzfläche kam jetzt aber auch schon der Danny geschlittert, schnell wie ein Kugelblitz. Er drosch mit einem nassen Geschirrtuch, das er sich von der Bar gegriffen hatte, auf den Arm in Flammen ein. Dann trat er gegen den Stuhl, sodass der arme Arnold auf den Boden flog und das Feuer unter sich begrub. Im Nu waren die Flammen aus. Und es stank fürchterlich nach verbranntem Plastik. Und auch ein bissel nach verschmurgeltem Fleisch. Daran hätten die ganzen Feinstaub-Tänzer in der Politik jetzt ihre wahre Freude gehabt, das sage ich dir.

Danny, der neben Arnold kniete, schaute auf: »Die Wally hat ihm zugeblinzelt und mal kurz im Vorbeigehen unabsichtlich die Bluse gelüftet. Nur ein bisschen, aber das war zu viel für Arnold. Er raucht ja schon lange nicht mehr. Aber meine Zigaretten und das Feuerzeug lagen auf dem Tisch. Und wie er sich Feuer gibt, mit links, hat der Arm zum Brennen angefangen, Chef. Das hättest du mal sehen sollen. Geradezu explodiert ist der.«

Dann schaute er auf die Schrotflinte in Chilis Händen: »Ich glaube nicht, dass du ihn deswegen gleich erschießen musst. Der wird schon wieder. Nicht wahr, Arnold?«

Der Riese hob den Kopf und grunzte, und Danny hob den Daumen: »Siehst du, er sagt, es geht ihm super.«

Der Auer ging hinter dem Chili zurück ins Büro und setzte sich. Während der die kurze, gefährlich aussehende Flinte wieder in der Schlaufe unter dem Schreibtisch befestigte, meinte der Auer: »Wie war denn das mit dem Günter Laim und der Wally? Wie lange waren die zusammen?«

Chilis Stimme kam gedämpft unter dem Tisch hervor: »Die Scheißschrotflinte musst du genau in die beiden Schlaufen hängen, sonst hakt es beim Rausziehen und du hast die Arschkarte.« Es knallte heftig unter dem Tisch: »Aua, au! Verdammt noch mal, wo ich doch am Kopf so empfindlich bin!« Chili tauchte unter dem Tisch hervor und rieb sich den Hinterkopf. »In der Zeit, als die Silikone mit dem Günter zusammen war, da hatte ich grade in Augsburg zu tun. Zweieinhalb Jahre Vollpension ohne Freigang. Ich weiß nur, dass der Laim eifersüchtig wie der Teufel war, und dass es im Babylon öfter mal gescheppert hat, wenn einer der Wally schöne Augen machen wollte. Da fällt mir ein, der Wally, so sagt man jedenfalls, gehört das ganze Haus.«

»Ja und?«

»Ja und? Mann, ein dreistöckiges Gebäude mitten in der Stadt? Unten die Bar, drüber zwei große Wohnungen. Und weißt du, was der Gag ist? Die oberste Wohnung, also, das Dachgeschoß, das lässt sie leer stehen, hab ich mal gehört. Sie selber wohnt direkt über der Bar, das müssen auch so um die 120 Quadratmeter sein, denke ich. Gut, und jetzt überleg, was so ein Haus wert ist. Erkundige dich doch mal, wer da im Grundbuch steht. Nur so. Unsereiner hat da ja keinen Zugriff, aber du …«

Ich weiß noch, wie sich das Gesicht vom Auer Max verändert hat. Das tat es immer, wenn er eine Idee hatte. Da kam dann so ein entrückter, leerer Ausdruck in seine Augen. Genau wie der jetzt.

Der Chili rieb immer noch murmelnd seinen Hinterkopf, während der Max nach seinem Steak-Paket griff und im Aufstehen sagte: »Ist an der Sache überhaupt was zu verdienen?«

Chili hob die Schultern: »Wenn es die Kohle vom Laim noch gibt und wir finden die? Wer weiß? Hängt natürlich auch davon ab, ob der Günter noch lebt. Und wenn ja, wo und warum.«

# MEIN LIEBER SCHIEBER,

mit so einem Elan hat man den Auer schon lange nicht mehr am Telefon gesehen. Kaum ist er mit dem alten Porsche in die Tiefgarage gedonnert, raste er schon, immer zwei Stufen auf einmal nehmend, die Treppe zu Friedls Penthaus hoch.

Seinen Schlüsselbund warf er auf die Kommode im Flur, die Steaks flogen in den Kühlschrank, und dann war er auch schon am Telefon im Wohnzimmer. Friedl und der Manfred saßen auf der Terrasse und spielten Mau-Mau. Die Friedl rief: »Im Kühlschrank ist was, wenn du Hunger hast, Bub!«

Aber der Max winkte ab und rückte sich einen Block und einen Kuli zurecht, während er die Nummer seiner früheren Dienststelle in München anrief. Schnell hatte er den Biermoser am Hörer: »Moserl, ich hab jetzt nicht viel Zeit. Schreib dir mal eine Adresse auf.«

Max gab ihm die Samerstraße und die Hausnummer durch: »Genau. So, und jetzt muss ich bis gestern wissen, wem das Haus gehört, wie viel Grundschulden drauf sind, wann es gekauft worden ist und wie. Rufst du mich gleich zurück? … Wie, was? Ach so, okay. Ich organisiere dir eine Nacht im Salambo im Schwabing. All you can fuck, okay? Danke, bist ein Schatz.«

Der Auer stand auf und ging auf die Terrasse. »Für heute Abend habe ich ein paar wunderbare Steaks. Wie klingt das?«

Manfred wiegte bedenklich den Kopf hin und her, aber die Tante Friedl klatschte in die Hände: »Au ja, Bub, das wird fein. Ich hole uns ein paar Flaschen von dem alten Spanier aus dem Keller.«

Weil der Auer den Manfred aber heute noch braucht, hob er die Hände und sagte: »Eher ein bissel weniger Wein, weil der Manni mir später noch einen Gefallen tun muss.«

»Manfred. Ich heiße Manfred. Sag also bitte nicht immer Manni, weil mich das an das Tier in dem Zeichentrickfilm erinnert. Ice Age oder so. Da nervt auch immer ein Manni rum. Und überhaupt, warum muss ich dir einen Gefallen tun?«

Pass auf, jetzt kannst du richtig zuschauen, wie es dem Auer Max ein hundsgemeines, dreckiges Grinsen ins Gesicht gräbt: »Du hast recht. Eigentlich tue ich dir einen Gefallen. Du setzt dich heute von neun bis Mitternacht ins Babylon und bestaunst das achte Weltwunder. Die Frau ohne Schwerkraft. Die Silikon-Wally.«

Das Gesicht von der Tante Friedl, das muss ich natürlich bei der Gelegenheit auch erwähnen: Die Züge sind ihr blitzgefroren, und das mit dem Kartenglück von vorhin war schnell abgefreut. Auch ihre Stimme hat sich plötzlich verändert. So schneidend dünn ist sie geworden, die sonst so volle und tönende Stimme: »Maaanfreeed. Du. Gehst. Nicht. Ins. Babylon!«

Und Manfred, der als diplomierter und überaus erfolgreicher Ex-Heiratsschwindler jede Mimik sofort drauf hat: »Aber warum denn nicht, mein Liebling? Bar ist Bar, oder? Ich war in meinem langen Leben schon in vielen Bars.«

»Soso. Wie alt bist du denn genau, mein lieber Manfred?« Friedls Stimme gewann noch einmal an Schärfe. Stufe drei, würde ich sagen. »Und wie alt möchtest du denn noch werden, hm?«

»So was fragt man einen Gentleman nicht. Und seit ich weiß, dass mittlerweile die Kerzen teurer kämen als die Torte, feiere ich auch keine Geburtstage mehr. Und wenn ich meinem zukünftigen Schwippschwager einen Gefallen tun kann, warum nicht?« Und zum Auer Max: »Mit was genau kann ich dir denn helfen, mein Lieber?«

»Du setzt dich in die Bar, trinkst ein bissel was, verhältst dich ganz normal. Mit der Wally, so heißt die Besitzerin, plapperst du, wenn es geht. Vielleicht kriegst du ja was raus aus ihr. Sag ihr viele Grüße, um Mitternacht übernehme ich.«

»Wo ist der Haken?« Manfred schaute jetzt schon etwas misstrauischer.

»Kein Haken. Fast keiner. Na ja, falls da ein Typ auftaucht, schlank, blond, eins-siebzig, blaue Augen, Schnäuzer, dann rufst du mich an.«

Friedl zischte: »Wer ist der Kerl. Und um was geht es hier?«

Der Auer breitete die Arme aus: »Tantchen, jetzt tu doch nicht so. Das, was dein Mann gemacht hat, der Herr hab ihn selig, das war ja auch nicht gerade ein barmherziges Gutwerk, oder?«

Die Friedl stieß die Luft aus und drehte den Kopf beleidigt nach links: »Dummes Gerede. Du hast ja keine Ahnung. Im Leben kann man sich nicht immer aussuchen, wie man sein Geld verdient.«

»Genau, Tantchen. Pass auf: Der Manfred soll ja bloß Wache schieben, schauen, ob der schöne Adi auftaucht oder nicht. Falls ja, übernehme ich und kümmere mich um den.«

»Der schöne Adi, wie? Bist du jetzt in das Busenmonster verknallt und räumst ihren Freund weg, oder was?«

»Tante, eine Dame redet nicht so. Das ist alles rein geschäftlich, da ist nichts Persönliches dahinter.«

»Das hat mein seliger Otti auch immer gesagt, wenn ich ihn beim Fremdgehen erwischt habe: ›Aber Schatzimaus, das ist nicht das, was du jetzt denkst. Das ist alles nur geschäftlich.‹ Wobei ich so langsam ahne, dass der Otti die meisten seiner Geschäfte direkt aus der Unterhose heraus geplant und gemacht hat.«

Der Manfred seufzte, stand auf und ging zum Fernseher rüber: »Heute ist doch das Tennismatch, die Dings spielt, wie heißt sie doch gleich, die, die immer so laut stöhnt? Gegen die andere, Serena Wasweißich, diese Schwarze, die ausschaut wie ein Safe auf Drogen?«

Du merkst jetzt schon, dass der Manfred als gelernter Frauenkenner, der er ist, die Situation entschärfen will, oder? Weil ja so eine gewisse Spannung in der Luft liegt. Stichwort: zornbebende Frau. Aber in so einer Lage ist meistens alles verkehrt, was du machst. So auch jetzt. Pass auf:

Auf dem 135-Zentimeter-Bildschirm über dem Kamin waren die beiden Damen nur sehr klein zu sehen. Ameisenkino, sozusagen. Aber das orgastische Gestöhne, das die Mädels bei jedem Schlag rausgehauen haben, das war schon fast obszön: »Ahhhhh«, »Mhfoahhhh«, »Jaaaaauii«, so ging das hin und her.

Die Friedl schaute zuerst auf den Max, dann auf den Manfred: »Dann schaut's euch doch gleich einen Porno an, ihr Saubären!« Und rauschte aus dem Wohnzimmer.

Der Auer hat sich später noch oft mit einem Lächeln an diese Szene im Wohnzimmer erinnert, aber jetzt, im Moment, da lachte keiner. Im Gegenteil. Der Manfred sprang so schnell auf, dass der Stuhl hinter ihm umflog und rief: »Aber Mausibärli …«

Und die Friedl drehte im Flur auf dem Absatz um, kam wieder ins Wohnzimmer und stellte sich so nah an den Manfred ran, dass man schon meinen könnte, sie wollte ihm auf die Zehen steigen: »Sag noch ein einziges Mal Mausibärli zu mir, du alter Bisam. Na komm. Lass es mich hören. Mach schon!«

Der Manfred wurde leichenbleich und schaute zum Max rüber, der breitete die Arme aus und öffnete den Mund, aber just in dem Augenblick läutete das Telefon.

»Da muss ich jetzt ran«, sagte der Auer, schnappte sich den Hörer und ging in sein Zimmer.

»Moserl, ja? Was? Das ist aber schnell gegangen. Warte, das schreibe ich mir schnell auf.«

Er klemmte sich das Telefon zwischen Kinn und Schulter, kramte in der Schreibtischschublade nach einem Block und einem Stift und sagte nach ein paar Sekunden: »Jetzat. Schieß los.«

Schnell schrieb er mit, sagte zwischendurch: »Warte, nicht so schnell. Das Letzte noch mal.« Oder: »Wie buchstabiert man das?« Und am Schluss: »Bist du sicher? Was? Ja, da legst dich hin, oder? Danke, Moserl. Wann immer du deine Gratis-Nummern im Salambo abturnen willst, ruf mich an, und ich arrangiere alles.«

Während der Auer seine vollgekritzelten Zettel sortierte und hier und da was unterstrich, sah er, dass die Friedl mit verschränkten Armen am Türstock lehnte: »Wer turnt was ab?«

Ich muss ja jetzt nicht extra sagen, dass das dem Auer Max schon unheimlich peinlich war, dass die Friedl da steht. Und dass er nicht weiß, wie lange sie schon da lehnte, und was sie mitgehört hat. Also grinste er ziemlich dämlich und murmelte: »Der Dings, der Moserl war das. Ich hab ja in München eine Dauerkarte bei einem äh, sag schon, jetzt liegt mir das Wort auf der Zunge … bei einem Fitnessstudio gehabt. Und so was verlängert sich ja immer von selber, wenn du nicht aufpasst. Ja, und der Moserl, der wollte wissen, ob ich die Karte quasi auf ihn überschreiben kann, weil er mein Guthaben dann abturnen kann, verstehst du?«

Die Friedl kniff ein Auge zu, starrte den Max geschlagene 30 Sekunden mit ihrem schlimmsten Reptilienblick an und sagte dann: »Wann gibt's eigentlich was zum Essen?«

# DAS SIND JA RICHTIGE FLEISCHFETZEN.

»Aber ich sage ja eh immer: alles unter fünf Zentimeter ist ein Carpaccio.« Der Manfred drückte den Zeigefinger auf eines der dicken Steaks und schaute zu, wie sich das dunkelrote Fleisch langsam wieder aus der Mulde hob.

»Gib mir den Vakuumierer rüber. Dann tupfst du das Fleisch ab.«

Der Max gab Rosmarin, Thymian, Knoblauchscheiben und etwas Butter in die drei Folienbeutel, ließ sich vom Manfred die Steaks anreichen und massierte das Fleisch in den Beuteln gut durch. Dann vakuumierte er die drei Stücke und reichte dem Manfred das Thermometer. »Das Wasser muss exakt 54 Grad haben. Dafür bist du jetzt verantwortlich. Bleib neben dem Topf stehen und schau immer auf die Temperatur.«

»Für wie lange?«

Max überlegt kurz: »Bei der Schnittstärke? 90 Minuten. Ich kümmere mich um die Kartoffeln und die Sauce. Musst du noch mal ins Wohnzimmer?«

Manfred verdrehte den Kopf, um zu schauen, wo die Friedl ist: »Nein, ich glaube, hier bin ich erst mal gut aufgehoben.«

Der Auer nickte grinsend, schnitt eine Knoblauchknolle der Länge nach ganz auf und legte sie mit der Schnittstelle nach unten in eine hohe Pfanne. Er röstete die Knolle an, erst mit Olivenöl, dann mit etwas Butter, gab den Rest der frischen Kräuter dazu und einen großzügigen Schuss Tomatenmark. »Das musst du jetzt eine Minute kräftig anbraten. Merk dir das, Manni! Wo ist der Wein?«

Manfred schaute sich um: »Hier. Der Pesquera. Ist der nicht zu schade für eine Sauce?«

»Billiger Wein – billige Sauce. Guter Wein – gute Sauce. Gib schon her.«

Er löschte mit Wein ab, goss etwas Rinderfond aus dem Glas dazu und reduzierte die Hitze. »Das lassen wir jetzt ungefähr 40 Minuten köcheln, bis es schön saucig ist. Ich schäle jetzt die Kartoffeln, und du schenkst uns zwei Gläser Wein ein.«

»Wie schmeckst du die Stampfkartoffeln ab?«

»Sahne, Butter, gehackte Kräuter, Salz, Pfeffer, Muskat. Alles rein, dann aber nur grob durchstampfen. Es soll ja kein Püree werden.«

An und für sich haben sich ja zornige Frauen schnell wieder im Griff. Wenn sie wollen. Und wenn sie merken, dass sie es doch ein bissel überzogen haben. Deswegen wundert es dich bestimmt nicht, dass die Friedl mit einem honigsüßen Lächeln in die Küche geschwebt kam: »Ja, das riecht ja schon herrlich. Habt ihr netten Männer ein Glas Wein für eine schüchterne Dame?«

Manfred machte sofort einen Ausfallschritt in Richtung Gläserschrank: »Aber ja, mein Mau… Äh, meine Liebe, ich eile.«

Während die drei ihren Wein schlürfen, erzähle ich dir schnell, wie das mit den Steaks weitergeht, also pass auf: Nach 90 Minuten nimmst du das Fleisch raus. Im Beutel kurz unter kaltes Wasser halten. Eine Gusseisenpfanne auf höchster Stufe aufheizen. Das Fleisch aus den Beuteln nehmen, das ist jetzt schon ziemlich wichtig, weil dir so ein angebratener Beutel in der Pfanne bestimmt nicht schmeckt.

Jetzt tupfst du das Fleisch trocken und brätst es von beiden Seiten vielleicht eine Minute richtig an. Bis eine krosse Kruste entstanden ist. Nun muss ein bissel grobes Salz drüber. Und Pfeffer.

Die Steaks in dicke Scheiben geschnitten auf den Teller, die Reduktion (Sauce) kreisförmig über die Scheiben träufeln. Die Stampfkartoffeln dazu und ab geht die Luzi.

und leisem Stradivari-Gefiedel von der CD verlief doch noch ganz unterhaltsam. Es ist sogar viel gelacht worden, kann ich dir sagen.

Vor allem deswegen, weil sich die Friedl mit einem halben Dutzend Eierlikörchen in Stimmung getrunken hat. Du weißt ja, wenn sie auf Brennstufe zwei kommt, dann erzählt sie gerne ein paar Schnurren. Bevorzugt von ihrem Otti, der Herr hab ihn selig. Wie er, genau wie die Jungfrau zum Kind gekommen ist, in die Porno-Szene geschlittert ist. Und was beim Dreh so alles schieflaufen kann. Oder, was sie jetzt grade sagt, ist auch gut. Pass auf: Der Otti kommt nach Hause und die Friedl schaut sich im Fernseher den Schuhbeck an, wie er gerade eine Roulade macht. Sagt der Otti: »Warum schaust du dir dauernd diese behämmerten Kochsendungen an? Du kochst doch danach auch nicht besser.« Und weil sie einen Sinn für Pointen hat, nimmt sie noch einen Schluck Likör, bevor sie weitererzählt: »Ich hab ihn bloß angeschaut und gefragt: ›Und du, warum schaust du so gerne Pornos?‹«

Alle lachen, aber der Manfred, du kennst ihn ja, der ist ein Gentleman der alten Schule. Solche Gespräche haben für ihn am Tisch keinen Stil. Das ist seine Meinung, ja, was glaubst du.

Also räusperte er sich und wechselte das Thema: »Es ist ja interessant, dass Deutschland das einzige Land auf der Welt ist, in dem es kein Tempolimit gibt, findet ihr nicht? Sogar Nordkorea hat ein Tempolimit.«

Der Max und die Friedl schauten sich an, dann sagte sie: »Die brauchen auch keines, weil es da eh keine Autos gibt, die schneller als 80 fahren. Und überhaupt, wie kommst du jetzt auf Nordkorea? Hast du etwa Sympathien für den kleinen dicken Raketenmann, wie heißt er noch gleich?«

Manfred tupfte sich den Mund ab. »Der heißt Kim Jong-un. Und er ist eigentlich ein sehr einsamer Mann.«

»Warum das denn?« Das war jetzt der Max.

»Weil er der einzige Übergewichtige in ganz Nordkorea ist. So, ich gehe dann mal. Wenn ihr mich entschuldigt?« Manni rückte seinen Stuhl zurück, ging um den Tisch herum und küsste die Friedl auf die Stirn. »Gegen Mitternacht bin ich wieder da, meine Haselmaus.«

Die Friedl machte große Augen und starrte den Auer an. Der sagte: »Ach so, ja. Das wollte ich dir vorhin sagen. Wir passen auf die Wally auf, weil so ein Typ aus München anrückt oder schon da ist. Wenn der im Babylon aufkreuzt, ruft mich der Manni an, und ich geh rüber und übernehme. Ist das okay für dich?«

Friedl nickte und tätschelte Manfreds Hand: »Na, dann lass dich mal von dem Monsterbusen nicht kirre machen. Hol dir Appetit, soviel du willst, aber gegessen wird zu Hause, ja?«

Manfred ging murmelnd in den Flur, schlüpfte in sein Jackett und zog die Eingangstür hinter sich zu.

Jetzt warte, ich muss dir kurz das Babylon erklären, denn das gibt es ja seit einiger Zeit nicht mehr. Da ist mittlerweile ein Wettbüro drin oder eine Änderungsschneiderei oder so was. Egal, so genau weiß ich das jetzt auch nicht. Auf jeden Fall stellst du dir mal Folgendes vor: Über der schwarzen, alten Eingangstür aus uralten Schiffsbohlen war der Schriftzug »Babylon« wie mit der Hand hingeschrieben, nur, dass es natürlich eine durchgezogene rote Neonleuchte war. Und wenn du reingingst, durch die dunkle Tür, hinter der ein schwerer roter Samtvorhang halbkreisförmig den Blick in den Raum verwehrte, dann warst du in einem niedrigen gewölbeartigen Raum. Die runde Decke sah so alt und verwittert aus, dass dir angst und bange geworden ist, ob sie wohl jeden Moment auf dich runterkracht. Warum? Weil dort an der Decke fünf oder sechs von diesen Discokugeln hingen.

Du weißt schon, diese mit Hunderten von kleinen Spiegel-Quadraten beklebten Weltkugel-Dinger an Stangen, die sich langsam gedreht haben und das farbige Licht von ein paar kleinen Strahlern an der Decke ununterbrochen durch den Raum geistern ließen.

Die brusthohe schwarze Mahagoni-Bar nahm die gesamte linke Längsseite des Raumes ein. Gegenüber, das weiß ich noch genau, da waren die drei Nischen im Gewölbe, mit roten Seidenvorhängen davor, die man zuziehen konnte. Da drin hat so mancher Stadtrat nach diversen fleischlichen und alkoholischen Genüssen in den frühen Morgenstunden seine politische Meinung geändert. Und so manche Baugenehmigung ist mit vor Trunkenheit zitternder Hand unterschrieben worden, mit einer nackten Frau auf dem Schoß des Signierers, ja, was glaubst du denn?

Über der Bar hingen noch drei Lampen mit Filzbespannung, deren diffuses Licht drei runde, blasse Monde auf die zerschrammte Theke warf. An der Wand dahinter: Glasregale mit dicken, blauschimmernden Panzerglasböden, indirekt beleuchtet, auf denen die Flaschen und Gläser aufgereiht waren. Na ja, und hinten ging es zu den Toiletten mit dem Kondom-Automaten mit der Auswahl glatt, feucht oder mit Noppen. Weiß oder schwarz. Oder alles zusammen.

Und zwischen Bar und Glasregalen: die Silikon-Wally. Das achte Weltwunder. Aber weißt du, es ist ja nicht so, dass die Kerle nur wegen dem Busen und so gekommen sind. Falls du die Wally noch gekannt hast, dann weißt du ja auch, dass sie ein ziemlich loses Mundwerk gehabt hat. Ihre Oma hat immer gesagt: »Wally, wenn's dich einmal eingraben, dann müssen die dir dein Schandmaul noch extra zunageln, sonst verscheuchst du sogar die Würmer.«

Aber die Wally hat einem auch in die Seele schauen können, und ich weiß noch, dass um zwei in der Früh mal einer reingekommen ist, der hat auf die Bar geklopft und eine Flasche Wein bestellt hat, egal welchen, hat er gesagt. Weil er sich besaufen muss, und zwar flott.

Die Wally hat sich über die Bar gebeugt, damit er einen schönen Blick ins Gebirge hat und gefragt: »Trinken wir, um zu feiern oder um zu vergessen?«

Der Kerl hat gelacht und gleich mal eine Runde für alle geschmissen. Später hat er uns erzählt, dass er sich eigentlich umbringen wollte. So, jetzt weißt du, was das Babylon für ein Laden war. So was gibt es heutzutage gar nicht mehr.

Ich kenne da diese Disco in Zürich, das NOISELESS. Das macht erst um Mitternacht auf. Über jedem Platz, auch an der Bar, hängt ein Kopfhörer von der Decke. Den stülpst du dir über die Frisur und wählst die Musik, die du hören willst. Da, in dem Laden, da sind immer durchaus tolle Frauen drin. Aber du kommst als Mann zu gar nichts, weil die ja alle die Kopfhörer aufhaben und die Augen geschlossen.

Ist so was noch normal, frage ich dich?

Auf jeden Fall, der Manfred setzte sich auf einen der hohen Hocker, bestellte sich einen trockenen Martini, gerührt, nicht geschüttelt, und schaute die Wally an. Du weißt ja, der Manfred als diplomierter Heiratsschwindler und Trickbetrüger a.D., der hat schon einiges an Frauen gesehen und gehabt. Aber so was wie die Silikon-Wally, das haut sogar einen Ex-Profi um. Und das sagte er ihr auch: »Ich hab in Rom mal die Anita Ekberg getroffen. Sie hat sogar mit mir getanzt. 1963 war das, glaube ich.«

Die Wally beugte sich interessiert vor: »Ehrlich? Und deswegen ist sie danach in diesen Brunnen gesprungen? Wow!«

»Ja, das könnte sogar so gewesen sein. Ich war damals der König des Salsa. Und sie? Ein Meter siebzig, 59 Kilo, 102-56-91. Und dann diese Augen. Da konnte man nicht mehr wegschauen. Aber Sie, Sie, meine Schöne, Sie haben Augen, in denen man ertrinken möchte, das ist der Tod, den ich mir wünsche. Und so einen wunderbaren Busen wie Sie hatte die Ekberg übrigens nicht.«

Die Wally konnte lachen wie ein Kerl, und genau das tat sie jetzt: »Der war gut. Sie sind seit Langem der Erste, der mir zwischendurch auch mal in die Augen schaut. Ihr Martini geht aufs Haus. Aber wissen Sie was? Ich hab Sie hier bei mir noch nie gesehen.«

Manfred nahm einen kleinen Schluck: »Tja, ich war viel unterwegs und bin erst seit einiger Zeit in Rosenheim. Aber ich werde mich wahrscheinlich hier niederlassen und meine alten Tage in der herzerwärmenden Nähe einer Schönheit wie Ihnen verbringen.«

»Was machen Sie denn beruflich so?«

Manni lächelte bescheiden. »Ich war Spezialist für Eigentumsübertragungen aller Art. Das ist ein sehr diskretes Geschäft, meine Liebe. Aber jetzt bin ich Privatier und Müßiggänger. Ein Freund hat mir Ihr Etablissement empfohlen. Und ich muss sagen, bei der Beschreibung Ihrer Schönheit hat er untertrieben. Oder ihm fehlten die richtigen Worte.«

»Wenn Sie so weitermachen, geht der nächste Martini auch aufs Haus.«

Der schwere Vorhang vor der Eingangstür bewegte sich und zwei Männer kamen rein. Beide Typ höherer Angestellter oder so. Sie setzten sich zwei Hocker weiter an die Bar und bestellten Whiskey. Ohne Eis, nur mit einem Tropfen

Wasser. Wally kannte sie und die beiden verwickelten sie schnell in ein Gespräch.

Manfred schaute sich die Flaschen im Regal an und träumte vor sich hin. Zwei Martinis später schob eine Hand den roten Vorhang weg und der schöne Adi stand an der Bar.

Die Irrlichter der Discokugeln glitten über seinen Körper, und keiner der Gäste nahm von ihm Notiz oder schaute ihn offen an. Aber er betrachtete die paar Männer wie ein Hai einen Fischschwarm. Dann fuhr er sich mit den Fingern durch die kurzen blonden Haare und setzte sich rechts neben Manfred auf einen Hocker.

Er trug eine dunkelblaue Hose, ein Hemd, das rosa sein mochte oder auch nicht. Bei dem Licht war das schwer festzustellen. Ja, und eine dunkelbraune Lederjacke. Ein hübscher Bengel, der aber die Unart hatte wie alle Schnurrbartträger: Wenn man sie nicht gleich beachtet, zupfen sie an ihren Barthaaren rum.

Wally kam rüber und schenkte ihm ein strahlendes Lächeln: »Was darf's denn sein?«

»Bier. Kalt. Ohne Glas. Wann kommt der Günter wieder?« Seine stahlblauen Augen starrten sie an wie die einer Kobra, kurz bevor sie zustößt.

»Welcher Günter? Und deinen Namen hab ich jetzt gar nicht mitbekommen.« Wally bückte sich dekorativ, holte eine Flasche Pilsner aus einem Kühlfach und stellte sie geöffnet vor den schönen Adi: »Bitte. Wohl bekomm's. Welcher Günter?«

Adi grinste schief: »Na, dein Kerl. Der Günter Laim. Ich suche ihn nämlich. Und man hat mir erzählt, dass ich ihn hier vielleicht finden kann. Und ich? Ich bin der Mitler, wie Hitler. Adi Mitler. Also, was ist?«

Weißt du, man sagt ja, ein Buch lesen, das ist, wie die Gedanken von dem sehen, der es geschrieben hat. Aber ich sage dir, dass man in Gesichtern genauso lesen kann, ja was denkst du denn? Und was der Manfred in dem Gesicht vom schönen Adi gelesen hat, und die Wally vielleicht auch, das war nichts Gutes, das kannst du mir ruhig glauben. Und jetzt beugte sich der Kerl auch noch so halb über den Tresen, legte den Ellenbogen neben das Bier und winkte der Wally mit dem gekrümmten Zeigefinger zu: »So, Barbie, jetzt schiebst du einmal deine zwei Leberkäse auf die Seite und sagst mir, wo der Günter ist.«

Jetzt muss ich dir schon einmal ganz ehrlich sagen, wenn du dir den Manfred, so wie er jetzt so dasitzt und den schönen Adi fassungslos anschaut, betrachtest, dann merkst du eines nicht: dass der Manni früher die Damenwelt aufgemischt hat wie ein Fuchs, der in einen Hühnerstall einfällt. Dass der Tricks draufhat, ja, was meinst du? Für genau das bewundere ich den Manfred immer noch: Du siehst ihm nichts an. Aber er hat's immer noch drauf. Alles.

»So können Sie doch nicht mit einer Dame reden«, sagte er mit hilflos hochgezogenen Augenbrauen zum schönen Adi. Der ließ den Blick nicht von der Wally und zischte aus dem Mundwinkel, ohne den Kopf zu bewegen: »Warum gehst nicht ein bissel pieseln, alter Mann? Bei dir geht's eh nimmer so sprudelnd, gell? Lass den Onkel Adi mal ein paar Minuten mit der Barbie hier alleine. Dann kannst du ihr wieder auf die Vorsteherdrüsen glotzen.« Jetzt drehte er seinen Blondkopf ganz langsam wie ein Panzer, wenn er mit der Kanone ein neues Ziel sucht: »Hau ab. Husch husch!«

Manfred rutschte stöhnend vom Hocker und meinte: »Ja gut, dann bring ich ein paar gebrauchte Martinis weg. Früher, mein Sohn, da konnte ich den halben Refrain von ›La Paloma‹ in den Schnee pieseln. Am Stück und mit den I-Tüpferln drauf.«

Kurz vor der Toilettentür rief ihm der Adi nach: »Hey, Alter, das sind fünf!«

Manni, der schon die Türklinke heruntergedrückt hatte, schaute über die Schulter: »Fünf was?«

»I-Tüpferl. Fünf Stück. Im ersten halben Refrain von La Paloma. Ich hab's grad nachgerechnet.«

Manni zuckte mit den Schultern. »Sag ich doch.« Und ging in den kleinen Raum, der nach Mottenkugeln und Urin roch. Dann holte er sein Handy aus der Hosentasche und rief den Auer an: »Er ist da. Der Hitler!«

»Waas?«

»Der schöne Adi. Weißt schon, Mitler wie Hitler. Und er bedrängt die junge Dame.«

»Bin sofort da. Trink dein Glas aus, verabschiede dich nett und unterwürfig und komm heim.«

»Mach ich.«

»Hey, warte einen Moment. Woran erkenne ich den Kerl?«

»Er ist ein Arschloch. Over.«

An der Theke hievte sich der Manfred seufzend wieder auf seinen Hocker und holte einen Fünfziger aus der Tasche: »Irgendwie ist mir heute gar nicht gut. Ich glaub, ich geh ins Bett. War mir ein Vergnügen, mit Ihnen zu plaudern, schöne Dame.« Und zum schönen Adi: »Wünsche noch einen angenehmen Abend. Vielleicht sieht man sich ja mal wieder.«

Der Adi grinste: »Ja klar, Opa. Im Winter, beim La-Paloma-Wettpieseln.«

# FÜNF MINUTEN VORHER.
# MAX AUER SCHLÄFT.

Ein Kopfklempner, also ein Psychiater, der hat mir mal erklärt, dass Träume an und für sich überhaupt nichts Rätselhaftes haben. Er sagte: »Deine Träume, auch wenn es Albträume sind, stehen nur für deine Hoffnungen und Ängste. Nicht mehr und nicht weniger.« Leider konnte ich beides noch nie so richtig auseinanderhalten. Warum ich dir das sage? Pass auf, der Auer, der hat jede Nacht seine Träume, die schon in den dunkelsten Ecken seines Gehirns auf ihn warten. Die Geister in seinem Kopf warten, bis er fest eingeschlafen und somit wehrlos ist. Dann beratschlagen sie kurz, wer heute Nacht dran ist. Und auf geht's.

Das kennst du doch sicher auch, die Sache mit dem einen Traum, der immer wieder kommt. Meist ist es eine Stadt, ein Dorf oder ein Platz an einem See. Bei mir ist es so, dass ich sogar des Öfteren auf Menschen treffe, die ich kenne oder gekannt habe. Am freundlichsten zu mir sind immer die Toten. Warum, weiß ich auch nicht. Aber machen wir weiter. Das ist ein paar Minuten vor Manfreds Anruf beim Max passiert:

Der Auer Max fand sich in seinem Traum in einer Hängematte, am grasbewachsenen Ufer eines grün-blau schimmernden Sees. Es wurde langsam dunkel, und die Baustämme, an denen seine Matte befestigt war, die wirkten wie Marmor im ersten Mondlicht. Die großen Steine am Seeufer, aufgeladen von der Hitze des Tages, strahlten noch immer eine Kraft und eine Energie aus, dass sie zu leuchten schienen.

Neben der Hängematte, in Auers Reichweite, stand ein kleiner Tisch. Eine verkorkte, braune Flasche ohne Etikett stand neben einem Korb mit Brot, Trauben und Käse. Der Auer streckte den Arm aus, nahm die Flasche und zog den Korken mit den Zähnen aus dem Hals. Dann trank er von dem klaren, scharfen Orangenlikör, der nach Sizilien, Holzkohle-Lagerfeuern und Hitze schmeckte. Und der Alkohol fuhr ihm in den Kopf, wie wenn jemand hinter seiner Stirn ein paar von diesen Schwefel-Streichhölzern angerissen hätte. Die explodieren förmlich, wenn man sie über die schmirgelige schmale Fläche an den Streichholzschachteln entzündet.

Dann kam die Frau. Sie war blond, zierlich und nackt. Sie kniete sich neben der Hängematte nieder und lächelte ihn an. In den Händen hielt sie ein altes Schwarz-Weiß-Foto mit gezacktem Rand. Ihre roten Lippen bildeten lautlose Wörter, die der Auer aber nicht verstand. Die Frau nahm ihm lächelnd die Flasche aus den Händen, schüttete ihm etwas von dem Likör auf die Brust, und das Bild in ihrer anderen Hand fing plötzlich an, lichterloh zu brennen. Sie hauchte dem Auer einen Kuss auf die Stirn und ließ das brennende Bild auf seine Brust fallen. Im Nu stand er in Flammen, und der Schmerz fuhr wie rotglühendes Blut rasend schnell durch seinen gesamten Körper.

Schreiend fuhr er hoch und wischte sich über das schweißnasse Gesicht. Dann schwang er die Beine über die Bettkante, stützte die Ellenbogen auf den Knien ab und hielt seinen verwirrten Kopf in beiden Händen. Und während er so saß, hörte er das Geräusch wieder, das ihn aufgeweckt und vor den Flammen gerettet hatte. Im fahlen Licht, das von draußen in sein Zimmer drang, sah er, wie sich sein Handy auf dem Nachttisch brummend und surrend drehte wie ein riesiger schwarzer Käfer ohne Beine, den man auf den Rücken gelegt hat.

»Ja?«

»Er ist da, der Hitler.«

Nach dem kurzen Gespräch und Mannis »Over«, das dem Auer ein mattes Grinsen entlockte, schlurfte er ins Bad und wusch sich das Gesicht mit eiskaltem Wasser ab. Im Spiegel besah er sich, drehte den Kopf und stützte sich am Becken ab. Dann nickte er seinem Spiegelbild zu, zog sich an und ging leise aus der Wohnung.

Feiner Dunst zog über die Münchener Straße, irgendwo schlug eine Kirchenglocke viermal, dann Pause, dann folgte noch ein tiefer, mächtiger Schlag. Ein Uhr nachts. Die meisten Schaufenster der großen und kleinen Geschäfte waren dunkel, einige wenige aber noch beleuchtet. Die Farben der Strahlen und das weiße Licht der LED-Lampen wirkten im milchigen Dunst wie farbiger Rauch.

Auer ging über den feucht schimmernden Asphalt durch das Atrium und war nach einer Minute in der Samerstraße. Im Dunkeln eines Hauseingangs hörte er zwei Menschen flüstern, dann leises Kichern einer Frau und Knutsch-Geräusche.

Manfred musste wohl einen anderen Weg nach Hause genommen haben oder er hatte noch Lust auf einen Absacker in der Altstadt.

Als Auer den schweren, leicht muffig riechenden roten Samtvorhang zur Seite schob und ins Babylon trat, blieb er stehen und schaute sich um. An einem der Tische saß ein dicklicher kleiner Kerl mit Halbglatze. Die kleinen rundlichen Hände hielt er um ein hohes Glas mit einer braunen Flüssigkeit, und seine dicken Schenkel drückten sich auf dem Stuhl breit. Sein faltiges Jeanshemd war ihm eine Nummer zu klein und in Höhe des Nabels war ihm ein Knopf abgeplatzt.

Hinter der rötlich beleuchteten Bar: die Silikon-Wally, die den Auer mit großen Augen anstarrte. Und ihr gegenüber: der schöne Adi.

Sauber rasiert, in modischen Klamotten, die kurzen blonden Haare feucht nach hinten gekämmt, sah er aus, wie ein Filmstar aus den 60ern oder 70ern. Du weißt schon, so Paul-Newman- oder Errol-Flynn-mäßig, oder wie der Redford, als er noch jung war und ausgesehen hat wie ein Gott auf Urlaub. Und das dünne, sandfarbene Schnurrbärtchen vom Adi, das alleine ist schon ein Kunstwerk, sage ich dir. Aber jetzt mal ganz im Ernst: Wer stellt sich denn heute noch vor den Vergrößerungsspiegel hin, mit einer Lupe und einer Bonsai-Schere, und fummelt eine Stunde oder so an einem Porno-Balken unter der Nase rum? Einer, der zu viel Zeit hat? Oder einer, der mit seinem Aussehen Geld verdient. Stichwort: Zuhälter.

Warum ich dir das alles so genau erzähle? Weil, mit Ganoven und Polizisten ist es so: Die stehen sich plötzlich gegenüber – irgendwo und irgendwann – und Zack erkennen sie sich auf den ersten Blick. Ein alter Kripo-Mann hat mal zu mir über Zuhälter gesagt: »An den Haaren und am Gang erkennst du sie ein Leben lang.«

Und da ist was dran, ob du es mir glaubst oder nicht.

Auf jeden Fall, der Adi sah den Auer. Er hörte schlagartig auf, an seinem manikürten Daumennagel rumzukauen. Eine innere Spannung ließ ihn sofort grade sitzen, und die Ellbogen auf die Theke legen. Seine Fäuste öffneten und schlossen sich, als ob er unsichtbare Tennisbälle kneten würde.

Dem Auer kam es so vor, als ob der Adi auch noch den Atem anhalten würde. Seine blauen Augen fixierten ihn, ein Schimmer trat in die Pupillen und er wirkte auf einmal wie ein großer, bösartiger Raubvogel. Oder wie eine mächtige Spinne, die aus einer Höhle gekrabbelt kommt. Die Narben an seinem Kinn sahen aus wie ein zusammengeknüllter, dünner roter Faden.

Das alles, dieses gegenseitige Taxieren und Einschätzen, das nahm keine fünf Sekunden in Anspruch. Dann setzte sich der Auer wieder in Bewegung und ließ sich neben den Adi auf einen der samtüberzogenen Hocker nieder. Er beugte sich über die Theke, küsste die Wally voll und schmatzend auf den Mund und sagte fröhlich: »Sei nicht bös', Mausi, aber ich war noch ein bissel im wilden Westen. Der Chili hat ein paar neue Mädels gekriegt, die hat er mir vorgestellt.« Dann drehte er den Kopf und grinste den Adi an: »'tschuldige, wenn ich euer Gespräch gestört habe, Sportsfreund.«

Aber der Adi ist ja auch nicht blöd, das kannst du mir glauben. Der da neben ihm, der riecht wie ein Bulle und hat diese Ausstrahlung, diese fast greifbare Körperlichkeit eines Mannes, der viel von der Angst weiß, aber keine Furcht mehr davor hat.

Und die Sprüche mit der blonden Torte und der Schmatzer? Vielleicht ein Bluff? Der schöne Adi steckte sich nachdenklich den kleinen Finger der linken Hand ins Ohr und rubbelte, wie wenn er plötzlich Wasser in den Gehörgang bekommen hätte. Ich meine, du kennst das ja: Du bist unter der Dusche oder beim Schwimmen, es schwappt dir ein bissel Wasser ins Ohr, und das ist so was von unkommod, ja, was glaubst du. Und das geht auch so schnell nicht mehr raus, da kannst du rubbeln und rumfischen, und auf einem Bein auf und ab hüpfen, solange zu willst. Aber jetzt, beim schönen Adi, da sag ich nur: Das Stichwort ist Ablenkung. Zeit zum Überlegen.

Das tat er und nach ein paar Sekunden nahm er den Finger aus dem Ohr, schaute ihn interessiert an und sagte, ohne den Kopf zu heben, zu seinem kleinen Finger: »Na ja, dann zahl ich mal. Schaut ja so aus, als ob ich hier eh keinen Stich machen könnte, oder?« Und dann mit einem schnellen Blick zur Wally: »Ist das dein Haberer?«

Ohne ihre Antwort abzuwarten, fischte er eine Geldrolle aus seiner Hosentasche, pulte einen Zwanziger raus und legte ihn neben sein Glas: »Stimmt so, meine Schöne. Ich komm bestimmt wieder. Vielleicht fällt dir ja was zu meinen Fragen ein.«

Beiläufig drehte er sich zum Auer und musterte ihn mit halb geschlossenen Augen. Dann lächelte er und man sah sein strahlend weißes Hai-Gebiss: »Was ist das für ein Laden, von dem du grade gesprochen hast? Der ›Wilde Westen‹?«

Auer kratzte sich am Kinn und meinte: »Wirst du nicht kennen, wenn du nicht von hier bist. Das ›Wild Wild West‹ ist ein oder zwei Kilometer stadtauswärts. Hast du ein Auto?«

Der schöne Adi schüttelte, immer noch grinsend, den Kopf: »So was ist heutzutage viel zu gefährlich, Autofahren, meine ich. Da kommst du schnell unter die Räder.«

Und Auer sagte: »Dann geh die paar Meter vor bis zum Bahnhof und nimm dir ein Taxi. Weißt du, wo der Bahnhof ist?«

Adi nickte und glitt vom Hocker. An der Tür drehte er sich noch mal um, zeigte mit Zeige- und Mittelfinger seiner rechten Hand erst auf seine Augen, dann auf die Wally: »Wir sehen uns, Schönste. Denk fest nach und erzähl mir dann was.«

Dann schloss sich der rote Samtvorhang hinter ihm, und trotzdem kam ein kurzer kalter Lufthauch von der Straße rein, als der Adi die Tür hinter sich zuknallte.

Auer rutschte auf seinem Hocker hin und her und meinte: »Sorry, dass ich dich vorhin so abgeschlabbert habe, aber der Kerl sollte merken, dass wir uns gut kennen.«

Die Wally mixte sich einen Wodka Lemon und schaute den Auer fragend an. Der nickte und sie schob ihm das Glas rüber und machte sich einen neuen.

Der Dickliche am Tisch stand ächzend auf, legte einen Fünfziger auf die Theke, nuschelte: »Stimmt so.« Er zeigte ein schiefes, scheues Lächeln mit blauen Zähnen und ging.

Die Wally beugte sich über die Theke, pustete sich eine blonde Strähne von den Augen und meinte: »Puuhh, der Typ eben, der ist richtig gruselig.«

»Was genau wollte er?«

Sie trank, schluckte und stellte das Glas etwas härter als normal ab: »Wissen, wo der Günter steckt. Und er ist sich sicher, dass der Günter hier bei mir Geld gebunkert hat, sagt er.«

»Und, hat er?« Der Max schaute sie bei der Frage nicht an, sondern sein Glas, das er drehte und zusah, wie sich dabei auf dem Holz der Theke halbrunde Schlieren bildeten.

Die Silikone stieß zischend Luft aus: »Ja glaubst du denn, dann würde ich hier stehen und meine Anatomie zur Schau stellen? Wie blöd seid ihr Kerle denn überhaupt? Sag mir lieber, was jetzt passiert. Ich hab nämlich eine Scheißangst vor solchen Typen.«

»Dem Dicken, der grade ging?«

Sie schlug ihm mit einer feuchten Leinen-Serviette auf die Schulter. »Hör mit deinen blöden Witzen auf. Du weißt, wen ich meine und warum. Also, was ist jetzt?«

Der Auer Max kratzte sich am Ohr, schaute hoch zu der Discokugel schräg über ihm und nahm sein Handy aus der Brusttasche seines Hemdes. Er tippte eine Nummer, wartete ein paar Sekunden, in denen er der Wally tief in die Augen schaute, und sagte dann, ohne den Blick von ihr zu nehmen: »Wer? Gut. Gib mir den Chili. Was? Sag ihm, der Max. Ist geschäftlich.« Dann legte er das Telefon neben sein Glas, trank und schaute der Wally immer noch in die Augen.

Aus dem Handy quäkte eine Stimme, Auer nahm es wieder ans Ohr, wandte sich ab und senkte den Kopf, sodass die Wally nichts mitbekam: »Pass auf, Alter, in zehn Minuten kommt der schöne Adi. Was? Nein, per Taxi. Ja. Nein, jetzt lass mich ausreden, Mann, du nervst!«

Auer rollte mit den Augen und sagte: »Ja, genau. Der. Schnappt ihn euch und haltet ihn irgendwie fest. Was, wie lange? Weiß ich nicht. In einer oder zwei Stunden komme ich ins ›Wild West‹. Bis dahin sollten deine Brecher das doch schaffen, oder? Wie? Gut, dann bis später. Ja, du mich auch.«

Der quäkte was und Auer meinte: »Was, wie du ihn erkennst? Er ist ein gelerntes Arschloch, so hat der Manni ihn beschrieben. Pass auf: blond, Zuhälter-Schnurrbart, schlank und überheblich.«

Dann drehte er sich um und sagte zur Wally: »Sorry, das war geschäftlich. Krieg ich noch was zu trinken?«

Sie verdrehte die Augen. »Ja gut, einen noch. Aber ich schalte jetzt schon so langsam in den Ruhe-Modus.«

»Verstehe. Was hat der schöne Adi denn so alles gesagt, bevor ich gekommen bin?«

»Das Übliche: ›Könntest du deine Möpse bitten, mich nicht so anzustarren?‹ – ›Sind die beiden heute schon gefüttert worden?‹ – ›Mensch, hast du tolle Beine, wie sind denn die Öffnungszeiten?‹ So was in der Art. Aber glaube mir, das habe ich alles schon tausendmal gehört. Ich hab gesagt, er soll seine Sprüche in eine Tüte blasen und draußen vor die Tür stellen.«

Dann überlegte sie kurz: »Ach was soll's. Einen trinke ich auch noch. Meinst du, der Kerl kommt heute noch mal zurück?«

Auer zuckte mit den Schultern: »Schwer zu sagen. Kann sein, kann auch nicht sein. Wer weiß schon, was so ein Psycho in seiner Birne hat?«

»Der hat nur Muschis im Kopf. Und irgendwann kriegen solche Kerle wie der zwischen den Ohren eine ausgewachsene Scheidentrockenheit.«

Der Auer hob die Hand und öffnete seine Faust, so, pustete leicht, als ob er einen unsichtbaren kleinen Schmetterling davonfliegen lassen würde. »Schau mal, so schickt man böse Gedanken weg. Die werden jetzt von der Hitze der Discokugel da oben angezogen, und dann verdampfen sie auf den vielen kleinen Spiegeln.«

Die Wally lächelte ihn jetzt an. Aber nicht so, wie sie ihre Gäste immer anlächelte, wenn sie ihnen die Drinks hinstellte. Nein, dieses Lächeln war ein anderes, wärmeres. So, wie wenn irgendwo in ihrer Seele eine Tür einen Spalt weit aufgegangen wäre.

Der alte Manni, das weißt du ja, der hat über viele Jahre hinweg sein Geld als Heiratsschwindler und Frauen-Betrüger verdient. Viel Geld mit vielen Frauen. Aber ich muss dir sagen, der Manni hat nie einer wehgetan. Nicht körperlich und schon gar nicht in der Seele und im Herzen.

Er hat mal zu mir gesagt: »Frauen verschmerzen alles, aber keine Kränkung oder Beleidigung. Und wenn du eine mit x Millionen auf dem Konto so richtig sauer machst, dann gnade dir Gott. Ja, was glaubst du denn, wozu eine solche Furie im Stande ist? Aber«, hat er gesagt, »wenn du eine um Geld erleichterst und ihr später sagst, du hättest einfach nicht mehr gekonnt, weil du so schrecklich in sie verliebt warst. Ach was, du warst ihr verfallen und deswegen bist du mit ein bissel Geld geflohen. Ein Akt von reiner Seelen-Notwehr, das ist das Stichwort. Da verzeiht dir fast eine jede.«

So hat ihm eine österreichische Gräfin sogar noch einmal 100.000 Euro in die Schweiz nachgeschickt, damit sein Schmerz eher nachlässt, hat er mir erzählt.

Und noch was muss ich dir unbedingt erzählen: Der Manfred hat die Frauen ja studiert, quasi wie ein Einser-Student. Frauologie, sozusagen. Er sagt, als Mann musst du nicht schön sein. Also, es hilft dir natürlich schon, wenn du jetzt nicht direkt aussiehst wie dieser massige CDU-Minister in Berlin, der Dings, … der … jetzt fällt mir der Name nicht ein, aber du weißt schon, wen ich meine. Der immer so ein bisschen sabbert beim Reden.

Als Mann, sagt der Manfred, musst du eine Frau zum Lachen bringen. Dann hast du theoretisch schon mal die Hand am Reißverschluss. Typisches Vorgehen: In einem Lokal sitzt das Opfer. Du sitzt in der Nähe oder an der Bar und musst jetzt erst mal ganz kurz ihre Aufmerksamkeit erregen.

Mach jetzt keinen Handstand oder blas einen Luftballon auf und hau ihn kaputt. Das mögen Damen nicht. Nein, lächle ihr zu. Geh dann irgendwann am Tisch vorbei, beuge dich zu ihr und sage: »Bitte entschuldigen Sie, aber ich finde Sie sehr interessant. Das musste ich Ihnen einfach sagen.«

Dann setzt du dich wieder hin und schaust woanders hin. Aus dem Augenwinkel musst du natürlich schon spähen, ob sie herschaut.

Wenn ja, dann schaust zu ganz zufällig kurz zurück und hebst dein Glas. Wenn sie reagiert, gehst du hin, verbeugst dich und sagst: »Sorry wegen vorhin, aber Sie erinnern mich an Frida Kahlo, dieser Blick, wissen Sie?«

Und wenn Sie antwortet, dann hast du sie. Peng. Jetzt bring sie zum Lachen. Das ist in so einem Moment ganz wichtig, denn lachen macht die Türen zum Herzen auf.

Wenn sie ein Härtefall ist, eine, die so was von wunderschön ist und jeden Tag hundertmal angebaggert wird, sagt der Manfred, dann hilft nur eins: Gewinne ihre Aufmerksamkeit durch Desinteresse. So was verträgt keine Schönheit lange. Dass sich ein nett aussehender Kerl so was von überhaupt nicht für sie interessiert und nicht zu graben und zu scharren anfängt, ja was glaubst du? Das grenzt schon an mentale Beleidigung.

Warum ich dir das jetzt alles erzähle? Na, weil du dich bestimmt gleich über den Auer Max wundern wirst, wetten? Also, dann pass genau auf, was jetzt abgeht:

»Wann hast du denn den Günter zum letzten Mal gesehen?«

Die Wally machte einen Schmollmund wie einst die Bardot und holte Luft, dass sich ihr Busen um einige Zentimeter hob. Ein Drama, der Kampf der Natur gegen die Reißfestigkeit der Textilie, was der Auer aber versuchte zu ignorieren.

»Den Günter? Wart einmal, lass mich überlegen … das ist ja schon ewig her. Warum?«

»Wie hat er denn ausgesehen, als du ihn zuletzt gesehen hast?«

»Nett. Ein bissel nervös vielleicht, aber lieb wie immer. Ach ja, so ein silbernes Kreuz hat er sich ins linke Ohrläppchen stechen lassen. So ein Piercing, weißt schon. Da!«

Sie zupfte an ihrem linken Ohrläppchen und beugte sich über die Theke. Ein Knopf an der schimmernden weißen Bluse begann, durch den Schlitz zu gleiten. Der Auer schluckte und schaute zur Discokugel hoch.

»Ja mei, er war nur kurz hier und ist dann weiter nach … Grafing, glaube ich. Hab ich jetzt ganz vergessen, was er mir da erzählt hat. Warum?«

»Mmh, nur so. Und seitdem?«

»Nix.«

»Aha. Wie, nix?«

»Was heißt ›aha‹, bitte sehr?« Jetzt hatte sie ihren Riesenbusen direkt vor dem Auer auf den Tresen gelegt und schaute ihm tief in die Augen. »Schau nicht so. Die tun dir nix. Die wollen maximal ein bissel spielen.«

Die Wally beugte sich noch ein bisschen tiefer und die vielen Tausend Glitzersterne, die von den drei Discokugeln gnadenlos in den Ausschnitt leuchteten, gaben dem Auer das Gefühl, dass er bis zum Nabel der Frau schauen konnte, weil der oberste Knopf aufgegeben hatte.

Oh Herr, lass mich stark sein, dachte er und trank sein Glas aus.

Wally nahm das instinktiv auf, Frauen merken so was ganz schnell, und sagte: »So, und jetzt mach ich dir den Allerletzten für heute. Du kannst ja zum Salzstadel rübergehen, da sind noch ein paar Kneipen und Discos offen. Und über den Günter will ich jetzt auch nicht mehr reden. Ist das ok für dich?«

Schau sich einer dieses Luder an, dachte sich der Auer. Ganz schön clever. Aber so läuft das jetzt nicht. Und er sagte: »Gut, passt. Soll ich dich noch wohin bringen? Nach Hause vielleicht?«

Was fragt der so einen Müll, fragst du dich. Der weiß doch, dass die nur bis in den ersten Stock schlapfen muss. Aber weiß du was? Sie weiß nicht, dass er es weiß. Also pass auf:

Sie lachte und schüttelte ihre blonde Mähne: »Klar doch. Wenn du einen schnellen Aufriss willst, dann musst du dir schon was anderes überlegen. Und sag jetzt nicht, es ist nicht so, wie ich denke. Es ist nämlich immer so, wie ich denke.«

Sie drehte sich um, beugte sich unter das Regal, sodass der Auer einen neuerlichen Panorama-Blick auf ihr herrliches Hinterteil bekam, dann kam sie mit einem Geschirrtuch in der Hand wieder hoch.

Während sie damit einen feuchten Fleck vom Tresen wischte, meinte sie: »Da waren heute schon ganz andere Typen im Landeanflug. Die mussten aber alle wegen Bodennebel wieder durchstarten. Genau wie du jetzt. Was wir beide zusammen machen, das ist rein geschäftlich. Mach dir also keine Hoffnungen, Max Auer. Du bist ein netter Bursche, schaust gut aus, und hast bestimmt schon jede Menge Kerben in deinem Colt. Aber heute Nacht, da kommt mit Sicherheit keine neue dazu.«

Aber wie ich schon gesagt habe, da kennst du den Auer schlecht. Da muss er nur ganz kurz umschalten: neue Strategie, neue Sprüche. Und cool bleiben. Das ist jetzt die halbe

Miete. In München, bei der Sitte, da hat er schnell gemerkt, dass die wunderschönen, eiskalten Luder, die Göttinnen der Nacht, oft auch Lesben waren, die aber mit Männern ihr Geld verdienten.

Aber die Wally, die war vom Lesbentum so weit weg wie der Donald Trump von guten Manieren. Im Lauf der Jahre entwickelst du für so was einen Blick, hat mir der Auer mal gesagt, das geht ganz schnell.

Er öffnete den Mund, aber sie hielt ihm den Zeigefinger unter die Nase und grinste: »Spar es dir. Kein Wort. Nein. Pfui. Aus. Den nächsten Spruch kenne ich nämlich auch schon. Und den übernächsten. Obwohl, heute habe ich auch einen guten Satz gehört, pass auf: ›Schöne Bluse haben Sie da an. Wie kann ich Sie da rausreden?‹ Der ist doch echt mal neu, oder?«

Mit gespieltem Zorn warf sie das Geschirrtuch in die Spüle hinter sich und redete weiter, während sie ihr Glas nahm, an den Mund setzte und es auf einen Zug leerte: »Ahhh, das haut rein. Ich sag dir was. Ich mach jetzt zu und gehe nach oben. Ja, ich wohne im ersten Stock und nein, du gehst nicht mit hoch. Ist das allgemein verständlich ausgedrückt?«

Der Auer Max verspürte ein vertrautes Zucken zwischen den Beinen und merkte, wie sich seine Erektion Platz in der Hose verschaffte. Aber er breitete die Arme aus und sagte bedauernd: »Bin schon weg. Ich verstehe dich, und auch, dass du müde und fix und fertig bist.«

Er tat so, als wollte er vom Hocker rutschen, drehte sich aber wieder zu ihr und schnipste mit den Fingern. »Was ich nie kapieren werde, das ist dieses weibliche Schubladen-Denken. Und das weibliche Denken überhaupt. Ich meine, wir beide haben jetzt die Fronten geklärt, und ich akzeptiere jedes Wort von dir. Und ich verstehe dich voll und ganz, auch wenn ich keine Frau bin. Aber vielleicht auch gerade deswegen. Weißt du, ich wäre gerne mal für einen Tag, nur für einen einzigen Tag eine Frau. Zu gerne würde ich wissen, was man fühlt, denkt, warum man reagiert, wie man reagiert, so als Frau. Und bestimmt würde ich mich ganz schnell über dieses, wie soll ich sagen, dieses machohafte Dominier-Gehabe, das Gegockel, das triebgesteuerte Macker-Verhalten wahnsinnig ärgern.«

Er nickte ernsthaft und drehte sich wieder auf dem Barhocker. Jetzt, ja was glaubst du denn, jetzt hat die Wally plötzlich einen ganz anderen Gesichtsausdruck bekommen. So was Nachdenkliches, Überraschtes. So wie: »Hä? Von welchem Planeten kommt der denn?«

Sie griff über die Theke und zog den Max wieder zu sich. Er hob abwehrend seinen freien Arm und sagte in Richtung der Discokugel über ihm: »Ich entschuldige mich in aller Form für alle schwanzgesteuerten Lemuren, die dich in letzter Zeit zugetextet haben. Aber ich bin anders. Ganz anders. Vielleicht reden wir ein andermal drüber. Das ist nämlich eine traurige Sache und nicht in drei Worten erklärt. So, und jetzt muss ich aber weg. Und du: Zähne putzen. Bett. Gute Nacht.«

Aber die Wally hielt ihn fest. Warum, das fragst du mich? Weil das auch so ein Kniff ist, den der Manfred dem Auer Max verraten hat: Weck ihre Mutterinstinkte. In jeder Frau steckt eine Mutter. Mindestens eine. Erzähl ihnen was, was den Reflex, dir zu helfen, auslöst. Mach dein Problem zu dem ihrigen, dann hast du sie. Das glaubst du mir jetzt nicht? Na, dann lies mal weiter:

Wallys Zeigefinger war wieder vor Auers Nase: »Du bist schwul. Sag es doch gleich, dass du schwul bist. Mein Gott, fast alle gut aussehenden Männer sind schwul. Auch dieser amerikanische Schauspieler mit den grauen Haaren, der vor zwei Jahren diese berühmte Amerikanerin geheiratet hat, du weißt schon. Ja, und auch der Günter, der war bi.

Das ist doch heutzutage egal, wen oder was du besteigst, oder? Ich mag schwule Männer. Hey, ich war mal auf einer Kreuzfahrt. Dom Rep, 14 Tage all inclusive. Ich war auf dem Dampfer, aber mein Beauty-Case nicht, das ist irgendwie verschüttgegangen. Mein italienischer Kabinen-Stewart, der hat mich gefragt, was ich so an Schminkkram da drin hatte, und eine Stunde später hat er mir einen Korb mit all dem auf die Kabine gebracht, was ich brauchte. Und er hat mir noch ein paar Visagisten-Tipps gegeben. Stell dir vor, er wollte kein Trinkgeld, nur ab und zu mit mir über Schmuck und Tattoos reden.«

Der Auer Max fuhr sich mit der Hand über das Gesicht und schüttelte betrübt den Kopf. Dann sprach er zu seiner Hand, die mittlerweile auf dem Tresen einen nassen Kreis nachzog: »Nein, ich bin nicht schwul. Damit könnte ich leben. Ich bin gar nichts. Also, geschlechtlich, meine ich, verstehst du?«

»Nicht wirklich. Niemand ist garnichts.«

Der Auer kniff die Lider und den Mund zusammen, so, als wenn er vermeiden wollte, dass das, was jetzt kommt, ausgesprochen wird: »Meine Eltern wollten eine Tochter. Deswegen musste ich bis zur Einschulung Mädchenkleider und Schleifchen im Haar tragen. Und dann, später …«

Er seufzte: »Aber ich will dich nicht mit meinen Problemen belasten. Du hast genug Stress am Hals.« Er nickte betrübt. »Es war schön, mit dir zu reden. Wenn was ist, ruf mich auf meinem Handy an. Ich bin dann sofort hier. Mach's gut.«

Auer rutschte mit einer Backe vom Hocker, aber die Wally schnappte sich seine Hand und hielt ihn fest: »Stopp. Weißt du was? Wir beide trinken jetzt noch einen aller-allerletzten Absacker. Du erzählst mir ein bisschen und ich höre dir zu. Warte, ich sperre nur schnell die Eingangstür zu. Und recht viel mehr wie noch einen Letzten kann ich eh nicht mehr trinken, sonst bekomme ich Probleme mit meinen Beinen.«

»Tun sie dir dann weh?«

»Nein, aber sie gehen dann gerne mal auseinander.« Sie grinste, so wie eine Frau grinst, die weiß, dass sie ab jetzt sagen kann, was sie will, weil von dem Kerl da auf dem Hocker eh keinerlei Gefahr droht.

Der Auer drehte sich auf seinem Platz, um zu sehen, wie die Wally durch die Bar glitt. Was für ein Gang. Was für ein Weib, das kann ich dir sagen, mein lieber. Aber der Auer ist ja ein gewiefter Hund, wenn es um Frauen geht, also setzte er noch einen drauf. Er schaute betrübt vor sich hin und stellte die Füße auf den Boden: »So, jetzt muss ich aber echt weg. Ganz lieb von dir, aber ich trinke besser auch nichts mehr. In ein paar Stunden muss ich schon wieder fit sein, und du brauchst ja auch deinen Schlaf, gell?«

Die Wally kam zurück, nachdem sie die schwere Eingangstür abgeschlossen und zur Sicherheit noch mal dran gerüttelt hatte. Sie schubste ihn mit der flachen Hand an die Brust und schob ihn zurück auf den Barhocker. »Nix da. Du bleibst jetzt da. Ich möchte auch mal in Ruhe einen trinken und mich unterhalten, ohne Angst zu haben, dass sich gleich eine Hand in meinen Ausschnitt verirrt. Also, außerdienstlich, meine ich. Rühr dich nicht vom Fleck. Das ist ein Befehl.«

Sie ging um die Bar herum, lehnte sich dann tief über die Theke und tätschelte seine Hand: »Also, wo waren wir stehen geblieben? Du musstest als kleiner Bub Mädchenkleider tragen? Hast du dich deswegen geschämt?«

»Am Anfang eigentlich nicht, das war normal für mich. Auch die Puppen und die Spielküche, das hat mir gefallen. Und dann war da noch der Ursus.«

»Ein Freund von dir?«

Auer nickte und brachte ein schiefes, trauriges Lächeln gepaart mit einem abgrundtiefen Seufzer zustande: »Der Ursus war mein allerbester Freund. Ein Berner Sennenhund. Der war kastriert und psychisch ein bisschen daneben, weil er was Schreckliches erlebt hat, der Ursus.«

Merkst du jetzt so langsam, worauf er hinauswill, der Auer? Ja? Genau. Mitleid. Wenn eine Frau Mitleid mit deinem Schicksal hat, das ist die halbe Miete. Und die andere Hälfte ist wie gesagt, wenn du sie zum Lachen bringst. Jetzt könnte ich sagen, es gibt noch eine dritte und eine vierte Hälfte, aber dazu kommen wir später. Auch wenn du jetzt meinst, vier Hälften? Was wird denn das? Dann pass auf:

Die Wally schlug sich mit der flachen Hand auf den Mund und legte die andere an ihren rechten Busen. Diese Hand hat es gut, dachte sich der Auer, während die Wally flüsterte: »Was ist ihm denn passiert, dem Flusus?«

»Ursus. Ursus hat er geheißen. Der war ein Prackel von einem Hund, das kann ich dir sagen.« Auer schüttelte tieftraurig den Kopf: »Ein hauptberuflicher Lawinenhund. Voll motiviert und immer vorne dran, wenn es raufging, auf die Achttausender in Graubünden.«

Jetzt schaute die Wally aber: »Ich war mit dem Günter mal in Davos. Da haben wir uns den DJ Ötzi angeschaut. Aber so hoch sind mir die Berge da gar nicht vorgekommen. Da waren ein paar Dreitausender und so, das weiß ich noch. Andererseits, von Davos aus hat man ja nicht die ganze Schweiz überblicken können. Kann also gut sein, dass es da noch größere Berge gab.«

Der Auer biss sich vor Wut auf die Zunge. Und ich muss jetzt auch sagen, wenn du schon einen flotten Schmäh führst bei den Mädels, dann muss der einigermaßen glaubhaft sein. So eine verliebte Frau, die nimmt dir ja fast alles ab, in der ersten Phase jedenfalls. Aber dass irgendwo in der

Schweiz ein paar Berge stehen, so hoch wie der K2 oder der Nanga Parbat oder vielleicht sogar der Mount Everest, der ja immerhin 8.848 Meter hoch ist, wenn die Sonne scheint, das nimmt dir keine mehr ab. Romantik hin oder her. Andererseits, für die Wally ist das jetzt ja auch eine Ausnahmesituation, weil sie mit ihren Gedanken schon ganz woanders ist: Stichwort: Was ist mit dem Kerl da los? Kann ich den bekehren?

Der Auer sagte also, nachdem er aus seinem Glas getrunken hatte: »Jaja, aber meine Geschichte, die spielt ja auch lange vor dem Klimawandel. Früher, da waren die Berge noch Berge, aber das schmilzt dir ja heute alles unter dem Hintern weg. Was wollte ich eigentlich sagen?«

»Der Ursus. Was ist ihm denn widerfahren? Ist er abgestürzt, bei einer besonders gefährlichen Rettung?«

»So ähnlich, nur schlimmer. Der sollte an einem grauslichen, stürmischen Tag einen Bergsteiger retten, der sich in einer Höhle in der Mitte eines Berges verlaufen hatte. Der Schneesturm war so dicht, dass du gedacht hast, das ist ein Testbild im Fernseher. Nur noch weißes Flimmern, und saukalt war es. So kalt, dass dem Ursus sein logischer Verstand eingefroren sein muss, haben die Ärzte später gesagt. Sonst wäre das nie so weit gekommen.«

»Allmächtiger Gott. Warte, ich brauch noch einen Drink. Du auch!«

Die Wally drehte sich um, mischte sich einen steifen Drink, trank, dann, nach zwei Minuten: »Red weiter.«

Der Auer schnaufte tief und schaute ihr in die Augen: »Der Ursus kämpft sich also auf einem riesigen runden Höhleneingang vor. Sein Bergführer war weit weg, wahrscheinlich hat er sich selber verlaufen, bei dem Wetter. Der Ursus sieht nichts mehr in dem eisigen Schneesturm. Er tappt vorsichtig in die Höhle rein, und siehe da: Es wird ruhiger. Nur das

Heulen vom Sturm draußen und ein grummelndes Geräusch aus der Tiefe der Höhle.«

Die Wally hing mit ihren wunderschönen blauen Augen auf dem Mund vom Auer und ich glaube, in dem Moment hat sie sogar das Atmen vergessen.

»Ja und dann, stell dir vor, sieht er ein kleines Licht, ganz hinten, das zitternd ein bisschen größer wird, und es schaut so aus, als ob das Licht heller wird und schnell näherkommt.«

»Der vermisste Bergsteiger? Mit so einer Stirnlampe auf der Mütze?«, hauchte die Wally.

Mit ernster Miene schüttelte der Auer den Kopf und drehte das Glas, das vor ihm auf der Theke stand: »Nein, es war der 18.36 Uhr Schnellzug aus Zürich nach St. Moritz. Der Zug hatte vorne so ein weißes Licht, verstehst du? Einen Scheinwerfer. Und der Ursus konnte sich gerade noch zur Seite werfen, in einen Felsenspalt im Tunnel, wie der Zug auch schon an ihm vorbeidonnert. Seitdem ist er mental ein bisschen daneben und natürlich sofort pensioniert worden.«

Die Wally nahm Auers Hand in ihre beiden: »Das ist ja schlimm. Mein Gott, ist das traurig. Und dann seid ihr Freunde geworden?«

»Ziemlich beste Freunde, ja. Aber jetzt muss ich wirklich … Du verstehst?«

»Neinneinnein. Du bleibst hier, schließlich musst du mich beschützen. Wie ist es denn weitergegangen mit dir und dem Hund?«

Der Auer wischte sich theatralisch über die Augen und schniefte ein bisschen: »Das kann ich jetzt nicht erzählen, sonst kommen mir die Tränen.«

Sie strich ihm mit der Hand über das Gesicht und dem Auer wurde ganz anders. Aber er riss sich zusammen. »Ja, so war das. Aber ich, später durfte ich dann Kleidung für

Buben tragen, habe nicht gewusst, was ich eigentlich bin. Geschlechtlich, weißt? Die Mädchen in der Schule haben mich als eine der ihren akzeptiert, aber ich war ja kein Mädchen. Und die Burschen haben mich gar nicht beachtet, und ich sie auch nicht.«

»Du bist also eindeutig nicht schwul. Oder hast du schon einmal einen Mann geküsst?«

An dem Auer Max ist ein Schauspieler verloren gegangen, das würdest du jetzt auch sagen, wenn du sehen könntest, wie er das Gesicht verzogen hat. So, als ob er in seinem Leberkäs eine tote Maus gefunden hätte. »Nein, nie, das schwöre ich. Beim Leben meiner Mutter.«

»Aha. Und wie schaut's mit Frauen aus? Haben wir da schon die eine oder andere Erfahrung?« Die Wally schaute ihn neugierig an.

»Nein. Warum auch. Ich meine, ich mag ja Frauen. Und Männer und Hunde. Aber ich mag auch ein gutes Schnitzel oder ab und zu mal einen Apfelstrudel. Ich bin, und das hat mir mal ein Psychiater gesagt, ich bin ein ganz normaler Asexueller. Das ist heutzutage nichts Besonderes, und auch nicht ansteckend.«

»Ach was.«

»Ja. Irgendwann war ich bei so einem Kopfdoktor. Der hat mir geraten, ich soll zur Polizei. Und da zur Kripo, wenn's geht. Weil, hat er gesagt, der harte Kripo-Alltag, der biegt mich vielleicht wieder hin. Also seelisch, hat er gemeint. Weil das ist ja alles eine reine Kopf- und Seelensache, so eine Asexualität. Da zahlt auch keine Kasse. Wenn du schwul bist, dann wird das vielleicht als eine Krankheit anerkannt. Aber Asexuell? Ich habe selber bei der AOK nachgefragt. Da haben die nur milde gelächelt und mir eine Kur in Bad Birnbach empfohlen. Das wäre das Maximum, und selbst da müsste man bei der Diagnose tricksen.«

Auer schüttelte den Kopf und überlegte, was er jetzt sagen sollte, als sich sein Handy meldete, das er in der linken Hosentasche hatte.

»Du hast ja den gleichen Rufton wie ich auf meinem!« Die Wally lachte, weil ihr das anscheinend gefiel. Der Auer, mit dem Kopf ganz woanders, der brummte nur und zog das Telefon aus der Tasche und hob es ans Ohr: »Ja?«

Jetzt denkst du dir: Na, das ist doch nichts Besonderes, der gleiche Rufton und so weiter. Aber ich sage dir, genau das hätte der Auer beachten sollen. Dass die Wally das registriert hat, das mit dem Ton. Denn Frauen merken sich solche Kleinigkeiten. Du darfst jetzt nicht glauben, dass Frauen, nur weil sie blond sind und BH-Größe 75 DD haben, zwingend auch blöd sind. Die haben vielleicht das eine oder andere Problem mit Unterbrust-Schweiß, aber sonst ist so eine voll multitaskingfähig, das kannst du mir schon glauben.

Der Auer hörte eine Zeitlang zu, dann sagte er: »Ich verstehe dich ganz schlecht, Chili!«

Er schob sich den kleinen Finger der anderen Hand in sein rechtes Ohr und beugte sich ein bisschen nach vorne und schrie beinahe: »Warum ist die Musik so laut?«

Die war wirklich an der Grenze, die Lautstärke im »Wild West«. Und auch noch Marianne Rosenberg: »Er gehört zu mir, wie mein Name an der Tür …«

Der Chili schrie tapfer dagegen an: »Dein Paket ist da. Gut eingewickelt und wartet auf dich. Kommst du?«

»Ja, gleich. Aber warum ist es so laut bei dir?«

»Warte, ich geh mal schnell ins Büro!«

Der Auer deckte das Telefon mit der Hand ab und sagte zur Wally: »Der Chili. Er geht schnell ins Büro, weil es im Lokal so laut ist.«

Dann lauschte er wieder ins Handy: »Ja? Jetzt höre ich dich gut. Erzähl.«

Und der Chili: »Der Inkasso-Heinzi aus Salzburg ist da. Und der steht auf die Marianne Rosenberg. Den Scheiß müssen wir so oft hintereinander spielen, wie er will.«

»Warum?«

»Na weil er für alle im Laden bezahlt, solange die Rosenberg läuft. Komisch, normalerweise stehen nur Schwule und Lesben auf die Mucke. Glaubst du, der Heinzi ist auf seine alten Tage schwul geworden? Weil seine Alte so hässlich ist? Das wäre für mich Grund genug.«

»Der Inkasso ist doch nicht schwul. Und außerdem: In München hatte der immer eine rattenscharfe Rothaarige dabei. Auch aus Salzburg, glaube ich. Die hat dich umgehauen.«

»Die rote Zora? Die ist auch hier und hauptberuflich lesbisch. Um das geht's aber gar nicht. Pass einmal auf, Max. Der Inkasso kennt den schönen Adi. Und er hat natürlich mitgekriegt, wie der Adi reinkam, sich umschaute und mein Blondi an der Bar angebaggert hat. Die hat ihn nach nebenan gelockt, und da haben ihn die Zwillinge als Geschenk verpackt.«

»Super. Passt doch.«

»Jaja. Aber dann kommt der Heinzi und sagt: ›Was macht denn die krumme Sau hier bei euch? Ich sag: ›Na ja, der kommt ab und zu vorbei.‹ Und der Heinzi: ›Das wundert mich jetzt echt. Nach dem letzten Ding mit dem Richie und dem Günter sollte der doch abgetaucht sein. Zumindest, bis Gras über die Sache gewachsen ist. Ich sag: ›Welche Sache denn?‹ Und er grinst und meint, er hat da was gehört, weiß aber auch nix Genaues.«

Der Auer überlegte kurz, dann meinte er: »Ich kann jetzt nicht reden. Ich komm später noch vorbei, dann schauen wir mal. Und Chili …«

»Ja?«

»Stopf dir Watte in die Ohren, sonst holst du dir noch einen Tinnitus, okay?«

# SO, UND JETZT MACHEN WIR SCHNELL EINEN ABSTECHER

in das »Wild Wild West«. Und wenn du dich fragst, ja, warum geht denn jetzt die Geschichte vom Max und der Wally nicht weiter? Grade jetzt, wo es möglicherweise sehr spannend wird?

Da muss ich dir sagen, du kennst doch das, wenn du vor dem Fernseher sitzt. Du schaust dir was an, einen tollen Film oder eine Doku, und ganz plötzlich kommt eine Sprecherin oder ein Sprecher mit einem hauptberuflichen Bestatter-Gesicht ins Bild geschmettert und sagt: »Wir unterbrechen diese Sendung für eine wichtige Sondermeldung, die uns soeben erreicht hat.« Weil irgendwo in einem Land, von dem du gar nicht gewusst hast, dass es das überhaupt gibt, was passiert ist. Das steht am nächsten Tag dann eh in allen Zeitungen, aber was soll's. Und dann machen sie auch noch um 19.30 Uhr einen »Brennpunkt«, der das ganze folgende Programm nach hinten schiebt, und alles, was du vorher für eine Aufnahme programmiert hast, kannst du vergessen.

So ungefähr musst du dir den Schlenker vorstellen. Also:

Wie das Taxi mit dem schönen Adi drin vor dem »Wild Wild West« mit knirschenden Reifen auf dem feuchten Kies zum Stehen kam, sagte der Taxler nach hinten: »Die haben möglicherweise schon zu. Also offiziell. Wenn Sie aber hintenrum gehen und da ist noch Licht, dann klopfen Sie an die Scheibe. Die, die dunkelrot zugeklebt ist. Wollen Sie es mal probieren und ich warte so lange?«

Aber der schöne Adi war schon am Aussteigen, hat dem

Taxler einen Zwanziger hingehalten und gesagt: »Passt schon. Wenn keiner mehr da ist, geh ich zu Fuß ins Hotel.«

Also, wenn du mich fragst: Meiner Meinung nach war das die ganz falsche Entscheidung. Weil, wer den Adi kennt, der weiß, dass er im Grunde seines Herzens eine Sparsemmel ist. Er hat sich bestimmt gedacht: Wenn der Taxler wartet, dann läuft die Uhr. Da lauf ich bei Bedarf lieber selber, das ist billiger.

Und natürlich: Wenn das Taxi auf den Adi gewartet hätte, dann wäre die folgende Geschichte ganz anders abgelaufen. Aber meine Oma hat schon immer gesagt: »Das Schicksal ist eine ganz dumme Sau.«

Außerdem hat der Adi vielleicht auch, wie er so vor dem Taxi stand, das leise Wummern der Bässe gehört, was hieß, dass da drinnen noch Musik läuft. Auf jeden Fall: Das Taxi wendete langsam auf dem Kies und fuhr davon, nicht ohne eine nass stinkende Dieselfahne zu hinterlassen, die wie der Nebel des Grauens dicht über dem nassen Boden hing.

Es hat ein wenig getröpfelt, aber nicht so, dass du nass wirst, eher so ungemütlich feucht, so nieselig.

Ein Auto mit Salzburger Nummer stand neben dem Eingang. Ein alter Ford Mustang, schwarz, mit einer riesigen Flamme auf die Motorhaube gemalt. Airbrush heißt das, glaube ich. Die Felgen von dem Mustang waren golden, die Reifen mit weißen Rändern. Weißwandreifen. Hat heute auch fast keiner mehr.

So einen Mustang hat Steve McQueen in »Bullit« gefahren. Aber der von Steve war unauffällig, dafür aber präsent und kraftvoll. Der vom Heinzi dagegen sah aus wie der feuchte Traum eines schwarzen Luden im Tigerfell-Mantel mit Tigerfell-Hut aus New York. Und der Steve McQueen, der tät sich im Grab umdrehen, wenn er die verhunzte Schüssel vom Heinzi sehen müsste.

So eine elende Zuhälterschleuder, das dachte sich jetzt auch der Adi, der privat einen zehnjährigen Passat fuhr, in dem er aber immer nach einer Stunde Fahrt Rückenschmerzen und Probleme mit dem Stuhlgang bekam.

Er holte sich eine REVAL aus der Schachtel, steckte sie an und schaute sich um. Keine weiteren Autos. Der Parkplatz vor dem barackenähnlichen Gebäude war bis auf die Ludenkiste leer. Alle Fensterläden waren geschlossen und verrammelt und schwarz überpinselt.

Der Neon-Schriftzug »Wild Wild West« war kaum auszumachen, weil über dem Eingang nur ein kleines, blaues Notlicht leuchtete. Neben der Tür, die wie eine alte, stählerne Zellentür aus einem Knast aussah, war der Will Smith in Überlebensgröße zu sehen.

Der hingepinselte Will trug die Klamotten aus dem »Wild Wild West«-Film, hatte seine zwei Colts in der Hand, aber es fehlte ihm ein Teil des linken Beines. Da war die Farbe abgeblättert, sodass der arme Will aussah wie ein Seiltänzer, der eine komplizierte Flussüberquerung in großer Höhe macht.

Der Adi hämmerte an die eiserne Zellentür. Nichts. Keine Reaktion. Er ging einen halben Schritt zurück, schnippte seine halb aufgerauchte REVAL ins Dunkel und setzte einen gezielten Side-Kick an die Tür. Wummms!

Natürlich tut so was weh. Nicht der Tür, aber dem Fuß. Also hüpfte der Adi kurz auf dem anderen Bein und fluchte. In dem Moment ging die Tür auf, und das rundliche Gesicht vom Danny lugte aus dem Spalt: »Bist deppert oder was? Es ist zu. Geschlossene Gesellschaft.«

Der schöne Adi setzte sein schönstes Adi-Lächeln auf und meinte: »Ich war grade bei dem Rosenheimer Weltwunder, der Silikon-Wally. Und da sitzt so einer neben mir und sagt: ›Wenn du hier in dem Kaff einen draufmachen willst, dann geh ins ›Wild West‹.‹«

Er ging einen Schritt zurück, breitete die Arme aus und strahlte den Kopf vom Danny an. Der wiederum öffnete die Tür ein Stück weit und sagte: »Ja gut, der Laden ist offiziell schon zu, aber wir kippen mit einem Kumpel und den Mädels noch einen. Magst mitmachen?«

»Ich bin euer Mann«, sagte der Adi und wusste nicht einmal, wie recht er mit dem Spruch hatte.

Der schöne Adi war jetzt auch gar nicht mehr schön, was auch daran lag, dass seine Beine einen Viertelmeter über dem Boden strampelten, er keine Luft mehr bekam und es ihm das Gesicht von den Schmerzen ganz schön verzog. Ach ja, und die Augen, die hat es ihm rausgetrieben, sodass er ausgeschaut hat wie ein Laubfrosch, den ich als kleiner Bub mal gefangen habe.

Jetzt ist der Adi aber einer, der gibt nicht so schnell auf. Mit den Beinen schlug er nach hinten aus und wollte den Arnold so zu Fall bringen. Wie er aber zweimal gegen das Holzbein vom Arnold trat, und den hohlen Ton hörte: »Tock-Tock«, so, wie wenn ein gigantischer Specht an einen riesigen, aber hohlen Baumstamm klopft, da ist ihm so langsam die Angst in sein Gesicht geschlichen und er hat jeden Widerstand aufgegeben.

Danny glitt an ihnen vorbei, und wie der Adi den Kopf verdrehte und schräg über sich die grimmige Visage vom Arnold sah, da ist ihm der letzte Funke Hoffnung aus dem Leib gefahren.

Dann diese gruselige, geisterbahnmäßige Stimmung, wenn du in ein halbdunkles, fast leeres Nachtlokal gehst, hör mir bloß auf damit. Und jetzt noch die Marianne Rosenberg, volle Dröhnung, und der Kerl an der Bar, der ausschaut wie eine Geisterbahnfigur, dämlich grinst und sich umdreht.

Ich selber bin vor vielen Jahren mal aus Versehen in einer Keller-Disco eingesperrt worden. Weil ich auf dem Klo eingeschlafen bin, und die mich vergessen haben. Erst habe ich es genossen, in dieser Unterwelt rumzulaufen. Zwischen den verdreckten, verschmierten Tischen mit den überfüllten Aschenbechern und dem Geruch nach Schnaps, schalem Bier und kaltem Rauch. Den stummen Zeugen und stummen Überresten einer lauten, bunten Nacht. Hinter der Bar habe ich eine zerrissene Nylon-Strumpfhose gefunden und unter einem Hocker einen Fünfer gesehen, den ich eingesteckt habe.

Aber dann kam die Angst. Nicht so, wie der schöne Adi sie jetzt hatte, aber immerhin. Pass auf:

Der Adi hatte einen hochroten Kopf und schrie: »Lass mich runter!« Und zum Danny: »Nimm dieses Tier weg. Der stinkt ja wie ein Ural-Bär!«

Der grinste. »Wenn er das verstanden hat, dann hast du schlechte Karten, Bruder. Der weiß nämlich genau, wie ein Ural-Bär riecht. Weil ihm so ein Bären-Weibchen einen Fuß weggefressen hat.«

Arnold knurrte und warf den schönen Adi mit einer flüssigen Bewegung gegen die Bartheke. Wenn du schon mal im »Wild West« warst, dann weißt du, dass das so um die fünf Meter Luftlinie sind. Der Inkasso-Heinzi hat den Anflug vom Adi im Spiegel gesehen und ist einen Schritt zur Seite gegangen. Dann hat er seine Rothaarige neben sich geschnappt und sie zur Eingangstür geschoben.

Zwischenzeitlich ist der Adi am Ende einer ballistisch einwandfreien Flugbahn gegen das dunkle Holz der Theke geknallt und hat sich stöhnend zwischen zwei Barhockern zusammengekrümmt wie ein Embryo. Und die Marianne Rosenberg verstummte von einer Sekunde auf die andere.

Danny beugte sich über ihn und klopfte ihm auf die Schulter: »Wenn du freundlicherweise Lust hast aufzustehen, dann können wir jetzt nach hinten gehen.«

Der schöne Adi, der jetzt eigentlich der ramponierte Adi heißen sollte, zog sich wimmernd hoch, fuhr sich über das Gesicht und schaute seine Hand an. »Ich blute.« Und zum Arnold: »Du hättest mich beinahe umgebracht, du Viech!«

Arnold knurrte einen längeren Satz und Danny übersetzte: »Er meint, wenn der Fleck, wo du ihm auf die Anzugjacke gesabbert hast, nicht gleich wieder rausgeht, dann beißt er dir ein Ohr ab. Du kannst dir aber aussuchen, welches. Da ist er nicht so.«

»Ist der auch noch ein Kannibale?«

Adi stierte den Arnold an, der knurrte wieder, und Danny dolmetschte: »Er sagt, interessant, dass du das jetzt fragst. Er war früher mal in Papua-Dingsbums im Urwald. Und er ist sich ziemlich sicher, dass sie ihm da Menschenfleisch zum Essen gegeben haben. Du weißt schon, diese kleinen nackten braunen Kerlchen mit diesen Rohren, mit denen sie die Affen von den Bäumen geschossen haben.«

Adi war jetzt kurz davor, seinen Verstand zu verlieren. Er stützte sich mit den Ellenbogen an der Bar ab, stierte über die Schulter den grinsenden Arnold an und sagte zu Danny: »Kein Scheiß jetzt?«

Arnold grunzte und knurrte wieder.

»Er sagt, die haben ihm gesagt, das wäre ein Stück vom Affenbein, was er da gegessen hat. Aber dafür war es eigentlich zu groß, meint er.« Danny zeigte mit den Handflächen vor seiner Brust etwa einen Dreiviertelmeter an. »Oder hast du schon mal einen Affen mit so einem Oberschenkel gesehen? Ich nicht.«

Danny sprach nicht weiter, weil Arnold knurrte und dabei feixend das Gesicht verzog.

»Aber er sagt, das hat ein bissel wie Backhendel geschmeckt. Da kennt er sich nämlich aus, mit Backhendeln. Die mag er.«

Weiter hinten ging die Tür zum Büro auf und Chili schrie in das halbdunkle Lokal: »Was ist, macht ihr ein Quiz da draußen? Bringt den Kerl rein, aber flott! Wo ist der Heinzi?«

Danny schaute den Adi an: »Du hast es gehört. Flott, sagt er.« Und zum Chili: »Ist nur schnell raus, bringt die Zora ins Auto. Kommt aber gleich wieder.«

Worauf der Arnold den Adi mit einer Hand hochhob und ihn quer durch das Lokal genau durch die offene Bürotür schleuderte.

Adi knallte auf allen vieren gegen den Schreibtisch, dummerweise wieder mit dem Kopf.

Der Chili, der daneben stand, gab ihm einen Tritt in den Magen und riss ihn hoch.

Danny schob dem Adi von hinten einen Stuhl in die Kniekehlen, und Arnold rannte flugs mit einem dicken silbernen Textil-Klebeband um den Stuhl herum, sodass der Adi nach einer Minute aussah wie der Tutanchamun in dieser DVD-Serie mit dem Ben Kingsley.

Und weil der Adi jetzt seine nackte Angst hinausschrie, klebte ihm der Arnold auch noch schnell den Mund bis hinter zu den Ohren zu, dass es dem armen Adi die Augen noch ein Stück weiter heraustrieb, was den Danny veranlasste »Gell, da schaust!« zu sagen.

# LETZTENDLICH

ist der schöne Adi, oder das, was von ihm zu sehen war, in eine gnädige Ohnmacht gefallen. Die hat aber nur ein paar Minuten angehalten, dann hat ihm der Chili eine Flasche Mineralwasser über den Kopf geschüttet.

Der Adi riss mit einem Ruck die Augen auf und schloss sie aber gleich wieder. Nach einem Stöhner, von dem man aber wegen dem Silberklebeband auf seinem Mund nicht viel gehört hat, öffnete er sie ganz langsam und vorsichtig. Er drehte den Kopf ein wenig, um sich die Gesellschaft anzuschauen, die sich wiederum ihn ansah: Hinter seinem Schreibtisch saß der Chili und spielte mit seinem langen blonden Pferdeschwanz. Auf der rechten Kante des Schreibtisches hockte, vom Adi aus gesehen, der kleine Danny in seinem unfassbar schillernden, pflaumenfarbenen Polyester-Anzug. Der riesige Arnold, der mit dem Rücken an der Wand lehnte, trug eine ebensolche Scheußlichkeit. Nur waren auf seinem jetzt, im hellen Neonlicht ganz deutlich die Sabbereien vom Adi zu sehen.

Zur Krönung des Ganzen saß der Inkasso-Heinzi mit dem halben Hintern auf der Fensterbank. Mit seinen kurzgeschorenen semmelfarbigen Haaren und dem rechten Glasauge sah er auch nicht gerade schnuckelig aus. Das Glasauge, musst du wissen, hatte irgendwie ein Eigenleben. Es schien immer in Bewegung zu sein und schaute prinzipiell ganz woanders hin, als ob es dauernd neugierig wäre und mit dem Rest vom Heinzi sowieso nichts zu tun hätte.

Der Inkasso ist das, was man einen »dürren Hering« nennt. Aber täusch dich nicht. Wo der hinhaut, dann wächst da lange Zeit nichts mehr.

Die vier starrten den Adi an. Danny glitt von der Tischplatte, schnappte sich einen kleinen runden Schminkspiegel, der, warum auch immer, im Regal hinter dem Schreibtisch stand, und hielt ihn dem Adi vor das Gesicht: »Schau dich noch einmal an. Wenn wir mit dir fertig sind, siehst du möglicherweise ein bissel anders aus.«

Adi versuchte, nicht in den Spiegel zu schauen. Aber das ging nicht. Wenn dir einer einen Spiegel vor das Gesicht hält, dann schaust du ganz automatisch rein, ob du es willst oder nicht.

Der Adi sah sich gleich mehrfach. Stichwort: leichte Gehirnerschütterung nach den zwei Flugreisen hintereinander. Er schnaufte heftig, der Spiegel beschlug und gab dem Ganzen einen mystischen Touch und seinen Augen einen Glanz, den sie in der Wirklichkeit nicht hatten. Vielleicht war es aber weniger der Spiegel als vielmehr die Todesangst, die ihn so aussehen ließ.

»Ich nehme dir jetzt das Pflaster auf deinem Maul ab. Wenn du schreien willst: nur zu. Hier hört dich keine Sau!« Danny zog mit einem einzigen schnellen Riss das Klebeband von Adis Mund und der schrie wirklich auf wie ein gestochenes Ferkel.

Weniger wegen dem Schmerz, als wegen dem, was auf der klebrigen Seite des Bandes hing: sein kompletter, bleistiftdünner Schnauzbart.

Danny sah das jetzt auch und hob den Klebestreifen so, dass die anderen den Ex-Schnäuzer auch sehen konnten. Arnold grinste. Der Inkasso-Heinzi murmelte: »Ja leck mich doch am Arsch.«

Und der Chili beugte sich vor, um das haarige Dings aus der Nähe zu betrachten: »Das nennt man ›Brazilian Waxing‹. Hab ich im letzten Playboy gelesen«, sagte er schon fast ehrfürchtig.

Adi tobte los: »Ihr blöden Hunde. Das war ein Implantat. Der Scheißbart ist Haar für Haar eingesetzt worden. Wisst ihr, wie lange das gedauert hat? Und was so was kostet, ihr Idioten?«

Er schäumte vor Wut, und seine Angst war wie weggeblasen.

Danny wedelte mit dem haarigen Klebeband vor Adis Nase: »Ich kann ihn dir wieder hinkleben. Mach ich gleich. Aber vorher haben wir ein paar Fragen.«

Er setzte sich wieder mit einer seiner dicken Backen auf die Tischplatte: »Warum suchst du den Laim?«

»Wen?«

Danny seufzte und schaute zu Arnold. Der stieß sich mit einem Fuß von der Wand ab, ging zum Adi und haute ihm mit der flachen Hand von oben auf den Kopf. Wumm.

Adi schrie auf: »Nicht auf die Haare, du Viech.«

Arnold schaute erstaunt und Chili deutete grinsend mit dem Zeigefinger über den Schreibtisch: »Warum nicht? Sind die auch draufgetackert? Echt jetzt?«

Adi nickte mit Tränen in den Augen und brüllte wieder auf, als ihm Arnold probehalber ein Büschel Haare ausriss. Er hielt sie sich vor die Augen, roch daran und gab sie vorsichtig an Chili weiter. Der nahm sie, holte ein BIC-Feuerzeug aus der Tasche und zündete die Haare an. Innerhalb einer Sekunde stank es im Zimmer, während das kleine Büschel zwischen Chilis Fingern verkokelte.

»Die san von einem Gaul«, meinte der Inkasso-Heinzi mit Kennermiene und schaute zum Adi rüber: »Da ham's dich ganz schön beschissen, Alter.«

Chili klatschte in die Hände: »So kommen wir nicht weiter. Arnold, mach an.«

Der Riese nickte und riss dem schönen Adi mit einem Ruck fast alle Haare aus, die er mittig auf dem Kopf hatte.

»Also, jetzt schaut er aus wie ein Schweigemönch«, meinte Danny.

Und das tat er wirklich, der Adi. Er schwieg. Arnold knallte ihm noch ein paar, Chili kam um den Tisch herum und haute ihm das örtliche Telefonbuch – Stadt und Landkreis Rosenheim – auf den Schädel, so, wie man das in den amerikanischen Filmen immer sieht.

Da reden dann alle.

Der Adi aber nicht.

Das Blut rann ihm aus der Nase, aber er schwieg.

Nach fünf Minuten meinte Danny: »Er schweigt. Und wie. Ich hab mal gelesen, dass es viele verschiedene Arten von Schweigen gibt. Das Schweigen über das, was man verschweigt. Das verwunderte Schweigen, wenn man schweigt, weil man nichts weiß. Das zornige Schweigen, weil man weiß, was man zu verlieren hat. Und das Schweigen aus Angst. Das ist das lauteste Schweigen, weil es mehr sagt als viele Worte. Wisst ihr, was ich glaube? Der Kerl da schweigt aus Angst. Schaut ihn euch nur an.«

Chili sagte grübelnd: »Ich erzähl euch was: Eine meiner Exfrauen, die konnte auf so eine fiese Art schweigen, dass ich nach zehn Minuten regelmäßig ein schlechtes Gewissen bekommen habe, auch wenn ich gar keinen Grund dazu hatte.«

Der Inkasso rutschte auf der Fensterbank hin und her, bohrte kurz in der Nase, schaute, was auf seinem Finger war, und sagte, eigentlich mehr zu seinem Finger: »Ich weiß, warum der den Laim Günter sucht. Den Richie hat er ja schon gefunden.«

»Was?« Chili fuhr mit dem Kopf herum, schaute erst den Heinzi an, dann den Danny, den Arnold, schließlich den Adi, zuletzt wieder den Heinzi: »Erzähl!«

Der streckte sich ein bisschen, nickte zum schönen Adi

hin und meinte: »Der ist möglicherweise der Dritte gewesen. Bei der Geldtransporter-Sache. Bei mir in Salzburg war vor ein paar Wochen einer, so ein schwuler Sack, der hat mir erzählt, dass der Adi ein Wahnsinnsfahrer ist, weil die zusammen in Niederbayern mal was gedreht haben. Und da hat er …«, der Inkasso nickte wieder zum Adi hin, »… da hat er die Karre gefahren. Einen frisierten Audi. Hab ich recht oder ja?«

Adi schwieg, aber er ließ jetzt seinen Kopf auf die Brust sinken, was bei Verhören nie ein gutes Zeichen ist.

Chili schaute auf die Uhr: »Ich bin müde und hab Hunger. Schalten wir einen Gang rauf. Danny, reiß ihm die Zähne raus. Draußen, hinter der Theke, da liegt eine Flachzange. Und bring mir ein Bier mit. Noch jemand was?«

Der Inkasso hob einen Finger, Arnold nickte und Chili sagte: »Also, drei Bier, für dich auch was, die Flachzange und einen Beutel Erdnüsse für mich. Aber die doppelt gebackenen, die braunen.«

Danny ging aus der Tür und der schöne Adi ließ ein Wimmern hören: »Nicht die Zähne, bitte nicht die Zähne.«

Chili schaute träge zu ihm rüber: »Sollen wir erst mit den restlichen Haaren weitermachen? Kannst du dir aussuchen, wir sind ja keine Unmenschen.«

Adi schüttelte vorsichtig den Kopf, und Chili schnippte mit den Fingern: »Die Zähne sind auch falsch, stimmt's? Du hast dir eine neue Kauleiste reinlöten lassen. Mann, du bist dir aber echt was wert.«

Der Adi schniefte und spuckte Blut: »Ich hab den Fluchtwagen gefahren. Hinter der Stadthalle hab ich gewartet, bis die zwei mit dem Koffern angerannt sind. 20.000 waren ausgemacht. Die hab ich bekommen. Aber da ist nix mehr davon da.«

»Verstehe.« Chili nickte mit dem Kopf. Wobei, es war mehr

so ein Nach-vorne-Fallenlassen und schnelles Wiederhochheben des Kopfes. »Aber warum bist du dann hier? Ich meine, hier in Rosenheim?«

Adi kniff die Augen zu, weil ihm der Schweiß reinlief und er keine Hand freihatte, um sich das Zeug wegzuwischen. »Die schicken mich. Die aus München, die den Plan hatten. Zwei Weichbirnen wie der Richie und der laimige Günter kriegen so was doch nicht selber auf die Reihe.«

»Das konnte der Günter früher aber sehr gut, soweit ich mich erinnere. Wer sind die aus München?«

»Wenn ich das sag, bin ich tot.«

»Den Gefallen können wir dir auch schon vorher tun. Übrigens, hast du das von dem Richie gehört? Dem Amateurtaucher?«

Adi nickte: »Das waren bestimmt die. Der Günter und der Richie sollten ein paar Tage stillhalten, in einer Wohnung in der Nähe vom Tegernsee. Die gehört einem von den Münchnern. Dort wollten sich dann alle treffen und das Geld teilen. Alle außer mir. Ich hab meins ja schon gekriegt. Weil der Günter gesagt hat, die Tschuschen, die linken uns vielleicht. Deswegen kriegst du deine 20 gleich. Weil, einen Spezl bescheiß ich nicht. Dann hab ich sie nach Raubling zum Bahnhof gefahren. Weil der Richie gesagt hat, was fällt an einem Bahnhof weniger auf, als ein Mann mit einem Koffer? Oder zwei Mann mit zwei Koffern? Das müsst ihr mir jetzt glauben.«

Bei diesen letzten Worten des schönen Adi kam der Danny wieder reingestiefelt. Er hatte in der einen Hand vier 0,3er-Auerbräu-Flaschen, in der anderen die Erdnüsse und die Flachzange. »Den Satz höre ich jedes Mal im Fernsehen. ›Das müssen Sie mir jetzt glauben.‹ Oder wenn im Film der Mann heimkommt und der Lover hat noch seinen Buntstift in der Alten, weil er auf ihr liegt, dann sagt die, während der

Kerl noch Liegestütze auf ihr macht: ›Schatz, es ist nicht das, wonach es aussieht. Das musst du mir jetzt glauben.‹« Und zu Chili: »Hast du diese Zange gemeint, Chef? Da liegt nämlich noch eine.«

»Ja, die geht auch. Danke. Stell die Biere da hin und gib mir die Nüsse.«

Adi sagte: »Kann ich dann gehen?«

Darauf Chili: »Bleib bitte noch ein wenig, wenn du Zeit hast. Wo ist der Günter?«

Jetzt schaute Adi leicht verwirrt. »Moment. Das ist meine Frage. Deswegen bin ich doch in diesem verkackten Rosenheim.«

Der Inkasso-Heinzi glitt von der Fensterbank: »Ja also, ich muss dann langsam wieder. Nicht dass ich einschlaf auf dem Weg nach Salzburg. Und meine Torte sitzt ja auch im Auto und wartet.«

Zum Adi sagte er: »War mir eine Freude, dich endlich mal persönlich kennenzulernen. Komm doch mal in meiner Kneipe vorbei, wenn du in Salzburg bist. Das ›Iss was‹ in der Burgunderstraße. ›Iss was – dann wirst was‹, das ist unser Slogan. Die besten Käsekrainer der Stadt. Also dann.«

Er streckte dem Adi die rechte Hand hin, aber wie willst du einer Mumie die Hand schütteln?

Verlegen wischte sich der Heinzi die Hand an seiner Hose ab, nahm eine der Bierflaschen vom Schreibtisch, hob sie in Schulterhöhe und fragte: »Die nehm ich mit. Für die Fahrt. Ist da Pfand drauf?«

Der Chili schaute ihn nur an, und der Inkasso zuckte mit der Schulter. »Ich mein ja nur. Kleinvieh macht auch Mist. Also, dann noch viel Spaß die Herren. Servus, Habedieehre, gschamster Diener und so weiter.«

Dann ging er aus dem Büro, die Absätze seiner wüstengelben Cowboystiefel knallten laut auf den Dielenboden, als er über die Tanzfläche im Lokal stampfte, und dann schlug auch schon die Eisentür dumpf hinter ihm zu.

Chili schob sich eine Handvoll Nüsse in den Mund, kaute, und sagte: »Was sollen wir jetzt bloß mit dir machen, Adi?«

Der bewegte den Kopf wie ein Boxer vor dem Kampf: nach links, von links nach rechts, vor und zurück. »Die haben den Richie gefunden. Ob der noch Geld gehabt hat oder nicht, das weiß ich auch nicht. Ich hab für die schon mal gearbeitet, und die haben mir auch den Fahrerjob gegeben. Sie haben aber auch gesagt, dass ich ein Auge auf die anderen zwei haben soll.«

»Warum?« Danny nahm einen kleinen Schluck.

»Weil der Richie den IQ von einer schlecht gelaunten Wassermelone hat. Und der Laimige, der ist ein schwanzgesteuerter Testosteron-Irrer. Der denkt voll aus der Unterhose raus. Also haben die gesagt, wenn der irgendwann wiederauftaucht, dann bei der Silikon-Wally. Von so einem Weib lässt man nicht ab. Der schon gleich gar nicht. Und die haben ja immer noch so eine On-Off-Beziehung gehabt.«

Danny trank wieder, überlegte und sagte dann: »In der Zeit, als ich noch verheiratet war, da bin ich auch flott fremdgegangen. Immer auf der Suche nach der heiligen Grotte. Aber wisst ihr was? Sobald du in der Braut drin bist, ist es genauso wie zu Hause. Hat relativ lange gedauert, bis ich das kapiert habe. Ist aber so. Was sagst du dazu, Adi? Ich mein, mit Frauen kennst du dich doch hauptberuflich aus, oder?«

Adi nickte. »Da erzähl ich dir gerne alles, was du wissen willst. Aber nicht heute, ja? Also, wenn es euch nicht allzu viel ausmacht, würde ich dann wirklich gerne so langsam …«

Aber Chili schüttelte den Kopf. »Sosehr ich dir helfen möchte, aber wir warten noch auf einen Freund von mir.

Der müsste eigentlich schon lange da sein. Tut mir leid, wenn wir dich wegen so was aufhalten. Ehrlich jetzt. Mach es dir einfach ein bissel bequem und denk an was Schönes, ja?«

# DU MAGST DAS BESTIMMT AUCH NICHT:

Da schaust du dir einen Film im Fernsehen an, es wird so richtig spannend oder erotisch, je nachdem. Aber jetzt fliegst du von gleich auf sofort in eine völlig andere Szene. Auf dem Bildschirm steht »zwei Tage vorher« oder »vor drei Wochen«. Oder auch gar nichts, nur, dass du plötzlich in eine andere Handlung geschmissen wirst und erst mal nachdenkst, ja, was ist jetzt?

Ich erkläre dir das, weil wir jetzt wieder im Babylon sind. Versäumt hast du nicht viel. Die Wally und der Auer Max haben noch ein paar Drinks genommen. Die Wally wird langsam locker und cremig, weil sie sicher ist, dass ihr der Max nicht an die Wäsche will. Aber sie ihn bestimmt »heilen« kann, wenn sie möchte.

Die meisten Kerle, was sag ich, eigentlich alle, die um diese Uhrzeit mit der Wally alleine im Babylon hocken, wollen nur das eine: der Wally mit einer Hand in die Bluse und mit der anderen in den Schlüpfer.

Sogar ihr Günter, der war eine Zeitlang so was von dauergamsig, dass sie ihn einmal angeschrien hat: »Wenn du dich nicht zusammenreißen kannst, dann verlasse ich dich!«

Und der Günter Laim, Spitzname »Laiminger«, der hat blöd gegrinst und gesagt: »Wart ein bissel, ich komme mit.«

Also, wir sind wieder in der Bar und der Auer erzählte der Wally von seinem Dienst bei der Münchner Kripo: »Die meisten Zuhälter waren nicht wirklich auf Ärger aus, wenn wir auftauchten. Ich auch nicht. Es ist nur so, der Ärger hat es immer auf mich abgesehen gehabt. Es fing immer ganz harmlos an, verstehst du? Wir gehen in einen Puff rein, da lümmeln die Luden an der Bar und kennen uns schon. Man grinst sich an, es ist ja nix Persönliches, alles nur Geschäft. Das von denen und das von uns. Aber wenn ein Neuer, ein Nachwuchszuhälter in der Stadt ist, oder einer, der noch in der Ausbildung steckt, dann kann es schon sein, dass der glaubt, er muss jetzt Männchen machen. Bei dem lockert sich erst eine Schraube, dann zwei, dann gleich mehrere auf einmal. Da kannst du zuschauen, wie es dem alle samt den Muttern aus seinem Kopf um die Ohren haut.«

Der Auer nahm einen tiefen Schluck und schüttelte gedankenverloren den Kopf. Die Wally hing, weit über den Tresen gebeugt, an seinen Lippen.

»Die Alten, die versuchen vielleicht, ihn zu bremsen. Oder auch nicht. Wenn da so ein junger Ungustl im Revier auftaucht, dann kann es auch sein, dass die ihn bewusst auflaufen lassen, kapierst du das? Die sagen dem, später kommen zwei Bullen, das sind so richtige Arschlöcher. Die brauchen das, dass man ihnen mal so richtig die Rosette versohlt, besonders der eine. Der ist ein Masochist, der mag das. Und jetzt rate mal, wer der eine war?«

Max deutete mit dem Daumen auf seine Brust: »Ich. Ich war der eine. Die Alten haben genau gewusst, dass von dem neuen Gockel auf dem Misthaufen nur noch ein bisschen Chicken-Klein übrig war, wenn ich den behandelt habe. Ich hab früher viel trainiert und Diät gehalten. Und ich war immer besser in Form, als man mir ansah. Jetzt mache ich nicht mehr viel. Nur so hin und her mit Gewichten und ein bissel auf Ausdauer. Ich will halt keinen Bauch, auf dem man eine Halbe Bier abstellen kann. Dafür schmeckt mir jetzt das Essen besser. Pass auf, weil ich grad von alten Gockeln erzählt hab, da fällt mir diese Geschichte wieder ein, die ist irgendwie aus dem Leben gegriffen: Ein Bauer bringt vom Markt einen neuen, jungen Gockel mit auf den Hof. Einen richtig kräftigen, mit einem tollen roten Gockel-Gefieder, einem prächtigen Kamm, einem knallgelben Schnabel und harten grünen Augen. Der ganze Gockel sieht eher schon wie ein zorniger amerikanischer Weißkopfadler aus, du weißt schon, das Wappentier, das dem Trump mal die Frisur verwurschtelt hat.«

Merkst du was? Der Auer weiß natürlich genau, wie man eine Frau zum Zuhören bringt. Und die Wally hängt jetzt förmlich an seinen Lippen, ihr roter Mund ist leicht geöffnet, und ihre wunderschönen blauen Augen schimmern wie zwei klare Bergseen im Juli.

»Der Bauer steigt also auf seinem Hof neben dem Misthaufen vom Traktor, hebt den neuen Hahn aus der Schachtel und stellt ihn vor den Misthaufen. ›Das ist ab jetzt dein Misthaufen, und da hinten, neben der Scheune, da ist der Hühnerstall. Zwölf bayerische Schönheiten warten da auf dich.‹ Der Hahn schüttelt sein Gefieder, schaut sich um und sieht ganz oben auf dem Misthaufen einen ziemlich alten, zerzausten und dürren Gockel, der misstrauisch runteräugt. Der Bauer schaut auch hoch und sagt: ›Ach so, das ist der Alois, der da oben. Der kriegt langsam Probleme, wenn er auf die Hennen springt. Ein paarmal ist er jetzt schon danebengehupft, weil er nicht mehr so gut sieht. Mit dem kriegst du keinen Ärger.‹ Sagt es, und geht ins Haus. Der neue Gockel kräht zum Alten hoch: ›Hey, Federwisch, ich bin der Joe, der neue Sheriff hier am Hof. Alles klar, oder soll ich dir präventiv ein paar auf die Flügel geben? Nur so, zum Kennenlernen?‹ Der alte Hahn kommt mühsam den Misthaufen runtergeschliddert, bleibt vor dem Neuen stehen und sagt: ›Nein, nein. Alles klar. Ich bin ja froh, wenn ich nicht mehr auf die Mädels muss, das kannst du mir glauben. Herzlich willkommen. Nur hätte ich mir halt einen etwas würdigeren Abgang gewünscht. So, dass die Weiber mich wenigstens noch auf dem Hof dulden, verstehst du das?‹ Der Joe plustert sich auf, grübelt ein bisschen, legt den Kopf schief und starrt den Alois mit einem Auge an. ›Ok, aber keine Verarsche, ja? Was willst du?‹ Der alte Alois wird auf einmal ganz klein und demütig und sagt: ›Was hältst du davon: Wir beide machen ein Wettrennen. Von hier bis zum Hühnerstall rüber, wie findest du das?‹

Jetzt schüttelt es den Joe vor Lachen und er prustet: ›Ja klar, du alter Depp, ein Wettrennen. Wenn dir das was bringt, dann mal los!‹ Aber der Alois scharrt verlegen ein bisschen in dem Mist vor seinen Krallen und sagt verschämt: ›Gut, aber du bist ja so jung und kräftig, und ich so alt und krank. Lass mir bitte gnädigerweise einen oder zwei Meter Vorsprung. Dafür darfst du beim Laufen so laut krähen, wie du willst, damit dich die Mädels hören und gleich sehen, was du für ein starker und schöner Adonis bist.‹ Joe schließt kurz die Augen und streckt den Schnabel nach oben. ›Das macht Sinn, alter Knabe. Gut, du rennst jetzt los. Ich gebe dir Vorsprung bis zum Brunnen da drüben. Sobald du dort bist, krähe ich volle Kanne und komme angedüst. Aber verlieren wirst du trotzdem. Weil ich dich auch mit diesen paar Metern Vorsprung mühelos bis zur Scheune rüber einhole. Können wir? Dann mal los, du Federsack.‹ Alois nickt und humpelt jammernd quer über den Hof zum Brunnen. Kaum ist er dort angelangt, kräht der Joe los wie der Teufel und rast mit flatternden Flügeln über den Lehmboden. Der Bauer, in der Küche, der schaut wegen dem Krach aus dem Fenster. Er sieht seinen alten Hahn, der in heller Panik, heiser krächzend zur Scheune rennt. Der Neue ist offenbar hoch erregt und hinter ihm her. ›Ja Kruzifix‹, sagt der Bauer, nimmt die Schrotflinte vom Schrank, legt an und erschießt den Joe in vollem Lauf, sodass seine Prachtfedern vom Schrot in alle Richtungen stieben. ›Schon der dritte schwule Hahn in diesem Jahr, ich glaub es einfach nicht.‹«

Wally brach in schallendes Gelächter aus und schlug dem Auer mit der flachen Hand auf den Unterarm: »Beinahe hättest du mich reingelegt. Du machst ja ein Gesicht beim Erzählen, als wärst du wirklich dabei gewesen. Und der arme Joe ist wahrscheinlich auf dem Grill gelandet, oder?«

Sie streckte sich und gähnte: »So, ich brauch hier unten noch eine Viertelstunde mit dem Kram. Alles abschließen und so. Wollen wir oben noch einen Absacker nehmen? Was meinst du? Ich mach hier dunkel und nehme noch eine Flasche Weißen mit, dann futtern wir was und reden noch ein bissel. Um die Zeit kann ich eh nicht gleich einschlafen, ich mach mir immer noch was Kleines zum Essen, trinke was und lasse den Stress abfallen. Erst dann kann ich ins Bett gehen. Na, wie wär's? Kommt echt nicht oft vor, dass ich einen Kerl zu mir nach oben bitte, aber du bist ja in jeder Hinsicht eine Ausnahme.«

Der Auer griff sich unauffällig zwischen die Beine, legte sein halb erigiertes Glied schräg und schaute auf die Uhr: »Ich müsste eigentlich noch wohin.«

»Toiletten sind da hinten.«

»Nein, ich meine weg, woanders hin. Es wäre ja nett, mit dir noch ein bissel zu plauschen, aber ich glaube, ich gehe jetzt lieber.«

»Max Auer. Schau mir in die Augen. Noch nie, und das schwöre ich, noch nie hat es ein Mann abgelehnt, mit mir nach oben zu gehen. Und damit fangen wir jetzt auch gar nicht erst an. Du rutscht jetzt auf der Stelle von dem Hocker, machst ein freundliches Gesicht und gehst durch die Tür links von der Toilette. Und dann die Treppen hoch und machst das verdammte Licht im Wohnzimmer an. Dann gehst du in die Küche, schaust, was im Kühlschrank ist, und machst uns was zum Futtern. Wenn ich gleich mit dem Wein nachkomme, sind Gläser auf dem Tisch, die kleine Lampe hinter dem Sofa brennt, alle anderen Lichter sind aus. Und du, du sitzt auf dem Sofa und erwartest mich. Freundlich lächelnd und ohne Hintergedanken. Kannst du dir das so weit merken?«

Sie funkelte den Auer Max an, ihre Fäuste hatte sie in die Hüften gestemmt, und wie sie dann auch noch zornig eine Locke aus der Stirn bläst, da hätte er sie am liebsten gleich auf die Bartheke gelegt, ja, was glaubst du denn?

Ich meine, weil der Auer ja im Prinzip auch nur ein Mann mit all den Trieben ist, die ihm die Natur zugeteilt hat. Ich will sogar behaupten, dass der Max noch ein bissel triebiger ist als der große Rest. Aber: einmal Polizist, immer Polizist. Das heißt, dass du deinen Unterleib auch in Extremsituationen unter Kontrolle haben musst. Und natürlich musst du eisern bei deiner Taktik bleiben. Auch wenn der Unterkörper schon laut und deutlich mitplant.

Also schaute er zerknirscht auf den Boden, legte den Kopf schief und lächelte sie an: »Wenn du meinst. Aber mach dir bitte keine falschen Hoffnungen.« Die Wally schaute ihn jetzt an wie einen Außerirdischen, dann schüttelte sie den Kopf und ging zu den Regalen. »Ich glaub es einfach nicht. Na dann, bis gleich.«

# DAS GANZE LEBEN IST EINE BUCHSTABENSUPPE …

Genau das hat sich der Auer gedacht, als er oben in der Wohnung erst die alte Stehlampe hinter dem grauen stoffbezogenen Sofa angeknipst hat, und dann weiter in die Küche ging. Die war zwar ziemlich klein, vielleicht neun oder zehn Quadratmeter, aber sehr funktionell. Gleich wenn du reinkommst, steht an die Wand gerückt ein kleiner weißer Resopal-Tisch, an dessen Seiten zwei weiße Klappstühle. An der hinteren Wand ist ein mächtiger, zweitüriger roter Kühlschrank mit einem Würfeleis-Spender in der Mitte. Ja und links steht der Herd, vier Ceranfelder, mit Backofen drunter, daneben die Arbeitsplatte. An die Wand gedübelt hängen drei längliche Schränke für Geschirr und Gläser, die man durch die milchigen Scheiben sehen kann. Links und rechts neben dem Herd: ebenfalls Schränke, aber einer davon mit Schubladen.

Der Auer ging zum Kühlschrank, wollte ihn schon öffnen, als er die vielen kleinen Fotos sah, die an der Wand angebracht waren. Einige mit Reißzwecken, ein paar mit Klebeband, und einige der größeren Bilder waren sogar mit kleinen, weißen Deko-Nägeln an die Wand gehämmert worden.

Auf dem Kühlschrank stand ein Marmeladenglas, halb gefüllt mit diesen kleinen Buchstaben-Nudeln, die du als Kind bestimmt auch ab und zu in der Suppe gehabt hast. Ich weiß noch, dass ich mit dem Löffel immer welche aus der Brühe gefischt und am Tellerrand aufgereiht habe. Manchmal habe ich sogar ganze Sätze zusammengebastelt. Dann hat mir meine Mutter immer mit der flachen Hand auf den

Kopf gehauen und gesagt, die Suppe soll man essen und nicht damit herumspielen.

Später, viel später, hat sich der Auer wohl auch an so was erinnert und sich gedacht, eigentlich ist das ganze Leben so eine Art Buchstabensuppe. Du siehst die einzelnen Buchstaben vor dir, weißt aber nicht, was sie dir sagen wollen. Das merkst du erst später. Ich sage immer: »Das Leben versteht man rückwärts, aber leben muss man es vorwärts.«

Aber manchmal verstehst du plötzlich auch was, von dem du gar nicht gewusst hast, dass es irgendwie zusammenhängt. Wie der Auer da so stand und sich die Bilder hinten über dem Kühlschrank anschaute, da fiel ihm eins besonders auf. Es war kein Foto, sondern eine Zeichnung mit verschiedenfarbigen Ölkreidestiften. Durchaus künstlerisch hatte da jemand mit den Initialen BA und AAM eine kleine Stadt am Meer skizziert. Von der See aus, die matt in einem satten Grün schimmerte, schaute man lange über das Wasser, dann sah man die verschwommenen Umrisse einiger abgetakelter Fischerboote im frühen Morgendunst. Dahinter die alten, zweistöckigen Häuser. Hinter manchen Fenstern brannte noch Licht. Es musste wohl sehr früh am Morgen sein, denn die Sonne kam nur schemenhaft hinter der uralten, verfallenen Burg hervor, die auf einem längst abgeholzten Hügel thronte. Zwischen den teilweise eingestürzten Mauern der Ruine wuchsen ein paar hohe, dürre Pinien.

Der Auer kniff die Augen zusammen und trat näher an den Kühlschrank. Links neben der Burg und hinter der kleinen alten Fischerstadt erhob sich ein sanfter Hügel, der mit Büschen und Dattelbäumen bewachsen war. Und oben auf dem Hügel, da sah man die Umrisse eines herrschaftlichen Hauses mit einer großen, umlaufenden Terrasse. Da, wo wahrscheinlich ein olympiareifer Pool sein könnte, war auch ein Fahnenmast. Und an dem hing, du glaubst es nicht, eine

Rosenheimer Fahne. Zwar nur schlapp, weil wenig Wind und so, aber immerhin. Die Fahne mit der Rose drauf.

Die kennst du doch, oder? Halb weiß, untere Hälfte rot, in der Mitte das rote Wappen mit der blühenden weißen Rose. Bevor wir weitermachen, will ich dich was fragen: Warum ist die österreichische Fahne rot-weiß-rot, und zwar gleichmäßig in drei Querstreifen?

Na, damit die Ösis die auf keinen Fall verkehrt rum aufhängen können. Aber zurück zum Auer. Wie er so das Bild anstarrte und die anderen Fotos, die die Wally mit einem Kerl am Strand zeigten, kratzte er sich am Kinn und zählte eins und eins zusammen. Nicht bei den Bildern, denn auf den meisten ist die Wally in einem fast nicht vorhandenen Bikini zu sehen und streckt ihre beiden Wundertüten in Richtung Kamera. Da brauchst du nicht viel zu denken. Das haut ganz von selber rein. Der Kerl daneben grinst auf allen Fotos gleich dämlich, hat ein Bier oder auch mal einen Drink mit einem von diesen albernen kleinen Sonnenschirmchen oben drauf in der Hand. Der Günter Laim, genannt »der Laiminger« oder auch »der Papperte«, was man mit »klebrig« übersetzen könnte.

Die Fotos sind gar nicht mal so alt. Wer hat die aufgenommen? Der Auer beugte sich vor und kniff die Augen zusammen. Auf einem der Bilder sah man den Schatten des Fotografen.

Das kennst du doch: Wenn du wo bist, mit deinem Partner, Frau oder was auch immer, und du willst ein Foto von euch beiden, dann hältst du jemanden an, von dem du annimmst, dass er schon nicht gleich mit deinem Fotoapparat auf und davon rennt.

In südlichen Ländern ist so was ja eine Art Volkssport. Das Davonrennen, meine ich. Und wenn dir so was in Äthiopien oder so passiert, dann kannst du dich gleich von deiner

Kamera verabschieden. Weil diese Äthiopier, die tun meiner Meinung nach nichts anderes wie laufen, laufen und noch mal laufen. Und gewinnen so alle Marathonläufe und halten alle Rekorde.

Aber ich will nicht abschweifen. Was ich sagen wollte, das ist, wenn dich ein Fremder mit deiner eigenen Kamera fotografiert, dann fremdelt das ganze Bild ein bissel, oder nicht? Wenn dich hingegen ein Freund, eine Freundin oder so ablichtet, dann schaust du gleich ganz anders in die Linse.

Und genau das machen die beiden Turteltauben auch. Die Wally zeigt, was sie hat, und der Laiminger ist stolz auf das, was sie hat. Weil er hat das ja irgendwie auch, und das sieht man ganz deutlich aus den Fotos raus. Stichwort: alles meins.

# »WAS?«

Der Max war so in seinen Gedanken versunken, dass er die Stimme der Wally von unten zwar gehört, ihre Worte aber nicht verstanden hat. Also ging er zur Treppe und rief noch mal in den dunklen Gang hinunter: »Was?«

»Hast du in den Kühlschrank geschaut, was drin ist? Ich weiß jetzt auch nicht, ob da noch ein Weißwein ist. Schau rein und sag, ob ich einen mit hochbringen soll.«

Max schlurfte zurück, öffnete die rechte Kühlschranktür und sog den Schwall kalter Luft ein, der ihm entgegenschlug. Unten links stand eine halbvolle Weinflasche ohne Etikett, in der eine bernsteinfarbene Flüssigkeit war. »Hier ist was«, rief er, »aber da ist kein Etikett drauf. Schaut für mich aus wie Retsina oder so was. Meinst du den?«

Von unten kam die Stimme der Wally: »Bist deppert? Das ist ein Gewürzwein zum Kochen. Den kannst nicht einmal einer kranken Kuh ins Ohr schütten. Der schmeckt wie ein Straßenlaternenmast ganz unten, da, wo die Hunde hinpieseln. Ich bring was mit. Was gibt's zu essen?«

Max schaute sich in den Fächern um: ein paar kleine dunkelrote Tomaten, Butter, Sahne, eine Portion gekochter Reis, zwei oder drei Scheiben Serrano-Schinken in einer durchsichtigen Plastiktüte. Und im Gefrierfach: eine angebrochene Packung Bio-Garnelen sowie gefrorene italienische Kräuter.

»Alles da, ich bin schon dabei. Lass dir ruhig ein bissel Zeit«, schrie er über die Schulter und nahm die Garnelen, die Kräuter und den Schinken aus dem Kühlschrank. Daneben stellte er den Kochwein, die Butter und die Sahne. Dann öffnete er die Klapptüren der Schränke neben dem Herd. Links unten waren ein paar brauchbar aussehende Pfannen gestapelt, im Fach darüber fünf oder sechs Edelstahltöpfe in verschiedenen Größen.

Der Max suchte sich zusammen, was er brauchte, und öffnete ein Schubfach auf der anderen Seite des Ofens. Hier lagen Schneidebretter, Messer, daneben in einem kleinen Weidenkorb ein paar Schalotten und ein geräucherter Knoblauch. In dem Fach über dem Ofen fand er Salz, Pfeffer, Chili, alles Mögliche in angebrochenen Packungen.

In der Schublade darunter lag eine Dose mit spanischen Sardinen, sogar mit dem Jahrgang darauf. Und eine angebrochene Packung De-Cecco-Spaghetti.

Falls du das nachkochen willst: Da kannst du nicht viel verkehrt machen und es schmeckt sagenhaft gut. Jedenfalls, wenn du es so machst wie der Auer Max, also pass gut auf:

Du brauchst nicht viel, nur eine Dose mit richtig guten Sardinen, in Öl und ohne Haut und Gräten. Ein paar gefrorene Garnelen, aber auch da: bitte keine Bangladesch-schlimme-Augen-Zuchtware. Zwei Knoblauchzehen, eine Schalotte, einen Esslöffel voll mit gemischten, italienischen Kräutern, Gefrierware tut's da auch. Und ein paar von den kleinen Tomaten, geviertelt. Dann, ungefähr 200 Milliliter guten Rosé oder Weißwein – der Auer, der arme Hund, hat ja jetzt nur den Kochwein, und das ist wirklich eine böse Suppe, das kannst du mir glauben, aber in der Not frisst der Teufel Fliegen. Jetzt noch Salz, Pfeffer, Chili, ein bissel Zucker, Olivenöl, etwas Sahne. Und los geht's:

Der Auer Max bläst kurz in die hohe, wokähnliche Pfanne, stellt sie auf eine Ceranplatte. Zwei Esslöffel Olivenöl rein. Während das Öl heiß wird, stellt er in einem großen Gusseisentopf vier oder fünf Liter Wasser auf das größte der vier Kochfelder, gibt eine Handvoll Salz in das Wasser, knallt einen Deckel auf den Topf und stellt den Herd auf volle Kraft voraus.

Das Olivenöl ist kurz vor dem Rauchen, da kippt der Max die geschnittene Schalotte rein, rührt mit dem Holzspatel kurz um und gibt den gehackten Knoblauch zu. Schnell die Garnelen rein, eine Minute anbraten und sofort wieder raus auf einen kleinen Teller. Jetzt kippt er einen kleinen Schluck von dem Kochwein in die Pfanne. Ganz so schlimm, wie er riecht, ist der gar nicht. Nun die Tomaten, ein bisschen Sahne, die Sardinenbüchse öffnen, das Öl abschütten und die Sardinen in die Pfanne. Mit einem Löffel etwas zerdrücken. Der Max geht schnell noch mal zum Kühlschrank und sucht nach Käse: ganz hinten, unter der Lampe, da liegt ein bisschen Hartkäse. Den fischt er raus, hackt ihn in kleine Würfel und ab in die Sauce damit. Mit Kräutern und allem anderen abwürzen, so aus dem Handgelenk raus und ganz nach Tagesstimmung.

Nun, und das ist wichtig, probiert er eine Nudel. Denn die dürfen nicht ganz durch sein. Lieber kräftig, ein bissel mehr als al dente. Einen kleinen Schöpfer von dem Nudelwasser in die Sauce, Nudeln in das Sieb, das Wasser abgießen, und dann in die Pfanne.

Denn jetzt kommt ein wichtiger Teil: Du musst die Nudeln in der Pfanne mit der Sauce mischen und immer wieder hochheben, damit sie Sauerstoff kriegen. Das hat dem Max mal eine Italienerin verraten, die im »Crazy Horse« in Ingolstadt gearbeitet hat. Als weithin bekannte Oral-Artistin. Vielleicht hat sie sich deswegen so gut mit Nudeln ausgekannt, aber das ist eine andere Geschichte.

Der Auer Max hievte die Spaghetti zum x-ten Mal hoch und mischte wieder, da kam die Wally die Treppe hoch. Sie stellte eine Flasche mit eiskaltem Tavel Rosé auf den Tisch und schnupperte: »Oh Mann, das riecht ja göttlich. Bin gleich wieder da, ich zieh mir nur was Bequemeres an. Wir essen drüben, auf dem Glastisch beim Sofa, okay?«

Max nickte und gab die angebratenen Garnelen unter die Nudeln, schaute, ob die Sauce von den Spaghetti gut aufgesaugt wurde, und füllte zwei übergroße, weiße Suppenteller.

Schnell stellte er die beiden Teller auf den niedrigen ovalen Glastisch vor dem Sofa, öffnete den Wein und trabte noch mal in die Küche, um Weingläser zu holen.

Kaum war er mit dem Einschenken fertig, kam die Wally aus dem Schlafzimmer. Der Auer schaute sich in dem kleinen Wohnzimmer um und in dem Regal mit Büchern und Bildern entdeckte er eine kleine Stereoanlage. Er drückte auf »CD« und »Play«, und aus den beiden Lautsprecherboxen kam leise der Gesang von Eric Clapton. Geschmack hat sie, dachte Max und drehte sich zu ihr um.

Die Wally trug einen dünnen, genau genommen einen sehr dünnen beigen Hausanzug, der schon fast transparent war. Der Reißverschluss des Oberteils war bis weit unter den Brustansatz heruntergezogen, die Hose lag hauteng an. Sehr hauteng, sodass der Auer genau sehen konnte, dass sie darunter so gut wie nichts trug. Genau genommen gar nichts.

Er schluckte trocken und hob den Arm: »Es ist angerichtet, meine Dame. Pasta mit Sardinen und Garnelen, eine meiner Spezialitäten um diese Uhrzeit.«

Die Wally drehte sich einmal langsam und lasziv ganz um die eigene Achse: »Meinst du nicht auch, dass ich ein bisschen übergewichtig bin?« Dabei klapperte sie mit den Wimpern.

Das bist du wohl, aber genau an den richtigen Stellen, dachte sich der Auer und merkte, wie ihm der Mund trocken wurde. Aber er räusperte sich und sagte: »Laut einer Studie, die ich neulich irgendwo gelesen habe, leben Frauen, die ein bisschen übergewichtig sind, deutlich länger als die Männer, die das Thema der Frau gegenüber erwähnen. Wollen wir nicht lieber essen, bevor es heiß wird, äh, ich meine kalt?«

Die Wally grinste, setzte sich und klopfte auf den Platz neben sich: »Okay, auf geht's!«

Sie nahm die Gabel, drehte ein paar Spaghetti darauf und spießte eine Garnele auf die Zinken. Sie kaute mit geschlossenen Augen und meinte dann: »Mann, das ist ja mal was Leckeres. Wo hast du denn so kochen gelernt? Du warst doch bei der Polizei, oder?«

»Das hab ich mir selber beigebracht, ich bin so was wie meine Schwester, die ich nie hatte. Ein Anti-Kevin, sozusagen. Ich mache auch gerne solche Sachen wie … Putzen und so.«

Du merkst es auch, oder? Der Auer Max hat jetzt vollkommen den Faden verloren, weil er nicht weiß, was er machen soll. Ich meine, er ist ja nicht auf den Mund gefallen, hat immer einen lockeren Spruch im Kiefer, aber bei dieser Naturgewalt, der geballten Erotik, die sprudelt wie ein Wasserfall, und dann auch noch der glasklare Blick auf ihre Alpen, da verstehe ich den Auer schon ein bissel. Aber es hilft ja nix, er muss seine Rolle durchziehen. The Show must go on, sozusagen. Er brabbelte immer noch wirres Zeug: »Ja echt, wenn ich Frust habe, putze ich die Scheiben, und es ist mir egal, was die anderen Leute im Bus sagen …«

»Was?« Die Wally gab ihm das Glas, wobei sie sich weit vorbeugte. Das Oberteil klaffte auf, und er sah, dass die Wally Piercings auf den Brustwarzen hatte. Aus Edelstahl oder Silber. So kleine, runde Dinger, die aussahen wie die Sicherungsringe von Handgranaten.

Sie sah, was er sah, schaute nach unten auf ihren Busen und meinte: »Das sind meine beiden Blitzableiter. Hier im Chiemgau kann das Wetter ja wahnsinnig schnell umschlagen, und da musst du auf alles vorbereitet sein, gell?«

Herr im Himmel, jetzt solltest du den Auer sehen. Der schaut nämlich so was von dämlich aus der Wäsche, dass er mir schon wieder leidtut. Aber tief in seinem Inneren, da sagt ihm eine Stimme, dass er ja auch zum Ermitteln hier ist, also, kriminaltechnisch gesehen. Außerdem muss er sich mit irgendwas ablenken, sonst passiert noch ein Unglück, und er versaut sich selber die ganze Nummer, das verstehst du doch, oder?

Der Max räusperte sich, trank seinen Wein auf ex und zeigte mit dem leeren Glas in Richtung Küche: »Da über dem Kühlschrank, da hängt eine wunderschöne Zeichnung. Das Meer, ein Fischerdorf und eine Burg dahinter. Wo ist denn das?«

Die Wally verdrehte die Augen und lehnte sich zurück: »Das ist Dénia, an der Costa Blanca. Das ist ein nettes Örtchen direkt am Meer. Liegt genau zwischen Alicante und Valencia. Was sehr praktisch ist, weil du von München aus beide Flughäfen anfliegen kannst.«

»Ah ja. Ich war mal auf Malle, aber ich hab die Sauferei dort nicht vertragen.«

Wally streichelte über sein Haar: »Du Armer. Also, Dénia würde dir gefallen. Da gibt es ganz tolle Strandbars, einige direkt am Wasser, gute Bodegas, Tapas ohne Ende und einen guten Wein. Viele gute Weine.«

»Und das Haus auf dem Bild, das da ganz oben auf dem Hügel hinter dem Städtchen steht?«

»Das ist meins. Der Günter hat es vor zwei Jahren gekauft und mir geschenkt. Wir waren eine Zeitlang alle 14 Tage für ein paar Wochen da. Einmal war ein Typ, ein Kumpel vom Günter, mit uns in Spanien, der hat das Bild gemalt und es mir geschenkt. Es ist wunderschön, oder?«

Der Max, das muss ich dir jetzt sagen, der war auf einmal so was von weg von der ganzen Erotik, weil in seinem Kopf das kriminalistische Räderwerk anlief. Und da lenkten ihn keine Blitzableiter auf den Gipfeln der Wonne-Alpen ab, ja, was glaubst du denn?

»So eine Villa, ja, Wahnsinn. Erzähl doch mal. Wie muss ich mir das vorstellen? In jeder Beziehung traumhaft, oder?«

Und die Wally, die hatte keine Peilung, dass sie quasi schon mitten in einem Verhör steckte. »Ach, was soll ich dir sagen? 400 Quadratmeter Wohnfläche, alleine das Wohnzimmer hat so um die 120. Vier Schlafzimmer, eines davon mit einer Dachterrasse und einem Blick bis Ibiza rüber, wenn die Luft klar ist. Und nachts, da siehst du die Lichter von Valencia links am Horizont. Die Terrasse ist fast so groß wie ein Fußballfeld, und der Pool, der ist 20 Meter lang und zehn Meter breit. Und alles so angelegt, dass du nackig rumlaufen kannst und keiner dich dabei sieht. Wegen der Mauern rundum. Gleich hinter dem Haus geht eh schon das riesengroße Naturschutzgebiet los, und weil das Haus auf dem Hügel liegt, sieht von unten auch keiner rein. Weißt du, wenn wir nachts mit einem Glas Wein an der Reling stehen, so nennen wir das Terrassengitter, dann sehen wir die beleuchtete Burgruine, die Lichter der kleinen Stadt, den Hafen und die Schiffe, wenn sie nachts rein- und rausfahren. Das ist ein echtes Paradies, was wir da haben.«

Die Wally hatte immer noch die Augen zu und lehnte ganz relaxt in der Sofaecke. Der Auer, der die ganze Zeit mitgerechnet hatte, hielt ihr das Weinglas hin und berührte sie damit sanft an der Schulter. »Ein Traum, da hast du recht. Aber so was muss doch ein Vermögen gekostet haben, oder?« Und, dachte er sich, du redest grade in der Gegenwart: »Wenn wir an der Reling stehen, wenn wir runterschauen« und so weiter. Da stimmt doch was nicht an deiner ganzen Story.

Die Wally merkte immer noch nicht, wie der Hase lief. Du weißt ja, wenn eine Frau im Romantik-Modus ist, dann ist das rationale Denken schon ein bissel unterdrückt. Man sagt ja: »Liebe macht blind.« Und verliebtes Rummachen macht blöd.

Sie nahm einen Schluck und sagte: »Was? Äh, ja … da hat er schon eine Mio oder so hingelegt. Ist aber alles bar bezahlt und sauber auf mich überschrieben worden.«

Jetzt schaute sie den Auer ein bisschen argwöhnisch an: »Warum fragst du denn so was?«

Max wedelte mit der Hand: »Entschuldige. Das ist so eine alte Berufskrankheit von mir. Ich hör sofort wieder auf damit, versprochen. Nur noch eine letzte Frage: Warum hat er alles bar bezahlt und warum hat er dieses Traumhaus auf dich überschrieben?«

Sie blies sich wieder eine Strähne aus der Stirn, was unheimlich sexy aussah, und meinte: »Der Günter liebt mich. Ich ihn auch. Ungefähr, jedenfalls, das ist nicht so einfach zu erklären. Und das Geld für das Haus? Er ist gekommen und hat mir erzählt, dass er ein Riesending gemacht hat. Was Todsicheres. Und dass er das Geld erst mal verstecken muss. Und so eine Immobilie in Spanien, das ist erstens eine gute Geldanlage, hat er gesagt, und zweitens, wenn man das über eine Firma kauft, eine S.L. oder so, und ich bin der Inhaber der Firma, dann findet keiner das Haus oder das Geld, weil das dann ziemlich anonym ist.«

»Aber so was geht doch nicht von heute auf morgen?«

»Natürlich nicht. Wir waren doch vorher schon ein paarmal in Dénia. Urlaub im Hotel und so. Und es hat uns so gefallen, dass wir im Flugzeug auf dem Heimflug immer rumgesponnen haben.«

Sie wedelte mit den Händen: »Wir kaufen uns ein Haus am Meer, ziehen dort hin, leben im Paradies und so weiter. Und ich hab gesagt: ›Gut, aber dann will ich das Haus auf dem Hügel, das wir vom Strand aus immer sehen.‹ Weißt du, wir sind oft da am Strand gesessen, haben zum Hügel geschaut und uns überlegt, wer wohl in so einem Haus wohnen könnte. Romantische Träumereien halt. Dann hat der Günter beim Abendessen in einer Bodega gesagt, wenn ich ihn heirate, dann schenkt er mir so ein Haus. Und ich habe gemeint: ›Ok, das machen wir.‹ Haben wir noch Wein?«

Der Auer griff nach der Flasche und schenkte ihr den Rest ein. »Und dann?«

»Na ja, er hat einen Deutschen, der ein Immobilienbüro in Dénia hatte, beauftragt rauszukriegen, ob das Haus zum Verkauf stünde. Erst wollte der Besitzer nicht, aber dann hat ihm der Günter wohl ein Angebot gemacht, das der nicht ablehnen konnte. Als wir ein paar Wochen später wieder für ein paar Tage nach Spanien geflogen sind, ist er mit dem Mietwagen direkt den Hügel hochgefahren. Ich habe noch gemeint: ›Ist denn hier oben ein Hotel?‹ Aber er hat nur blöd gegrinst, hat vor der unteren Einfahrt von dem Riesengrundstück, auf dem das Haus steht, eine Bremsung gemacht und mir einen Schlüsselbund unter die Nase gehalten. Ich sage: ›Was soll das denn?‹ Und er, er lacht und sagt: ›Das sind die Schlüssel zu deinem Haus, morgen haben wir den Notar-Termin.‹ Peng. Er hat die Villa samt den Möbeln, Bildern, Fernsehern und was weiß ich alles gekauft.« Sie seufzte tief: »Hach, war das romantisch.«

»Und, habt ihr dann geheiratet?«

Sie nahm einen Mundvoll Wein und schüttelte den Kopf. »Nein, das hat irgendwie nie gepasst. Mal war dies, mal war jenes. Und ich glaube, das ist mir eigentlich ganz recht gewesen. Er ist ja so gut wie nie da.«

»Aha. Und wo ist er denn jetzt?«

Sie zuckte mit den Schultern: »Ich habe keine Ahnung. Ich weiß nicht mal, ob er überhaupt noch lebt. Dem traue ich alles zu. Er hat mal zu mir gesagt: ›So richtig sicher im Leben kannst du dir erst sein, wenn du tot bist.‹ Es ist nur merkwürdig, wie der Typ heute nach ihm gefragt hat. Der war mir richtig unheimlich, der Kerl. Wahrscheinlich steckt der Günter wieder mal in irgendeiner Scheiße, ich will es gar nicht wissen. Dass er ein Gauner ist, das wusste ich immer. War mir aber egal, weil ich dauernd auf solche Typen reinfalle. Ich hab auch geglaubt, das mit dem Günter wird irgendwie … normal, irgendwann mal. Verstehst du das?«

Sie streichelte dem Auer lächelnd über die Wange und er sah, dass sie Tränen in den Augen hatte. »Du kannst so gut zuhören. Ich weiß auch nicht, warum ich dir das alles erzähle, das von dem Haus auf dem Hügel, das weiß sonst keiner. Außer mir und dem Günter, meine ich. Ich wollte das alles auch nicht so ausplaudern, aber es ist einfach aus mir rausgerutscht. Weißt du was? Jetzt wechseln wir das Thema und reden von was ganz anderem, okay? Jetzt frage ich dich nämlich aus, und du musst antworten. Genauso ehrlich, wie ich dir geantwortet habe. Machst du das?«

Diese Gesprächswendung hat dem Auer jetzt gar nicht in den Kram gepasst, ja, was glaubst du denn. Weil, wenn du schon mal jemanden so am Reden hast, dann darfst du ihn auf keinen Fall aus dieser Stimmung wieder rausreißen.

Schau dir doch bloß einmal die alten Kommissare im Fernsehen an. Den Derrick, den hat keiner aus der Fragerei rausgeredet, und wenn's dem zu blöd geworden ist, dann hat der höchsten gesagt: »Harry, hol schon mal den Wagen.« Ansonsten hast du dem nichts angemerkt. Nicht einmal die Brillengläser hat es dem beschlagen.

Oder der Inspektor Columbo, das war auch ein ganz raffinierter Bursche. Der ist immer zur Tür raus, erinnerst du dich noch an den? Hat mit seiner Zigarre über dem Kopf gewedelt und war weg. Der Mörder ist dann meistens zu seiner Hausbar gegangen. In den alten amerikanischen Krimis warst du ja ohne Hausbar gar nichts. Ein jeder Mörder, der was auf sich gehalten hat, der war im Besitz einer gut bestückten Hausbar. Da stand der also, hat sich mit einem überheblichen Grinsen im Gesicht einen Whiskey eingeschenkt und sich weisgemacht, dass der Kommissar genauso blöd ist wie sein zerknautschter Regenmantel. Und dann, zack, einfach so, hat der Columbo vollkommen überraschend noch mal den Kopf in den Raum gesteckt, mit der Zigarre auf den Mörder gezeigt und gesagt: »Ach, entschuldigen Sie, eine kleine Frage hätte ich da noch.« Dabei hat er sich mit der Hand, in der er die stinkende Zigarre hielt, immer verlegen an der Stirn gekratzt und ganz verschmitzt gegrinst, weißt du das noch? Und Patsch, dann hat er ihn gehabt, den Mörder. Weil der in seinem Mörderkopf schon ganz woanders war und sich verplappert hat.

Jetzt war die Wally natürlich keines Mordes verdächtig. Noch nicht, jedenfalls, aber den Auer Max interessierte eine Sache, und das musste er jetzt noch fragen, ob ihr das passte oder nicht. Verhören ist ja wie Fischen. Du musst dem Fisch immer ein bisschen Leine lassen, und ihn dann Stück für Stück ranziehen.

Immer so viel Leine lassen, dass er denkt, hoppala, da geht noch was. Und dann bedächtig ranziehen.

Jetzt kommt also die rhetorische Leine vom Max, quasi die Ablenkung: »Was? Ja natürlich. Du kannst mich fragen, was du willst. Vorher nur noch eines, weil mich das rein von der Abwicklung her interessiert. Ich habe ja mal gelesen, dass es relativ schwierig und langwierig ist, in Spanien ein Haus über eine Firma zu kaufen. Besonders, wenn die Firma keine ist, sondern nur eine Tarnung. Wie läuft denn so was?«

Die Wally grinste wie eine Katze, die grade eine Maus verschluckt hat. »Ach Max, das ist doch so was von einfach. Du musst nur die richtigen Leute haben. Der Günter hat sich in Dénia einen Anwalt empfehlen lassen, den Minimum-Paul. Der ist ein verkrachter Typ aus London, dem sie wegen Betruges die Praxis geschlossen haben. Aber in Spanien, in Benidorm und Dénia, da macht er die ganzen krummen Deals für Leute, die bar bezahlen. Er heißt Minimum-Paul, weil ihn nur das Geld interessiert, sonst nichts. Woher das kommt und so, das will er gar nicht erst wissen. An den Kerl ist der Günter über einen Kumpel gekommen, hat dem Minimum-Paul ein paar Papiere und Vollmachten unterschrieben und fertig.«

»Moment, Moment, langsam. Wie meinst du das, der Günter ist an den gekommen? Wie denn?«

»Na ja, eigentlich war es so, dass wir im Benidorm Palace waren. Da ist damals der Tony Marshall aufgetreten und das war sogar für die Spanier und die vielen Engländer, die ständig in Benidorm wohnen, mal was Neues. Und in der Pause ging einer rum und hat Visitenkarten verteilt. So ein geschniegelter, schlanker Bursche, der mich an irgendeinen Schauspieler erinnert hat. Ich weiß jetzt auch nicht mehr, an welchen. An den Andy Garcia vielleicht? Aber der Kumpel vom Günter, der neben mir saß, der sagte: ›Schau mal, der da drüben, der die Visitenkarten an die Engländer verteilt, das ist der Minimum-Paul. Ein ganz gerissener Hund von einem Anwalt. Wenn du mal einen brauchst, dem das Gesetz völlig wurscht ist, der sich aber mit allen Tricks auskennt, dann musst du den anrufen. Warte mal. Ja und dann ist der Spezl vom Günter zum Paul rüber und hat sich eine Karte geben lassen. Das war witzig.«

»Was war witzig?«

»Na, die Karte. Kennst du die Serie ›Breaking Bad‹ noch?«

Der Auer nickte, wenn auch ziemlich verständnislos: »Ja, warum?«

»Da war doch dieser Anwalt. Saul Goodman. Der hatte so ein windiges Büro mit einer Luftfigur davor, die von unten von einem Gebläse durchgepustet wurde, sodass es aussah, als würde sie tanzen. Erinnerst du dich?«

Aber klar erinnerte sich der Auer. Weil er das jetzt selber gerne hätte: von unten mit einem blonden, üppigen Gebläse so richtig durchgepustet werden, dass er glaubt, er könne gleich lostanzen. Aber er versucht, sich zu konzentrieren, auch wenn's verdammt schwerfällt, was glaubst du denn.

»Ja. Aber wo ist der Gag mit dem Paul aus Benidorm?«

Die Wally schaute ihn mit runden Augen an und zog die Brauen hoch: »Hallo? Denk doch mal mit: Saul – Paul? Die Namensähnlichkeit? Und auf seinen Karten hatte er ein Foto von sich, wie er den Finger vorstreckt wie Uncle Sam auf dem Plakat und drunter stand: ›BETTER CALL PAUL‹. Und seine Mobilfunknummer. Sonst nichts.«

»Aha. Und das Geld? Wie war der Geldfluss? Wir reden hier ja von Millionen.«

Jetzt wurde die Wally langsam ungeduldig, das hast du ihr so richtig angemerkt. Sie runzelte die Stirn, schnaufte einmal tief durch und kriegte plötzlich so einen schmalen Blick, kennst du das? Ich sage dir, da musst du bei einer Frau vorsichtig sein, wenn die Augen auf einmal so schlitzig eng werden. »Aufpassen« ist das Stichwort.

Aber der Auer Max ist ja kein Blöder. Sofort hat er die neue Lage gecheckt und entspannte sie mit einem lockeren Spruch: »Du hast ja recht, Wally, ich frage zu viel. Aber das ist so eine alte Schwäche von mir, eine Polizistenkrankheit. Ich bin jetzt zwar schon eine Zeitlang raus aus dem Verein, aber diese blöden alten Marotten, die kleben mir irgendwie im Gehirn. Pass auf, ich frage jetzt nichts mehr, okay? Jetzt bist du dran. Versprochen. Komm, wir trinken noch einen. Ich hab schon Angst, dass ich dir die schöne Stimmung mit meiner dämlichen Fragerei verhagelt habe. Sorry, schöne Frau.«

Max griff sich die Flasche und teilte den Rest auf die zwei Gläser auf. Die Wally nahm ihres und sagte leichthin: »Ach was, musst keine Angst haben, ist ja nix passiert. Weißt du, was Angst ist, Max? Stell dir vor, da hängen zwei uralte Fledermäuse in so einer Tropfsteinhöhle kopfüber von diesen Stalakiten … Stalomiten oder so, von der Decke, meine ich. Die hängen ja gerne tagelang so rum, diese Fledermäuse. Sagt die eine zur anderen: ›Jetzt, wo wir älter sind, vor was hast du eigentlich am meisten Angst?‹ Sagt die andere: ›Angst? Ich weiß nicht? Vielleicht … vor Inkontinenz?‹«

Und dann lachte sie, dass der Busen nur so wogte, trank von ihrem Glas und schaute den Auer an. »Aber um das Thema abzuschließen: Das Geld musst du bei so einer Transaktion natürlich immer in bar beibringen. Beim Günter lief das über drei Tranchen. Der hat sich die Kohle in Fünfhundertern um den Bauch gebunden gehabt, ist morgens nach Alicante geflogen und war abends wieder da. Ruck, zuck. So, und jetzt redest du wieder. Ich habe einen trockenen Mund.«

Die Wally fischte mit dem Finger eine kalte Nudel vom Teller und schlürfte sie mit gespitzten Lippen langsam ein. Sehr erotisch. Dann sagte sie: »Jetzt einmal ganz ehrlich. Hast du nicht manchmal Lust, mit einer Frau … du weißt schon?«

»Ich weiß schon … was?«

Sie rückte ein bisschen näher an ihn ran: »Na, anfassen, ein bisschen Kuschi-Kuschi. So was in der Art?«

Der Auer Max wollte ja mal Schauspieler werden. Ich weiß jetzt auch nicht, ob ich dir das schon erzählt habe. Aber in der Schule, neunte Klasse, da war er sogar im Ballett. Nur, weil da so viele Mädels waren, und die paar Jungs, die da in engen Strumpfhosen rumgehüpft sind, die waren schwul. Und dass der Auer das nicht war, sondern eher ein bissel frühreif für sein Alter und gut gebaut, das haben die Mädels schnell gemerkt. Nur ist ihm dann die Tanzerei zu blöd geworden und er wollte lieber schauspielern. Einmal auf einer Party in Ebersberg, da hat er sogar mit dem Schauspieler-Gehabe eine dralle Bauerntochter ins Heu gekriegt. Der hat er erzählt, er sei der Markus Böker von den Rosenheim-Cops. Sie hat gemeint, der Markus käme aber im Fernsehen ganz anders rüber, so arg viel Ähnlichkeit wäre da ja nun jetzt wirklich nicht. Aber der Auer hat ihr weisgemacht, dass das im Endeffekt alles eine Frage der Schminkerei ist. »Ja was glaubst du denn?«, hat er zu der Landschönheit gesagt, »ich hab mal die Claudia Schiffer ohne Schminke gesehen. Die hat ausgeschaut wie ein frisch geschertes Alpaka-Weibchen. Kein Scheiß. Ganz dünner Hals, dürr, aber schön, das muss man im Nachhinein schon ganz ehrlich zugeben«, sagte der Auer im Ebersberger Heuschober.

Da fällt mir ein, ich hab sie auch mal gesehen. La Schiffer, in St. Tropez. Da war ich fix und fertig. Und meine damalige Verlobte und zukünftige Ex-Frau, wenn's denn mal so weit sein sollte, die hat sie auch gesehen, weil sie neben mir stand.

Ich sag also: »Mann, ist die schön« oder so was in der Art. So genau weiß ich das jetzt auch nicht mehr. Aber meine damalige Verlobte hat nur geschnaubt und gemeint, sie wisse nicht, was ein Mann an der Claudia Schiffer schön finden kann. Ich hätte es ihr sagen können. Aber erstens hätte es zu lange gedauert, und zweitens wäre dann der Tag und der darauffolgende Abend im Eimer gewesen, aber so was von, ja, was glaubst du.

Aber zurück zum Max Auer, bevor ich hier den Faden ganz verliere. Dem ist zwar auch nach Kuschi-Kuschi in allen Variationen, aber das will er jetzt noch nicht zugeben, weil er ja seinen Plan hat, wie er die Silikone komplett flachlegt.

Denn mit Sprüchen kommst du bei der nicht weit. Die hat sie alle schon gehört, in sämtlichen Weltsprachen. Der musst du schon mit was anderem kommen. Und der Auer bleibt auf seiner Linie, auch wenn es ihm zunehmend schwerfällt.

»Nein, es ist nicht so, wie du denkst. Ich bin ehrlich nicht schwul und ich mag Frauen. Nur halt nicht mit anfassen und so. Lass uns doch einfach weiterplaudern. Ich finde das sehr gemütlich, hier mit dir, dem Wein, der Stimmung.«

Die Wally schaute an sich herunter, an ihrem Wunderbusen mittig durch bis in den Schritt. Die Hose war so eng, dass man auch durch den Stoff durch sehen konnte, dass sie keine Unterwäsche trug. Sie zog seufzend den Reißverschluss noch ein paar Zentimeter tiefer und beugte sich etwas vor, sodass der Auer Max den freien Blick ins Hochgebirge hatte. Sie konnte nicht fassen, dass hier ein Kerl saß, den keine einigermaßen normale Frau von der Bettkante schubste. Und der will einfach nicht. Wenn er nicht schwul ist, was dann? Asexuell? Dass ich nicht lache.

Ich sage dir jetzt, wenn du dich mit Frauen auskennst, was bei mir nicht so der Fall ist, dann weißt du, wie eine schöne Frau tickt. Die ist es überhaupt nicht gewöhnt, dass da ein Kerl sitzt, der ihr nicht an die Wäsche will. Das ging der Wally jetzt so langsam an die persönliche Ehre und jetzt wollte sie es wissen. Also, Angriff, dachte sie und rückte dem Auer Max noch ein kleines bissel mehr auf den Pelz. Dabei legte sie ihm eine Hand aufs Knie und ließ sie langsam, ganz langsam nach oben gleiten.

So, und jetzt kannst du dir vorstellen, dass der Auer eh schon kurz vor der Explosion stand. Oder vor der Kapitulation, egal, wie du es nennen willst.

Teile von ihm waren schon extrem verhärtet und er versuchte sich abzulenken, indem er an den Dackel dachte, der das Gebiss seiner Oma unter dem Bett zerbissen hat. Und die Oma hat das gehört und sich gefreut, weil sie dachte, der Hund frisst die alten Walnüsse, die von Weihnachten noch da unten rumlagen.

»An was denkst du gerade?«, hauchte ihm die Wally ins Ohr und ließ ihre lange Zunge einmal um Auers Ohrläppchen kreisen.

»An Walnüü… äh, was? Ich denke, ich sollte jetzt gehen. Die Tante wartet und ich muss außerdem noch wohin, weil … haaaaa.«

Das »Haaaa« ist jetzt so ein unkontrollierter, leicht panisch gefärbter Ausruf vom Auer Max gewesen, muss ich dir zwischendurch schnell erklären. Weil die Hand von der Wally mittlerweile den Brennpunkt erreicht hat und ihre Finger zärtlich auf das steinharte Stück in Auers Hose klopfen und sie mit dem Fingernagel des Zeigefingers die verhärtete Linie nachzieht. »Oho, den möchte ich aber nicht zum Feind haben. Lass uns damit lieber was Nettes anstellen, was meinst du, hm?«

Was der Max gemeint hat, das kannst du dir bestimmt denken, glaube ich. Aber er hat noch einen letzten Bremser, den will er noch anbringen, denn der ist ein Hammer und wird auch noch den Bekehrer-Ehrgeiz der Wally zusätzlich beflügeln, und dann …

# DIE BLUTHOCHZEIT DER DROHNEN.

Also richtete er sich auf, der Max, schaute der Wally tief in die Augen und sagte mit zitternder Stimme: »Ich erzähl dir jetzt was, aber du musst versprechen, dass du mich nicht auslachst. Und weitererzählen darfst du es auch nicht. Das, was ich jetzt sage, habe ich noch nie einer Frau erzählt. Noch nie. Kannst du schweigen? Und du wirst mich nicht auslachen?«

Die Silikone nahm Auers Gesicht in beide Hände, küsste ihn auf den Mund und sagte: »Rede mit der Wally. Ich will dir so gerne helfen, Max. Vertrau mir.«

Der Auer nickte, trank beherzt sein Glas aus und schaute zur Decke. Dann fing er stockend an: »Meine … Oma … die hat gesagt, da war ich noch ein Kind, also …«

Mittendrin brach er ab: »Ich kann es nicht erzählen.«

Wally küsste ihn noch mal. Dieses Mal spürte er, wie ihre Zunge vorsichtig über seine Lippen fuhr.

»Rede einfach, tu so, als sei ich nicht da«, flüsterte sie und zog seinen Kopf an ihren mächtigen Busen.

»Ja also, wenn man mit Frauen schläft, dann kann es sein, dass einem der Penis abfällt, hat die Oma gesagt. Weil das bei den Drohnen, den männlichen Bienen, genauso ist. Die begatten die Königin, und dann fällt ihnen der Pimmel ab. Das muss jetzt nicht bei allen Männern so sein, hat die Oma gesagt, aber bei manchen, da haut die Evolution voll durch.«

Die Wally zog den Auer an den Ohren vom Busen weg und schaute ihm fragend ins Gesicht: »Das kann doch nicht dein Ernst sein, Mann. Du warst doch bei der Polizei. Bei der Sittenpolizei. In deinem Arbeitsumfeld ist mehr gevögelt worden wie in dem Bäumen im brasilianischen Regenwald. Hast du sie eigentlich noch alle?«

Der Auer verzog traurig das Gesicht: »Ich habe gewusst, dass auch du mich nicht verstehst. Warum meinst du wohl, benutzen so viele Männer Kondome?«

Wally lachte: »Lass mich raten: damit ihnen der Schwanz nicht abfällt?«

Auer sagte: »Siehst du, jetzt lachst du mich auch aus. Aber ich bin nun mal ein bisschen abergläubisch. Und meine Oma hat immer in allem recht gehabt, was sie gesagt hat. Sie hatte auch nur eine einzige Tochter, nämlich meine Mutter.«

»Ach ja? Und dein Opa, der hat nach dem Akt nur noch aus den Ohren gepieselt, oder? Mann, du bist schon eine Nummer. Weißt du, was wir jetzt machen? Ich gehe ins Schlafzimmer und schmeiß die Klamotten in die Ecke. Und du gehst ins Bad, machst dich ein bisschen frisch und kommst zu mir. Zu Mami Wally ins Bettchen. Und wenn dir irgendwas abfällt, kaufe ich dir das neu. Du darfst dir dann sogar die Farbe aussuchen. Einverstanden?«

Max tat, als würde er kurz überlegen. Dann klopfte er mit der flachen Hand auf den Tisch und sagte mit fester Stimme: »Okay, irgendwann muss ich es ja rausfinden. Ich geh dann mal ins Bad.«

Dann nickte er sehr energisch, stand auf und marschierte in das Badezimmer. Er schloss die Tür hinter sich, lehnte sich dagegen, machte die Becker-Faust und stieß einen lautlosen Schrei aus: »Yessss!!!!«

Während er sich hastig entkleidete, hörte er Wallys Stimme durch die geschlossene Tür: »Max, schau mal kurz raus, ich zeig dir was.«

Jetzt hat sich der Auer aber schon in Rekordzeit nackig gemacht, das Wasser in der Duschkabine angedreht und wollte grade reinsteigen. Schnell drehte er sich um, öffnete die Tür nur einen kleinen Spalt, damit die Wally seine Erektion nicht sieht, und schaute ins Wohnzimmer.

Was jetzt kommt, das muss ich dir gleich sagen, das ist nichts für schwache Nerven. Die Wally ist ja eh schon, also rein von der Anatomie her, ein Wunder. Die Gesetze der Schwerkraft scheinen bei ihr nicht zu gelten, denn auf dem Busen könntest du glatt ein Glas Bier abstellen, das würde nicht runterfallen. Der kleine runde Bauch, der stramme Hintern, die Beine, oh Mann. Und jetzt, das hab ich dir eh schon erzählt, kommen noch diese Brust-Piercings voll zur Geltung.

Also, ich selber kann mir so was an meinem Körper gar nicht vorstellen. Als Kind, da habe ich mir mal aus Versehen eine Stricknadel in die rechte Pobacke gerammt, das hat vielleicht wehgetan, das glaubst du nicht. Und jetzt stell dir erst mal diese Piercing-Dinger vor, ganz allgemein. Die da dauernd im Fleisch sind, und wenn du damit wo hängenbleibst, da will ich nicht wissen, was da los ist. Ein Bekannter hat übrigens mal zu mir gesagt: »Diese Gepiercten, die sterben nicht, die verrosten ganz langsam.«

Auf jeden Fall, der Auer streckte den Kopf durch den Spalt und kriegte Schluckauf: Denn die Wally hat splitternackt vor dem Sofa getanzt, die Arme über dem Kopf. Und sie hat sich beim Tanzen so shakiramäßig verrenkt und vor sich hin gesummt. Plötzlich ist sie stehen geblieben, ist sich mit den Händen durch die Haare gefahren und hat geflüstert: »Das Buffet ist eröffnet!« Und hat wieder gesungen, und zwar was aus diesem Rock-Song von Huey Lewis. Warte, ich komm gleich drauf … ah ja, der da:

*… that's the Power of love … Yeah, the Power of love …*

Dem Auer Max ist der Mund so weit offen gestanden, dass man bis zu seinem Zäpfchen hätte schauen können. Weil, und jetzt kommt der absolute Klopfer, weil die Wally da, wo viele Frauen etwas behaart sind oder einen Intim-Schnitt oder alles glattrasiert haben, bei der Wally ein Tattoo-Meisterwerk zu sehen ist: Aus ihrer Vagina scheinen Flammen aufzusteigen.

Täuschend echt zucken da über der Glut, die natürlich nur zum Teil zu sehen ist, rote und blaue Flammenzungen in Richtung Nabel.

Perfekt gemacht von einem Meister seines Fachs, das muss ich dir jetzt schon mal sagen.

Stell dir vor, du hast so einen von diesen kleinen Tischgrills. Und du beugst dich vor und bläst in die Glut. Genau solche Farben hat die Wally untenrum. Jetzt sagst du, und zwar mit Recht: Der Auer Max war ja früher ein Polizist. Und bei der Sitte noch dazu. Da hat der doch das alles schon mal gesehen. Täusch dich da mal nicht. So was wie die Wally, also ein erotisches Gesamtkunstwerk, das muss man jetzt schon kulturell auf eine Stufe mit der Mona Lisa stellen. Ja, was meinst du denn, warum die so grinst auf dem Bild?

Zurück zum Auer Max und in das reale Leben: Zu allem Überfluss hat er die Hand von der Tür genommen, die schwang auf und die Wally hat die volle Auer-Pracht gesehen.

»Wow«, hat sie geflüstert und auf dem Max seine Erektion gezeigt. »Ist das alles für mich?«

Er hat genickt wie ein Vollidiot und die Wally sagte mit einem dreckigen Grinsen im Gesicht: »Scheiße noch mal, ich steh auf diesen romantischen Mist. Außerdem wird das meine gute Tat der Woche. Jetzt wasch dir den Spargel, Süßer, und dann ab zur Mami.«

Der Auer, immer noch temporär sprachgelähmt, hat nur genickt und ist wieder im Badezimmer verschwunden.

Und was meinst du, was jetzt kommt? Weil, das mit dem Schicksal ist ja manchmal eine merkwürdige Sache. Und ich bin einer, der nicht an Zufälle glaubt.

Das kennt aber auch ein jeder von uns. Ich meine, so eine Situation, wo du denkst, alter Verwalter, gleich geht's rund hier. Und in der nächsten Sekunde passiert was, das kegelt dich voll aus der Umlaufbahn.

Ich sag mal so: Der Auer Max stieg mit einem Fuß in die Duschkabine, da hörte er sein Handy läuten, das ja immer noch auf dem Wohnzimmertisch lag. Die Wally unterbrach ihren Gesang. Mittlerweile versuchte sie sich an »I will always love you« von Whitney Houston. Wobei ich jetzt schon sagen muss, dass das in der Wally-Fassung eher nicht mehr so erotisch klang. Auf jeden Fall, der Gesang verstummte, und der Auer hörte ihre Stimme: »Schatzi, da steht ›Chili‹ auf dem Display. Was soll ich machen?«

Der Auer rief zurück: »Ja, geh ran, sag ihm, ich kann jetzt nicht. Ich komme später noch vorbei. Das kann aber noch ein bissel dauern, okay. Danke.« Dann stellte er sich unter den warmen Wasserstrahl.

Gedämpft und undeutlich vernahm er Wallys Stimme: »Was? Nein, er ist hier bei mir. Und jetzt grade kann er nicht. Chili, du alte Sau, nicht das, was du meinst. Und im Übrigen: Rede nicht so von ihm. Der Mann ist ein Heiliger und nicht so ein abgefeierter Alles-Rammler wie du. Was? Ja, du mich auch. Servus und Ende.«

Ein paar Sekunden später streckte die Wally den Kopf ins Badezimmer und rief in Richtung Dusche: »Du hast mir gar nicht gesagt, dass du noch zum Chili raus musst. Soll ich zu dir unter die Dusche kommen? Dann erkläre ich dir noch mal alles.«

Auer spülte sich die Seife aus den Augen und grinste. »Aber gerne.«

Und genau in dem Moment, du glaubst es nicht, da läutet das Handy vom Auer noch mal und das Unheil nimmt seinen Lauf. Du sagst dir jetzt, warum denn, die Wally steigt doch unter die Dusche, da kann doch nix mehr passieren, oder?

Aber was meinst du, was im echten Leben so alles läuft? Der Auer denkt, das ist der Chili noch mal. Die Wally denkt das auch. Aber sie ist jetzt schon ein bisschen angefressen. Weil sie erstens, das überhaupt nicht gut findet, dass der Max anschließend noch weg muss.

Obwohl, ich sag mal so, als Mann kennt man das ja: Du machst dein Ding, das ist ja alles auch ganz schön, aber dann willst du bitte sehr deine Ruhe. Das hat die Mutter Natur so gewollt, und die Evolution hat da auch ihren Mist dazu beigetragen. Bei den Frauen ist es dummerweise immer noch so, dass das Nachher fast wichtiger ist als das Vorher.

Da musst du kuscheln und streicheln und man erzählt sich mit leiser Stimme Sachen, die eh nicht stimmen: »Oh Schatz, das war so gut, so was habe ich noch bei keiner/keinem anderen verspürt.«

So was in der Art eben. Und auf das haben sich unsere beiden auch schon gefreut. Ein jeder auf seine Weise halt.

Dementsprechend sauer stampfte sie ins Wohnzimmer, riss das Handy hoch, ohne auf das Display zu schauen, knallte es sich ans Ohr und zischte rein: »Was an den Worten ›er kommt später‹ hast du nicht verstanden, Pferdeschwanz? Dein Spezl kriegt jetzt gleich den Wally-Spezialfick verpasst. Von dem du schon so lange träumst, wie du mir erst neulich wieder erzählt hast, du zopfiger Blödmann. Noch Fragen?«

Stille. Was unter anderen Umständen sogar beim Chili normal gewesen wäre. Weil, er ist ja ziemlich eitel und seinen strohblonden langen Zopf, den trägt er stolz wie eine Kriegsfahne.

Erst neulich, wie er da so vor dem Café Bergmeister sitzt und sein sonnengebräuntes Gesicht mit geschlossenen Augen der Sonne zeigt, da hat ihn eine hübsche junge Dame vom Nebentisch gefragt: »Entschuldigen Sie, aber Ihr Zopf, das sind doch Extensions, oder?«

Wie du weißt, ist der Chili ja so was von cool, dass er sogar im Sommer dauernd in Bewegung bleiben muss, weil er sonst festfriert. Also hat er in besagter Situation nicht einmal die Augen geöffnet, ja, was glaubst du denn? Nein, er hat mit der Rechten am Tisch rumgetapst, bis er sein Prosecco-Glas ertastet hat, es in einer sauberen Kurve zum Mund geführt, getrunken, geschmatzt und gesagt: »Der is' Natur. Genau wie ich. Alles die reine Natur.«

Ja, und dann hat er, ohne auch nur mit den geschlossenen Augen zu zucken, lässig den Kopf geschüttelt und ist dann wieder in seine Cool-Starre verfallen. Der war schon ein Hund, der Chili, das kannst du mir glauben.

Aber zurück zur Wally, die immer noch mit zornfunkelnden Augen auf das Handy schielte und dem Auer Max dabei einen Marylin-Monroe-Kuss hinhauchte und über der flachen Hand auf die Reise schickte, wobei sie mit aneinandergepressten Knien leicht einknickte. Genau so, wie die MM für den JFK damals das »Happy Birthday, Mister President« hingehaucht hat, so musst du dir das vorstellen.

Aber jetzt pass auf:

Absolute Stille. Unheimliche Stille. Vielleicht zehn Sekunden oder so. Dann änderte sich der Gesichtsausdruck der Wally. Vom Zornigen ins Erstaunte. So was geht bei Frauen schneller, als du glaubst. Das Handy vom Ohr, schaute sie kurz auf das Display und sagte: »Sie sind …? Wer? Die Nutella-Rosi? Echt jetzt? Ah ja, verstehe. Das … ist bestimmt ein Missverständnis, … wie? Nein, der kann jetzt nicht. Ich meine, der könnte jetzt schon … Scheiße, ich bin ganz durcheinander. Ich leg jetzt auf. Was soll das heißen: ›Bist du das, Wally?‹ Ich kenne Sie nicht. Ende Gelände.«

Dem Auer Max war der geänderte Tonfall schon irgendwie aufgefallen, aber auf das, was jetzt kam, war er in keinster Weise vorbereitet, das kannst du dir bestimmt vorstellen.

Wie er noch bei der Sitte war, da haben sie ihm bis zum Erbrechen eingetrichtert: Eigensicherung in Gefahrensituationen. Wenn's gefährlich wird, musst du schon vorher wissen, in welche Richtung du gleich deinen Arsch bewegst, sonst ist er weg, so schnell kannst du gar nicht schauen.

Also ist das, was jetzt kommt, für den Max die reine Routine: Er machte schnell die Tür zu und lehnte sich mit dem Rücken an die Wand daneben. Seine Erektion schmolz dahin wie eine Kugel Vanilleeis auf einer Herdplatte. Denk nach, dachte er, denk nach. Er schlug sich mit der flachen Hand an die Stirn, aber die Wally nahm ihm die Entscheidung ab: »Komm raus, du elender Misthund! Du muffeliges Stück Kacke!«

Hilft ja nix. Da musst du jetzt durch als Mann. Ich meine, wenn du in einem fensterlosen Badezimmer bist, da hilft auch kein Davonlaufen. Ich selber bin einmal, ein einziges Mal, davongelaufen, das kann ich ja jetzt ruhig zugeben. Das ist auch schon lange her und verjährt: Die Braut kommt vor der Dorfwirtschaft auf mich zu und küsst mich. Mit Zunge und Griff in den Schritt.

Vor so was läuft doch keiner weg, denkst du dir jetzt. Aber das Problem war: Es war nicht meine Braut. Ich war einer von den Musikern und wir haben die Brautentführung gemacht, das ist so ein alter, bayerischer Brauch. Da kommst du dir halt menschlich näher, bei so einer Entführung. Ich sage nur: Stockholm-Syndrom, alles klar?

Auf jeden Fall, wir bringen die Braut zurück in die Wirtschaft zur Hochzeitsgesellschaft und dem Bräutigam, der viel zu besoffen war, um seine Angetraute zu suchen. Aber den Kuss, den hat er durchs Fenster mitbekommen. Also rennt er raus, reißt im Vorbeirennen eine metergroße Latte vom Zaun und geht damit auf mich los. Ich war schneller.

Zurück zum Auer: Er öffnete die Tür und da stand die zornsprühende Wally. »Was bildest du dir überhaupt ein, mhm? Schleimst dich bei mir ein als Mann ohne Gebrauchsanweisung und interessierst dich für einen Crash-Kurs im Bett? Und dann habe ich Miss Nutella am Telefon?«

Max hob eine Hand, aber sie zischte: »Halt du bloß dein verdammtes Lügenmaul. Du versauter Pinscher.«

»Ich bin nicht versaut, du machst einen nur schnell wuschig. Das solltest du eigentlich als Kompliment sehen, weil …«

»Fick dich doch selber, Max Auer!«

»Das höre ich in letzter Zeit immer öfter. Aber wie soll das gehen? Sehe ich aus wie ein Yoga-Lehrer?«

Jetzt denkst du dir: Warum redet der Auer in so einer Situation so einen Stuss? Das kann ich dir sagen. Es ist doch so, wenn eine Frau zornig ist, dann lass sie erst mal toben. Und dann, und das ist jetzt sehr wichtig, musst du sie irgendwie zum Lachen bringen. Sobald eine Frau lacht, hast du schon wieder einen Fuß in der Tür zu ihrer Seele. Das ist wissenschaftlich belegt. Ein Beispiel: Beiß doch mal in eine Zitrone, wenn du in einem Bierzelt bist und direkt vor dir eine Blaskapelle spielt. Wenn die Trompeter und Posaunisten das sehen, kriegen sie keinen Ton mehr raus.

Ein Bekannter von mir hat das auf der Rosenheimer Wies'n gemacht, weil die Kapelle im Auerbräu-Zelt dreimal hintereinander »Atemlos durch die Nacht« gespielt hat. Ich war anschließend mit in dem Sanka, der ihn ins Krankenhaus gebracht hat. Dort hab ich während der ganzen Fahrt seine Hand gehalten und ihm erzählt, was die implantive Zahnmedizin heutzutage für Wunder vollbringen kann.

Auf jeden Fall: Um die Mundwinkel der Wally ging ein Zucken. Das fantastisch hintätowierte Glutfeuer zwischen ihren Beinen, hoch zum Nabel, das war natürlich nicht mehr zu sehen. Ebenso die beiden Blitzableiter-Piercings an ihren monumentalen Brüsten. Weil sich die Wally in aller Eile ein Leintuch oder so was Ähnliches umgebunden hat. Mit einer Hand hielt sie es vorne über dem Busen zusammen, mit der anderen strich sie sich die Haare aus dem Gesicht, dann wedelte sie damit in Richtung Auer: »Zieh dir was an. Dein Kumpel hat sich eh schon hinter seine Vorhaut zurückgezogen, und das solltest du jetzt auch tun. Mann, ich fasse es nicht, dass ich auf so was reinfalle.«

Sie setzte sich und sagte mit geschlossenen Augen: »Ist das jetzt der neue Scheiß? Einen auf asexuell zu machen? Ein Gender-Kabarett? Kriegst du sonst nichts zum Vögeln?«

Der Auer, der sich ein rot-weiß gestreiftes Badetuch mit der Aufschrift »LaBrassBanda« um die Hüfte gewickelt hatte, zuckte mit den Schultern, während er aus dem Badezimmer kam. »Schon, läuft eigentlich ganz gut. Aber eine wie dich, die kriegt man mit den normalen Sprüchen eh nicht in die Kiste. Das war irgendwie erotische Notwehr.«

»Wer sagt das? Dass man mich nicht in die Kiste kriegt? Der Chili? Der hechelt schon seit Jahren hinter mir her. Der würde mich nicht mal kriegen, wenn er eine Stange hätte wie die, an der seine Mädels auf der Bar tanzen.«

»Nein, nicht der Chili. Doch, der auch. Aber du bist so was wie der letzte echte Eisberg, sagt man so. Ich kenne hier in Rosenheim keinen, der dich rumgekriegt hat. In München übrigens auch nicht. Und das will was heißen.«

»So, was genau will das denn heißen, hm? Dass meine Titten und mein Arsch überregionale Erwähnung erfahren? Wer war die Schnitte am Telefon? Die Nutella-Rosi. Deine Frau? Bei so einem Namen kommt mir gleich ein schlimmer Verdacht hoch.«

Auer schüttelte den Kopf und wollte sich neben der Wally auf das Sofa setzen. Die hob nur einen Finger: »Mmmm. Nix da. Denk nicht mal dran. Halte Abstand!«

Also zog sich der Auer Max an die offene Badezimmertür zurück, lehnte sich an den Rahmen und wischte sich den Schweiß vom Gesicht. »Es ist nicht so, wie du jetzt denkst oder wie es aussieht, denn die …«

Aber die Wally prustete laut los, und dann lachte sie, dass der Busen erzitterte wie eine rote Grütze auf dem Teller. »Weißt du, wie oft ich genau diesen Satz schon gehört habe? Hier drinnen, in der Bar und im Fernsehen? Da sagen die den in jedem deutschen Krimi. Und dann sagt auch noch einer, der neben der Leiche steht: ›Wer macht denn so was?‹ Das klingt genau so dämlich. Also, wie ist es dann mit dir und der Frau Nutella?«

Der Auer versuchte ein schüchternes Grinsen. »Das mit dem Nutella, das ist so eine Art Running Gag zwischen uns. Es ist nicht das, was du denkst …«

»Nicht schon wieder den Spruch. Raus damit, wer ist sie? Und wo?«

»Ja also, die Rosi, die hat mich eigentlich verlassen. Damals, in München. Da ist sie mir mit so einem Porsche-Heini von der Stange gegangen. Aber das war letztendlich alles ein großes Missverständnis.«

»Wieso? Was kann man da denn missverstehen? Sie hat die Schnauze von dir vollgehabt. Das verstehe ich sogar sehr gut. Und gegen einen Porsche hatte ich persönlich nie was. Weiter!«

»Darf ich mich bitte setzen?« Der Auer deutete schüchtern auf das Sofa.

»Von mir aus. Aber lass deine Hände da, wo ich sie sehen kann!« Die Wally rückte an das äußere Ende des Sofas und klopfte mit der flachen Hand auf das Polster neben sich.

Auer ging mit kleinen Trippelschritten zu ihr, setzte sich vorsichtig und sagte: »Ja mei, sie wollte heiraten und ich halt nicht. Also, so überstürzt und überhaupt. Vor ein paar Jahren, während meiner Münchner Kripo-Zeit, da hat sich das Drama abgespielt. Dass das mit dem Porsche-Macker nur so eine Aktion war, um mich eifersüchtig zu machen, das habe ich nicht kapiert. Ich sitz da so beim Luigi vor dem ›Bella Italia‹ auf der Leopoldstraße, da kommen die beiden in einem offenen Carrera angeschlichen. An der Ampel küsst er sie und packt ihr an den Busen. Sie blinzelt noch frech zu mir rüber. Kannst du das verstehen? Mir ist der Espresso auf die Leinenhose gekippt und so war der Abend eh gelaufen. Jetzt habe ich sie vor ein paar Monaten zufällig hier in Rosenheim wieder getroffen und wir sind dabei, uns, wie soll ich sagen, menschlich wieder etwas anzunähern.«

»Mit Nutella?«

»Auch. Aber das ist so …«

»Ich will es nicht wissen. Wo ist sie denn, deine Rosi, in welchem Ge-wer-be?«

Ich schwöre dir, genau so hat die Wally das Wort »Gewerbe« ausgesprochen: Ge-wer-be. Sodass es geklungen hat, als wollte sie sagen: »In welchem Puff ist sie denn so am Rumvögeln?«

»Sie hat ein Nagelstudio. In der Färberstraße. So, jetzt weißt du alles.«

Und sofort lachte die Wally wieder los und beim Auer Max regte sich schon wieder was. Denn eine Frau, die aussieht wie die Silikon-Wally, und dabei lachen kann wie ein Kerl, das ist schon was ganz Besonderes.

Jetzt, warum lacht die so?, fragst du dich. Weil man das Wort »Nagelstudio« so oder so rum interpretieren kann? Nein, die Wally lacht sich schief, weil:

»Herr im Himmel, ich kriege keine Luft mehr. Ahhhh, selten so gelacht. Die Rosi aus der Färberstraße. Weißt du was, du Blödmann? Die hat genau den Ruf, den du mir andichtest: Der erotische Eisberg, die kriegt keiner rum und so.«

Die Wally wischte sich die Tränen aus den Augen und meinte: »Also nein, das ist ja schöner wie Bumsen, das Lachen. Ob ich die Rosi kenne? Natürlich kenne ich die. Und sie mich auch. Drum hat sie vorhin gesagt: ›Bist du das, Wally?‹ Na, da wünsche ich dir viel Spaß mit der Rosi. Und sag ihr doch bitte, dass ich mich schon auf den Donnerstag freue, da habe ich nämlich wieder einen Termin bei ihr.«

Die Wally stand auf und der Auer erwischte einen kurzen Blick auf ihre strammen Pobacken.

»Ahahaha, ich lache immer noch. Nein, so was. Jetzt brauche ich einen Schluck. Und du auch, du armer Hund.«

Sie ging zum Kühlschrank, holte zwei kalte Flaschen Pils raus, reichte dem Auer eine und nahm selber gleich einen tiefen Schluck direkt aus der Flasche.

Da muss ich dir jetzt schnell sagen, so was finde ich ja auch gut. Wenn sich eine Frau nicht zu schade ist, auch mal einen Hieb direkt aus der Flasche zu nehmen. Der Wally siehst du aber beim Trinken an, dass sie über was nachdenkt. Ich kann dir schon verraten, um was es geht: wie sie aus der ganzen Situation einen Vorteil für sich selber rausholen kann. Sie rekapitulierte blitzschnell: Der Auer Max war ja bei der Bullerei. Der ist hier aufgetaucht und hat sie ausgefragt. Der weiß schon ziemlich viel über sie und den Günter. Weil sie ihn ja selber, während die überschäumende und entfesselte Hormon-Bande in ihrem Luxuskörper Rock 'n' Roll getanzt hat, zugelabert hat.

Gut, so was ist normal, denn da ist sogar bei einer Frau der logische Denkprozess ein bissel zugenebelt, ja, was glaubst du denn?

Ergo grübelte sie, während das kühle Pils wie eine erfrischende Innen-Dusche durch ihren Hals perlte, wie sie den Auer Max ausbremsen kann, sodass der mit seinem Wissen über den Günter und ihre Luxus-Villa und so weiter keinen

Flurschaden anrichtet. Und da hat sie ihn auch schon, ihren Geistesblitz: erst mal die festgefahrene Situation auflockern. Der Max wollte sie zwar mit einer schrägen Masche in die Federn kriegen, aber so im Nachhinein gesehen, denkt sie, ist der Trick gar nicht mal so schlecht.

Die Wally, das brauche ich hier nicht extra zu erwähnen, das ist eine Frau, die alle Anmachsprüche dieser Welt schon hinter sich hat, und an der sich Generationen von Profi-Anbaggerern die Baggerschaufeln stumpf gegraben haben. Aber so einer, der aus der Wäsche schauen kann wie einer, der nicht mal mit einem warmen Apfelkuchen Geschlechtsverkehr gehabt hat, der ist schon was Besonders. Und sie wäre ja volle Kanne drauf reingefallen und hätte dabei noch ein Gefühl gehabt wie Mutter Theresa, weil sie wieder mal eine arme Seele ans Licht der Liebe gezogen hat, ja, was denkst du?

Sie blinzelte dem Auer zu, während sie den Kopf noch im Nacken und die Flasche noch im Mund hatte. Weil, wie gesagt: Situation auflockern, das ist jetzt das reine Stichwort.

»Was du für einen schönen langen Hals hast«, flötete der Auer, und ist ihr damit voll ins Messer gelaufen.

»Ja mei, das hat aber auch seine Nachteile. Denk nur einmal an die Giraffen in Afrika«, sagte die Wally mit einem schelmischen Unterton in der Stimme.

Der Auer witterte Morgenluft: »Die Giraffen. Warum?«

»Na, da gibt es die Geschichte, wo eine Giraffe an einem Akazienbaum steht und die jungen Triebe kaut und auch ab und zu mal einen Dorn knuspert, mitten in der afrikanischen Savanne. In der Baumkrone schläft ein kleiner Affe. Der wird von dem Geschmatze wach und sagt: ›Hey, Bohnenstange, kannst du nicht weiter unten fressen? Da kann ja keine Sau schlafen bei dem Krach!‹ Die Giraffe lächelt maliziös und sagt zu dem kleinen Affen: ›Könnte ich, du Klobürste. Mach ich aber nicht. Weil, wenn man so einen wunderbar langen Hals wie ich hat, dann frisst man von ganz oben. Kannst du dir das Gefühl vorstellen, wenn die weichgekauten Blätter meinen langen, langen Hals hinuntergleiten? Den grünen, frischen Geschmack habe ich dabei eine kleine Ewigkeit im Hals, weil er so lange ist und es so lange dauert, bis alles im Magen ankommt.‹ Der Affe sagt: ›Du spinnst doch.‹ Die Giraffe lächelt: ›Aber nein, mein verlauster Freund. Stell dir jetzt vor, wenn ich aus einem Wasserfall trinke, von oben, und das kühle, leckere Wasser läuft lange, lange meinen unendlichen Hals hinunter, na, wirst du da jetzt nicht ein bisschen neidisch?‹ ›Klingt geil‹, sagt der Affe, ›und … schon mal gekotzt?‹«

Der Auer Max lachte pflichtschuldigst, trank auch und machte dann mit der Flasche in der Hand eine raumumgreifende Bewegung: »Jetzt, wo wir wieder miteinander reden, ich hätte da noch eine kleine Frage: Deine Bar, die Wohnung, alles das hier, ist schuldenfrei. Keine Grundschuld eingetragen, nichts. Ich vermute mal, da steckt auch der Günter dahinter, oder?«

Und jetzt hättest du mal sehen sollen, wie schnell sich der Gesichtsausdruck der Wally geändert hat: eben noch die flirtende, lächelnde Schöne, die dem dummen Tölpel vergeben will, und nun ist ruck, zuck der eiskalte Blick wieder da: »Woher willst du das denn wissen, hm?«

Der Auer Max grinste nur und zuckte mit den Schultern. Und die Wally schnippte mit dem Daumen: »Du und deine Bullen-Spezl, schon klar. Aber eins sag ich dir, Max Auer, das ist damals alles so gemacht worden, dass mich da keiner anpieseln kann. Aber das weißt du bestimmt auch schon.«

Max zog eine Grimasse: »Die Betonung muss auf dem Wort ›damals‹ liegen, das verstehst du doch? Kanntet ihr *damals* den Minimum-Paul schon? ›Better call Paul‹ und so? Nein, oder? Der kam erst später ins Spiel. Also war's einer von den Rosenheimer Rechtsverbiegern, da gab's ja auch den einen oder anderen, der für Geld alles gemacht hat. Egal, das findet man raus, wenn man will. Weißt du, wie sie den Al Capone gekriegt haben? Der hat Hunderte von Menschen umgebracht, mit Drogen und Alkohol gehandelt, der hat nix ausgelassen. Und jetzt sage ich dir was: Über die Steuerbehörde haben die den gekriegt. Da haben sich einfach zwei Dutzend graue, unscheinbare Steuerprüfer über alle seine Papiere hergemacht, und das hat den armen Al dann lebenslänglich in den Käfig gebracht. Wo er dann verstorben ist. Verstehst du das?«

Die Wally wurde bleich. Was ihr aber gar nicht mal schlecht zu Gesicht stand, finde ich. Ihre Unterlippe bebte: »Willst du mir alles nehmen? Willst du mich fertigmachen? Ist es das, was du willst? Und ich habe gedacht, du würdest mir helfen.«

Sie schniefte, dann kam ihr wieder einer ihrer Gedankenblitze: »Du willst mich immer noch vögeln. Das ist es, hab ich recht? Okay, dann sehen wir das jetzt als Kompensationsgeschäft: Wir hüpfen in die Kiste, und ich mach dir ein paar nette Sachen. Einiges davon dürfte sogar für einen Ex-Bullen von der Sitte neu sein. Der Eiswürfel-Trick? Kennst du den? Warte mal, ich schau schnell mal ins Kühlfach, ob ich genug Eiswürfel …«

Aber der Auer legte ihr seine Hand auf den Arm: »Bleib sitzen. Ich erzähle dir was. Pass auf: Angefangen hat alles vor etwa zehn oder zwölf Jahren, das mit dem Günter und seinen Kumpanen. Und seit ungefähr acht Jahren hast du die Bar. Stimmt das so weit?«

Sie nickte und öffnete den Mund, aber der Auer legte ihr seinen Zeigefinger drauf: »Psst … Vor zwölf Jahren wurde oben bei Düsseldorf ein Geldtransporter überfallen. Von vier Maskierten, die eine Panzerfaust und ein paar AK-47 hatten.

Dann folgte in jedem Jahr ein Überfall nach diesem Muster. 2015 waren es sogar zwei. Immer der gleiche Ablauf: Der Transporter wird gestoppt, ausgeräumt, die Beute in Alukoffern auf Rollen umgeladen, wegen den Peilsendern und so, und ab ging es. Später sind aus den vier Männern drei geworden. Auch hat man die Waffen weitestgehend weggelassen und ist dazu übergegangen, die Fahrer auszutricksen. Beim letzten Überfall, den sie wohl sehr lange vorgeplant haben, hat sogar einer aus der Bande den Geldtransporter gefahren. Was heißt, dass der Kopf der Bande mit der Zeit gegangen ist, und die Überfälle nicht mehr selber ausbaldowert hat, sondern er hat detaillierte Tipps gekauft von Leuten, die über alles Bescheid wussten. Inside Jobs nennt man so was. So weit klar?«

Die Wally schaute zum Kühlschrank hinüber: »Soll ich nicht doch lieber ein paar Eiswürfel holen? Du kannst ja weiterreden, während ich dir … ich meine, ich kann auch mit vollem Mund gut zuhören.«

»Passt schon, ich bin gleich fertig. Den Günter, den hat man schon lange im Fadenkreuz. Figur, Körpersprache, Gestik, Bewegungsabläufe, Stimmlage, aus solchen Sachen kann ein Profiler viel machen. Und Material von den Überwachungskameras gibt es ja auch zuhauf. So, die Polizei kann dem Günter aber überhaupt nichts nachweisen, obwohl sie sich ziemlich sicher sind, dass er der Kopf der Bande ist. Clever, dein Macker. Auch die Orte, alles in der Ecke Wülfrath, Erkrath, Düsseldorf, Solingen, Dortmund, Euskirchen und so weiter. Na ja, damals war ja auch noch nicht so viel Verkehr auf der Autobahn. Weniger Staus, weniger Baustellen. Da warst du mit einem schnellen BMW in ein paar Stunden von München aus in Düsseldorf und wieder zurück. Das heißt aber auch, dass die da oben im Rheinischen ihren Tipp-Geber haben müssen, oder?«

Wally machte ihr Barbie-Gesicht, kombiniert mit dem Brigitte-Bardot-Schmollmund: »Maxi, kommst du jetzt oder ja? Schau, ich bin dir nicht mehr böse wegen dem Scheißtrick vorhin. Weil, ich versteh das schon, ein jedes Bienchen muss schauen, wie es zu seinem Nektar kommt, gell? Aber weißt, du musst mich auch ein bissel verstehen, ich bin eine alleinstehende, arme Frau, die was hat, was viele, viele Männer möchten, und …«

»Meinst du das Geld vom Günter? Das möchten allerdings viele, und ich glaube, einer davon ist der schöne Adi, der heute hier war. Mit dem kommen wir klar, der tut dir nichts. Das Problem ist nur, es kommt in der nächsten oder übernächsten Woche wieder einer oder zwei. Die warten dann hier oben auf dich. Und wenn die mit dir fertig sind, hast du nichts mehr, was viele, viele Männer wollen, glaub mir das.«

Die Wally kam vom Kühlschrank zurück und drückte sich in die Sofaecke. Sie starrte den Max mit funkensprühenden Augen an: »Was willst du eigentlich wirklich von mir? Vögeln ist es nicht. Jetzt nicht mehr. Das kannst du dir eh abschminken. Ich sag dir was: Du willst das Geld. Ist es das? Ja? Aber das habe ich nicht. Ich habe kein Geld. Alles, was ich habe, das ist die Bar hier, die Wohnung und das kleine Häuschen in Spanien. Sollte der Günter noch Geld haben, dann hat er es irgendwo gebunkert und es mir nicht erzählt.«

Der Auer seufzte und nahm den Rest des Pilsners in drei großen Schlucken, dann rülpste er, sagte »Entschuldigung« und stellte die Flasche exakt auf den feuchten, runden Kondenswasser-Kreis auf der gläsernen Tischplatte, wo die Flasche vorher gestanden hatte, und schüttelte den Kopf: »Nein, das will ich nicht. Obwohl, wenn man das so nachrechnet, da müssen noch irgendwo ein paar Millionen gebunkert sein. Selbst wenn man deine Villa in Spanien und die Bar und …« Der Auer Max breitete die Arme aus: »… und das alles hier wegrechnet. Aber egal. Was mich interessieren würde, hast du von Anfang an gewusst, dass der Günter in Sachen gewagte Eigentumsübertragungen unterwegs ist? Ich meine, ihr seid ja nun doch schon ein paar Jahre zusammen, wie ich rausgefunden habe. Er kommt und geht, kommt und geht. Wie die Jahreszeiten, nur nicht so regelmäßig. Also, erzähl mir was.«

Jetzt war es die Wally, die seufzte, das kannst du dir wohl vorstellen, oder? Pass auf, es ist ja so: Sie ist in einer ganz saublöden Situation. In einer, in der sie all die Jahre vorher nicht war. Warum? Dazu kommen wir gleich. So, und jetzt taucht ein Irrer in der Bar auf und macht ihr Angst. Das kennt sie, damit kann sie umgehen, ja, was glaubst du denn? Aber, und das verrate ich nur dir: Sie kriegt den Günter nicht zu fassen. Sie hat es versucht, das kannst du mir ruhig glauben. Auf allen drei Handys, die er dagelassen hat. Sogar ein rotes Nokia war dabei.

»Das da, das ist das rote Telefon. Aber nur beim Super-GAU benutzen. Die anderen beiden sind für Nachrichten, die höre ich regelmäßig ab, aber das rote, das hab ich immer in Griffnähe«, hat der Günter zu ihr gesagt und es ihr im Bett genau zwischen ihre beiden herrlichen Brüste gelegt. Natürlich ist das Telefon – Schwupps – im Tal der Lust verschwunden, denn zwischen so einem Busen, da kannst du noch ein paar hinterherlegen, die siehst du wahrscheinlich auch nicht mehr. Was soll ich noch groß sagen? Natürlich hat sie ihm auf den beiden anderen Prepaid-Dingern diverse Nachrichten hinterlassen. Und am Schluss mit dem roten Super-GAU-Nokia, auf dem hat sie ihn ganz, ganz dringend gebeten, sich zu melden.

Weil, es ist was passiert, was ihr echt Sorgen macht: die Leich' im Inn. Und die Art und Weise, wie die Leich' verpackt war. Von genau dem Maschendraht-Trick hat ihr nämlich der Günter mal erzählt. »Das machen die Mafiosi in Spanien, speziell die in Andalusien«, hat er gesagt. Weil da von dem Verstorbenen im Endeffekt nur noch hochwertiges Fischfutter und dann gar nichts mehr übrigbleibt bis auf ein paar Knochen. »Da kriegen die Jungs drei Fliegen mit einer Klappe geschlagen«, hat er bei einer Zigarette nach einer wilden Nummer mal erzählt, und dabei mit der freien Hand mit ihren Brüsten gespielt: »Der Konkurrent ist weg. Die Bullerei findet nichts, und der Fischbestand in der Gegend ist auch gesichert. Nachwachsende Rohstoffe, könnte man sagen.«

An das hat sich die Wally erinnert und geglaubt, das Fischfutter im Inn könnte möglicherweise der Günter sein. Aber als sie gehört hat, dass der Verblichene der »Flowerman« Richie Blumenauer war, da war sie nur im ersten Moment beruhigt. Denn dann hat sie nachgedacht, und es ist ihr ein schlimmer Verdacht gekommen …

Aber jetzt weiter in unserer Geschichte, pass auf:

Die Wally schlug die Hände vor dem Gesicht zusammen, fuhr sich durch die Haare und schaute dem Auer voll in die Augen: »Ja. Er hat es mir nach zwei Wochen oder so erzählt. Er hat gesagt, wenn wir zusammenbleiben, dann muss ich einiges über ihn wissen. Er verdient sein Geld mit Überfällen. Viel Geld. Und er ist noch nie geschnappt worden. Es macht ihm Spaß, hat er gesagt, und außerdem kann er nichts anderes. Er hat als junger Mann eine Schnupperlehre bei der Post gemacht, da hat er mitgekriegt, wie das mit den Wert-Transporten so abläuft. Eine Tochterfirma der Post transportiert ja heute noch jede Nacht Unsummen in bar zu den Flughäfen oder holt Bares und Gold und Wertgegenstände dort ab.«

»Muss ja Spaß machen, so ein Leben. Noch ein Bier?«

Sie nickte, und Auer stand auf und ging zum Kühlschrank. Die Wally redete einfach weiter und schaute beim Sprechen ein rot-geblümtes Sofakissen an, das sie dann an ihre Brust drückte. »Er hat mal gesagt, es wäre alles viel einfacher, wenn es auch eine Gewerkschaft für Gangster gäbe. Das wäre kein großes Ding, weil viele der Gewerkschafter ja sowieso genug Dreck am Stecken haben. ›Lauter Verbrecher, du brauchst nur den Fernseher anzumachen, wenn die wieder mal was aushandeln‹, hat er gesagt. ›So, und warum gibt es keine Gewerkschaft für Gangster, frage ich dich? Viele der alten Ganoven stehen mit 70, 80 schlimm da und müssen Ladendiebstähle oder so was machen, um sich zu ernähren‹, hat er gemeint. ›Mein Job ist gut, aber es gibt keine Sozialleistungen, den Urlaub musst du dir auch selber erwirtschaften‹, meinte er. ›Obwohl, über die Arbeitszeiten in meinem Job kannst du nicht viel meckern, die sind okay‹, das hat er gesagt.«

Die Wally schniefte in das Kissen: »Wo ist mein Bier?«

»Warum erzählst du mir das alles?« Der Auer setzte sich auf den Teppichboden vor die Wally und legte ihr eine Hand aufs Knie.

Sie schniefte wieder: »Weiß ich auch nicht. Das habe ich noch nie jemandem erzählt. Weil noch nie so viele komische Sachen auf einmal passiert sind? Weil ich den Günter nicht erreiche? Weil ich eine Scheißangst habe? Weil ich nicht weiß, was ich machen soll? Oder wer mir hilft? Was willst du noch hören? Oder reicht das fürs Erste?«

Der Auer nahm einen Schluck aus der Flasche, rülpste leise und sagte: »Um wie viel Geld geht es? Nenn mir nur eine ungefähre Hausnummer.«

Jetzt wurde ihr Blick wieder misstrauisch: »Warum?«

»Weil ich vielleicht, und ich sage ausdrücklich *vielleicht*, eine Idee habe, wie man da was machen kann. Aber das kostet auch Geld. So was kann ich nicht alleine, da braucht es Hilfe, ein gutes Team, einen guten Plan, Hilfsmittel, Spezialisten und so weiter.«

»Und solche Leute kennst du?«

Der Auer Max grinste: »Ja. Ein paar gute Leute habe ich während meiner Zeit bei der Sitte kennengelernt. Ein paar andere kenne ich von früher. Und einen, der auch dabei sein wird, wenn wir was machen, den hast du heute Abend schon kennengelernt.«

Aus Misstrauen wurde Entsetzen, und die Wally ließ das Sofakissen fallen und schlug die Hände zusammen: »Der schöne Adi? Du steckst mit dem Scheißkerl unter einer Decke? Und ich erzähl dir das alles. Ich dumme Schnepfe … Nein, nein, ich glaube es einfach nicht.«

Der Auer hob die Hand mit der Bierflasche: »Nicht der Adi, der tut dir nichts mehr. Bleib ruhig. Der Manfred, der nette ältere Bursche, der mich angerufen hat, den meine ich.«

Aus Entsetzen wurde Enttäuschung: »Der alte Knabe? Du meinst, du arbeitest mit einer Rentnergang, die vor jedem Einsatz ihre Blutzuckerwerte und den Blutdruck misst und noch mal aufs Klo muss, bevor es losgeht? Ist das dein Ernst?«

»Der Manfred ist ein Profi auf seinem Gebiet, das kannst du mir glauben. Und er hat einen Freund, der unfassbare Beziehungen hat. Und ich habe Freunde, hier in Rosenheim und in Salzburg, die auch Spezialisten auf bestimmten Gebieten sind.«

Die Enttäuschung wurde zu Hoffnung, die Augen von der Wally glänzten wieder und man konnte ihr beim Denken zuschauen, deshalb sagte der Auer: »Lass uns mal davon ausgehen, dass die, die hinter dem Günter her sind, nichts von der Villa in Spanien wissen. Und auch nichts von dem hier.« Er machte mit dem freien Arm eine raumumgreifende Bewegung. »Ich hab das alles von deiner Bar und der Wohnung nur erfahren, weil ich einen Kumpel bei der Kripo in München angerufen habe, und der hat wieder einen Kumpel angerufen, verstehst du?«

Sie nickte.

»Gut. Wie viel, ich meine ungefähr, kann es sein, das sich die Kerle vom Günter erhoffen? Und, Frage zwei, warum auf einmal jetzt? Gab es so einen Versuch früher schon mal?«

Wally schüttelte den Kopf: »Nein. Aber als der Günter um Weihnachten rum mal kurz hier war, da hat er mir erzählt, dass alles ab sofort noch viel einfacher wird. Weil er einen pensionierten Bänker aufgetan hat. In München-Grünwald. Der ist Spieler, hat mächtig Schulden und so weiter.«

»Wo hat er den aufgetan?«

»Na, bei einem Hinterzimmer-Poker in München. Der Alte hat in der Runde Stress bekommen, der Günter hat ihn da rausgehauen. Sie haben in einer Bar am Hauptbahnhof noch einen getrunken und sind ins Gespräch gekommen.«

Sie trank und lächelte verträumt: »Am Günter, an dem ist ein Psychologe verloren gegangen. Wenn der mit jemandem geredet hat, dann hat er in kurzer Zeit alles aus dem rausgeholt, was er wissen wollte. Mich hat er damals rumgekriegt, weil mir noch nie ein Mann so zugehört hat wie der Günter. Ich weiß noch, wir sind einmal die ganze Nacht durchgefahren, von Hamburg nach Rosenheim. Ich habe ihn während der ganzen Zeit zugetextet, mit meinem Lebenslauf, meinen Problemen, allem. Ich konnte gar nicht mehr aufhören mit dem Reden.«

Sie seufzte tief: »Kein einziges Mal hat er mich unterbrochen. Er hat immer nur genickt, vielleicht einmal ›soso‹ oder ›mmhm‹ gemacht, aber er hat mich nie unterbrochen. Ein Jahr später habe ich ihm das erzählt, da hat er unverschämt gegrinst und gesagt, dass er auf dem rechten Ohr schon lange überhaupt nichts mehr hört. Voll taub. War ein Betriebsunfall, hat er gemeint. Und dass er von dem, was ich gesagt habe, das meiste deshalb eh nicht verstanden hat. Aber Frauen muss man reden lassen, man muss nicht immer alles verstehen, was sie sagen. So war er.«

Jetzt fing sie an zu schniefen und Tränen flossen aus ihren Augen.

»Warum redest du von ihm in der Vergangenheit?« Der Auer versuchte, die Tränen mit einer der Papierservietten, die auf dem Glastisch lagen, abzutupfen. Aber die Wally schlug ihm zornig die Hand weg: »Ja was meinst du denn, du Depp? Wenn der Günter fit wäre, hätte er sich bei mir gemeldet. Noch dazu, wo ich auf das rote Telefon gesprochen habe. Das Notfall-Handy. Hörst du mir eigentlich zu?«

Der Auer nickte: »Ja. Und ich habe dich was gefragt. Also, um wie viel könnte es gehen?«

Die Wally schaute zur Decke hoch. »Seit er mit dem alten Sack in München arbeitet? Warte mal. Vielleicht drei Millionen? Vier? So in etwa.«

»Wo ist das Geld jetzt?«

Die Wally lachte bitter auf: »Der war gut. Hast du noch so einen? Ich habe keine Ahnung, Mann!«

Der Auer erhob sich ächzend und mühsam vom Teppichboden und stellte die Bierflasche auf den Tisch: »Pass auf und denk über das nach, was ich dir jetzt sage, denn das ist nicht verhandelbar: Ich rede mit meinen Bekannten. Wenn wir das so durchziehen, wie ich mir das vorstelle, denke ich mal, dass wir 25 Prozent von dem nehmen, was wir retten. Die anderen 75 Prozent schaffen wir dir oder dem Günter ins Ausland. Sagen wir mal, nach Spanien. Dort übernimmst du, der Günter oder ein Vertrauter von euch das Geld, und der Käse ist gegessen.«

»15 Prozent. Und warum glaubst du, dass der Günter Hilfe braucht, um an sein eigenes Geld zu kommen?«

»Weil er gejagt wird? Weil er irgendwo ist und eine solche Scheißangst hat, dass er nicht mal für dich zu erreichen ist? Weil er es sonst schon lange in Sicherheit gebracht hätte, und dich auch? Und 15 Prozent? Vergiss es. Dann mach es lieber selber. Denk an den ›Flowerman‹ im Inn. Und an die, die möglicherweise hinter dem schönen Adi stecken. 25 Prozent für uns. Und ich brauche mehr Informationen. Morgen oder so. Wenn sich der Günter meldet, erzähl ihm alles, was wir besprochen haben. Und auch, dass er sich vollkommen bedeckt halten muss, bis wir einen Weg gefunden haben, um das alles zu regeln. Aber wenn uns der Günter linkt, dann kann ich für nichts garantieren.«

»Drohst du mir jetzt schon?«

Der Max lächelte: »Nein. Aber die Leute, die da möglicherweise in meinem Team sind, die kennen keinen Spaß, glaube mir das bitte. Und die haben eine ganz kurze Zündschnur. Überleg dir das alles in Ruhe. Ich komme morgen Abend auf ein Bier vorbei, dann sagst du Ja oder Nein. Okay?«

Sie nickte und der Auer beugte sich vor, gab ihr einen Kuss auf die Stirn und zeigte mit dem Daumen hinter sich: »Ich zieh mich an, dann verschwinde ich.«

Das Anziehen vom Auer lief relativ schnell und schweigsam ab, aber das kannst du dir ja denken, oder?

Die Wally schaute ihn nachdenklich an, und als er zur Tür ging, sagte sie: »Du weißt schon, dass ich dir ab jetzt blind vertrauen muss, oder? Ich meine, du könntest uns, also den Günter und mich, voll reinlegen, und wir haben nichts gegen dich in der Hand. Kann ich dir denn vertrauen … nach all dem hier …? Max? Was soll ich tun?«

»Das solltest du dir besser ganz schnell überlegen und dann abnicken, meine Hübsche. Sonst seid ihr beide am Arsch, aber so was von.« Er öffnete die Tür nach unten: »Kann ich da unten raus? Du hast doch alles abgesperrt, oder?«

Die Wally hob sich seufzend aus dem Sofa-Eck, schnappte sich einen Schlüsselbund und drängte sich ruppig am Auer vorbei auf die Treppe nach unten. Im Schein der Notbeleuchtung gingen sie schweigend durch die Bar. Es roch ein wenig nach schalem Bier, altem Holz und nach der Art von Einsamkeit, die dich mitten in der Nacht anfällt.

Du weißt schon, was ich meine: wenn du aus einem Traum herausgerissen wirst, im Dunkeln jäh die Augen aufreißt, und du bist ganz alleine im Schlafzimmer. Oder dein Partner liegt neben dir, aber er ist weit weg, in der Welt seiner eigenen Träume gefangen.

Dann schaust du dich um, und dann kommen diese Gedanken, die man im Hellen nie hat.

Die Wally schob den Vorhang zur Seite, schloss die schwere Tür auf und öffnete sie einen Spalt, der grade breit genug war, dass der Auer rausgehen konnte.

Vor der Tür drehte er sich noch mal um: »Wie wär's mit einem Gutenachtkuss?«

»Den kannst du dir selber geben. Am besten mitten auf deinen Arsch.«

Die Wally wollte die Tür schließen, aber der Auer, in bester Inspektor-Columbo-Manier, hob die rechte Hand und streckte den Zeigefinger an die Stirn: »Eins verstehe ich nicht so recht: Wenn der Günter deine große Liebe ist und so weiter, was sollte das mit dem Hamburger-Ivo, dem Ferrari-Geier? War das ein Schwächeanfall von dir, oder was?«

Die Wally lachte: »Das? Das war doch ein abgesprochener Schmarren. Der Günter meinte, ich sollte zwischendurch mal so tun, als ob ich einen neuen Kerl hätte. Der Ivo? Der ist ein alter Spezl vom Günter, der hat die zwei Wochen auf dem Sofa geschlafen und ist fast jede Nacht in der Bar gesessen. Mir sind dann ein paar Stammgäste weggeblieben, weil die dachten, der Ivo ist eh der neue Hengst im Stall. So was ist schlecht fürs Geschäft, verstehst du? Also hab ich das dem Günter gesagt, wie er einmal wieder für ein paar Stunden hier war, und dann ist der Ivo am nächsten Tag verschwunden. Keine Ahnung, wo der jetzt ist. Bist du jetzt zufrieden?«

Jetzt hob auch sie einen Finger. »Ich bin so was wie eine Ein-Mann-Frau. Kannst du dir das vorstellen? Ne, oder? Bin ich aber. Und halt jetzt die Klappe, weil ich weiß, was du jetzt sagen willst. Aber das mit dir eben, da oben, das wäre mehr so was wie eine humanitäre Maßnahme gewesen. Mein Anfall von sexueller Nächstenliebe hat sich mittlerweile in was ganz anderes geändert. Jetzt denke ich über körperliche Gewalt nach. Das vorhin hat in meinen Augen mit Untreue nichts zu tun, kapiert? Und jetzt mach dich vom Acker.«

Der Auer schüttelte den Kopf, drohte der Wally grinsend mit dem Zeigefinger und ging über die Straße. Hinter ihm schlug die schwere Tür des Babylon zu und er hörte noch, wie der Schlüssel ein paarmal im Schloss gedreht wurde.

## MAX AUERS GESPÜR FÜR NEBEL

Gegenüber vom Burger King blieb er stehen, fischte sein Handy aus der Tasche und wählte Rosis Nummer. Nach einer Weile meldete sich der Anrufbeantworter des Nagelstudios, und er hörte die Stimme der Rosi, wie sie leicht gelangweilt und mit ausdrucksloser Stimme runterleierte: »Sie rufen außerhalb unserer Öffnungszeiten an. Diese sind von 10 bis 12 und von 15 bis 19 Uhr oder nach Vereinbarung. Wenn Sie einen Termin anfragen möchten, dann sprechen Sie bitte nach dem Pfeifton.«

Der Auer wartete den Pieps ab und sagte: »Äh, ja, du, Rosi. Das klingt jetzt alles ein bissel, äh, überraschend oder … Ich weiß auch nicht. Auf jeden Fall … es ist nicht so, wie du glaubst, ich meine, du weißt ja, äh … Man denkt … aber dann … ist es so, dass … Ich weiß jetzt auch nicht, was ich sagen soll. Bis morgen. Scheiße.«

Er schaute auf sein Handy und murmelte noch einmal: »Scheiße«, dann schaltete er es aus. Hastig ging er rüber in die Tiefgarage, fuhr den 911er so leise wie möglich raus, denn mittlerweile war es ja nach drei Uhr morgens, und gab erst auf der Münchener Straße richtig Gas.

Er ließ beide Fenster runterfahren und genoss den Duft der Nacht. Die Luft war leicht diesig. Kein Nebel, verstehst du, sondern so eine milchige Luft wie ganz dünne Zuckerwatte, durch die man durchschauen kann.

Ich weiß noch, als Kind hab ich auf dem Oktoberfest oft diese Zuckerwatte auf so einem langen dünnen Holzstab bekommen. Schon beim Zuschauen, wie der Mann in der weißen Kleidung geschickt den Holzstab in den rotierenden

Kessel gehalten und die Zuckernebel schnell mit dem Stab gefangen hat, und dann der Duft von leicht eingebranntem Zucker, der zu mir rüberwaberte.

Kaum hatte ich den riesigen Busch Zuckerwatte, der manchmal so groß wie mein Kopf war, in der Hand, habe ich ganz dünne Streifen runtergezupft und durch sie hindurchgeschaut. Das war wie ein ganz dünner, zuckersüß riechender Nebel. So wie der jetzt, in den Straßen von Rosenheim. Nur roch dieser hier nicht nach dem Zucker meiner Kindheit.

Denn so eine Stadt, die hat ihre eigenen Düfte, und die sind natürlich nachts anders als am Tag. In Bahnhofsnähe riecht es nachts irgendwie nach Kupfer, wahrscheinlich wegen den vielen elektrischen Oberleitungen. Wenn du die Münchener Straße dann weiter rausfährst, dann riecht es auf Höhe der Auer-Brauerei nach Malzbier, hopfig halt.

Der Auer fuhr am Brückenberg bei Rot über die Ampel, weil um diese Zeit eh keine Sau mehr unterwegs ist. Und auf dem Brückenberg, da riecht es nachts irgendwie nach altem Fahrrad, so ein Geruchsgemisch aus Rost, leicht ranzigem Schmieröl und Fäulnis. Ich kann dir das jetzt auch nicht so genau erklären, das musst du schon selber mal erschnuppern.

Der rote Porsche röhrte über die Brücke und gleich unten bog der Auer, wieder bei Rot und mit einem dreckigen Grinsen im Gesicht, links ab in die Enzenspergerstraße.

Das haben sie jetzt davon, dachte er sich, die sollen die Scheißampeln doch gefälligst von zwei Uhr früh bis um fünf abschalten.

Hier, in der Straße auf der anderen Seite der Bahnlinie, standen die Häuser zwar auch dicht aneinander, aber unregelmäßiger und in verschiedenen Größen. Sie sahen im milchigen Licht der Straßenlaternen aus wie Zähne, die schlecht in ein billiges Gebiss eingepasst worden waren.

In der Klepperstraße bog er wieder links ab und stand kurz darauf auf dem Parkplatz des »Wild Wild West«.

Links, unter einem der Bäume glomm in der Dunkelheit eine Zigarette kurz auf und flog dann in hohem Bogen auf den Porsche zu. Der Auer stieg aus und Danny kam angetrabt: »Na so was, da kommt er ja. Ich bin jetzt gespannt wie Boris Becker am Geldautomaten, was da jetzt gleich bei rauskommt. Auf geht's.«

Danny, immer noch im pflaumenfarbenen Polyester-Anzug, ging vor ihm her und schloss den Eingang, der einmal eine Zellentür war, auf.

»Was habt ihr bis jetzt? Bring mich mal auf den Stand der Dinge«, fragte Auer.

»Nicht viel. Bis vor fünf Minuten war ich noch mit drin. Der Kerl ist wahrscheinlich der dritte Mann bei ein paar Jobs vom Günter gewesen. Der Fluchtwagenfahrer. Jetzt sucht er den Günter im Auftrag vom Tippgeber der letzten Überfälle. Das soll ein Ex-Bänker aus München-Grünwald sein. Der steckt aber selber in der Kacke. Jedenfalls glauben die, da liegt irgendwo ein Haufen Geld rum. Das wollen sie. Und ich könnte mir gut vorstellen, dass die den Typen umgelegt haben, der im Inn zu Fischfutter werden sollte.«

Vor dem Bartresen drehte sich Danny zum Auer um: »Weißt du, was witzig ist? An dem Kerl ist das meiste nicht echt. Da sitzt so ein abgefuckter Mittvierziger mit zu vielen und zu weißen Zähnen, tollem Bärtchen und geiler Frisur. Dann schüttelst du den ein bisschen, und es geht ihm erst das Bärtchen ab, dann fallen ihm die Haare aus wie einem vergessenen Weihnachtsbaum im Fahrradkeller. Und der Arnold meint, die weißen Beißerchen, die sind auch bloß reingetackert. Das werden wir aber gleich sehen.«

Danny rieb sich die Hände und öffnete die Tür zum Büro.

Auer kniff die Augen zusammen, um sie an das helle Neonlicht im Raum zu gewöhnen.

Arnold, der neben der Tür stand, nickte ihm grinsend zu. Chili saß, die gestiefelten Füße auf der Schreibtischplatte, mit einem Whiskey-Glas in der Hand und winkte kurz.

Ja, und der arme Adi, der war immer noch in Klebeband verpackt auf seinem Stuhl und rollte wild mit den Augen in Richtung Chili.

»Hat aber gedauert, deine Nummer. Und, wie war sie?«

Auer schüttelte den Kopf: »Da war nichts. Sie war einsam, und es war grad keiner da. Außer mir, meine ich. Wir haben nur geredet. Über dies und jenes. Und über ihn hier.« Damit nickte er zu der silberglänzenden Mumie auf dem Stuhl, von der er nur den Hinterkopf sah.

»Huhuhu. So hat sich das am Telefon aber nicht angehört. Und was ist mit dem Wally-Spezial-Fick, von dem sie mir erzählt hat?«

»Du darfst nicht alles glauben, was du hörst. Damit sind wir schon beim Stichwort. Was hören wir denn von unserem Gast?«

»Nicht viel.«

Auer schaute sich Adis Hinterkopf an: »Der hat aber eine komische Frisur. Wer läuft denn so rum? Ist das der neue heiße Scheiß, so eine Mönchstonsur?«

Danny schüttelte den Kopf: »Nein, der hat vorher ein bisschen anders ausgesehen. Aber bei dem geht alles ab. Erst der Bart, dann die Haare. Hey, hat einer von euch diese Netflix-Serie gesehen? ›Get Shorty‹? Staffel 2?«

Der Auer und Chili schauten den Danny verständnislos an, der die Arme ausbreitete: »Ich mein ja nur. Weil, da gab es diesen miesen Typen, der war am ganzen Körper ohne Haare. Der hat sich vollkommen nackt morgens vor den Spiegel gestellt und hat sich Stück für Stück selber behaart. In so einer Edelholz-Schatulle, da waren alle möglichen Haarteile drin. Angefangen hat er erst unten, um den Pillermann rum. Dann kamen ein Brusthaar-Toupet, der Schnäuzer und ganz am Schluss die Perücke. Wahnsinn. Das hat der jeden Tag gemacht, weil es ja keiner wissen durfte, dass er nicht mal um den Pimmel rum Haare hatte.«

»Kein Scheiß? Was hatte der denn für einen Job? Ich meine, wenn er so eine Sache jeden Tag abzieht.« Chili zwinkerte mit einem Auge.

»Verbrecher, Gangster-Boss. So was machen die in Amerika, kein Scheiß, ich schwöre.« Danny legte eine Hand aufs Herz und Auer schaute sich kopfschüttelnd im Büro um. Hinten in der Ecke war noch ein freier Stuhl, auf den er jetzt zusteuerte.

»Halt. Nein. Stopp!«, rief Chili und hob die Hände. »Setz dich um Gottes willen nicht da drauf. Das Kissen ist kein Kissen, sondern der Carlo.«

Der Auer meinte: »Echt jetzt? Was macht der da?«

»Die Laura sagt, dem ist nicht gut. Sie vermutet, einer von den Gästen hat ihm was gegeben. Er kotzt dauernd.«

»Soso. Was kotzt er denn so?« Auer ging vorsichtig auf den Stuhl zu und schaute sich den Kater an. Der blickte leidend zu ihm hoch und miaute kläglich.

»Kaffeebohnen. Ganze Kaffeebohnen. Kannst du dir das vorstellen?« Der Chili war jetzt richtig wütend. »Wenn ich rauskriege, wer den Carlo mit Kaffeebohnen umbringen will, dann ist der dran. Auch wenn es ein Stammgast ist, das ist mir so was von wurscht. Den mach ich kalt.«

»Sauerei.« Auer streichelte den Carlo und schaute zum Adi rüber: »Apropos kalt machen, wollen wir uns nicht wieder mit unserem kleinen Problem da drüben auf dem Stuhl beschäftigen?«

Arnold stieß sich knurrend von der Tür ab, ging zum Adi

und hievte ihn mit einer schwungvollen Bewegung samt Stuhl in die Mitte des Raumes. Dann riss er ihm das breite silberne Stück Klebeband von der Stirn und vom Mund.

Er schaute es an, dann noch mal, schüttelte seinen riesigen Kopf und reichte dem Chili murmelnd den Stirn-Streifen über den Schreibtisch.

»Ja leck«, sagte der, »da hängen jetzt die Augenbrauen dran. Vorhin der Schnäuzer, jetzt die Augenbrauen. Und die Haare am Kopf, die sind ihm ja eh quasi von selber ausgegangen. Der Arnold hat ihn nur einmal gestreichelt, und die Haare waren weg. Du glaubst es nicht.«

Arnold nickte, grunzte und bückte sich. Er hob ein Büschel brauner Haare auf und hielt sie dem Auer dicht vor das Gesicht.

Dem Adi quollen jetzt die Augen raus, als er den Auer sah. Sein Körper begann zu zittern, zu vibrieren, was auch immer, und es schaute aus, wie wenn er plötzlich einen ganz schlimmen Anfall von Schüttelfrost bekommen hätte.

Aber speziell die Augen vom Adi, das solltest du jetzt mal sehen. Ich weiß jetzt auch nicht, ob du dich noch erinnerst, aber es gab da mal einen Fußballer in der deutschen Nationalmannschaft. Wie hieß der doch gleich wieder? Egal, fällt mir schon noch ein.

Auf jeden Fall: dieser Fußballer. Seine Augen, die sind immer so vorgestanden wie bei diesem Kugelfisch in dem Zeichentrickfilm »Findet Nemo«. Das hat man ganz deutlich gesehen, wenn die Kamera die Spieler beim Singen der Nationalhymne so der Reihe nach abgefahren hat. Ein paar haben gesungen, mehr oder weniger jedenfalls. Ein paar haben in die Luft geschaut oder sich am Hintern gekratzt. Aber der, den ich meine, der hat immer stur geradeaus geglotzt, und, wie gesagt, die Augen sind ihm dabei aus dem Kopf gequollen.

Genauso hat der Adi auf seinem Stuhl den Auer angeglotzt, das wollte ich damit nur veranschaulichen. Weil er auch noch angefangen hat zu hyperventilieren, ist der Danny schnell zum Stuhl gegangen und hat dem Adi Kurz den Mund zugehalten, bis er wieder einigermaßen normal geschnauft hat. Weil, das Letzte, das sie jetzt gebraucht hätten, das wäre ein plötzlicher Kreislaufstillstand des Probanden gewesen.

Nach einer Minute oder so trat der Danny einen Schritt zurück, schaute sich seinen Patienten an und drehte sich dann zu den anderen um. »Bitte. Applaus für diese reine Erste-Hilfe-Aktion, perfekt angewandt. Schnelles und beherztes Eingreifen, wenn Not am Mann ist, ist das Stichwort.«

Die drei klatschten und der Adi hat im gleichen Moment losgeheult wie ein Wolf. Kannst du dir das vorstellen? Und geschrien hat er, gleich nach dem ersten Heuler: »Der Selbstmord-Auer. Das ist der Selbstmord-Auer. Der Massenmörder! Tut's den weg, ich erzähl euch alles. Alles, was ihr wollt, nur tut's den Selbstmord-Auer weg von mir. Bitte. Bitte. Mamaaaaa!!!!!!«

Was hat der, wirst du dir jetzt denken. Jetzt auf einmal, wo er doch vorher so cool war? Und ausgerechnet der Auer Max ein Selbstmord-Spezialist?

Schon klar, dass du dir jetzt denkst, was habe ich da versäumt in der Geschichte? Also, du brauchst jetzt nicht zurückzublättern. Das, was der Adi meint, das ist eine völlig andere Sache. Ich sag mal so: Der Auer Max war ja in München bei der Sitte. Was wenige wissen: Vorher war er ein paar Jahre beim Mord. In der Soko 1743, beim legendären Kommissar Schnitzler und seinen Burschen. Die hatten die beste Aufklärungsquote in der ganzen Löwengrube, so hieß das damalige Kripo-Hauptquartier in München.

Einmal, da haben ein paar Gestörte aus einem dieser Ost-Clans ein kleines Mädchen entführt und dann umgebracht. Es gab Indizien genug, aber wie es so ist: Kaum waren vier der Hauptverdächtigen in den Verhörzimmern, kamen ein paar der besten Münchner Strafverteidiger mitten in der Nacht in die Ettstraße, und eine Stunde später waren die vier Helden wieder auf freiem Fuß.

Der Auer ist mit ihnen aus dem Präsidium gegangen. Die vier haben gegrölt und gesungen. Einer, so ein Steroid-Schlucker mit Muskeln wie ein Walfisch und polierter Glatze, der hat den Auer in seine tätowierten Arme geschlossen und hat ihm ins Ohr geflüstert: »Der Kleinen hat es Spaß gemacht, das hättest du mal sehen sollen, wie die geschrien hat. Nur am Schluss, da war es ihr wohl etwas zu viel, dem kleinen Luder. Hast du auch eine Tochter? Dann holen wir uns die vielleicht demnächst.«

Dann hat er dem Auer auf die Schulter geschlagen, gelacht und ist mit seinen drei Kumpels in zwei schwarze Mercedes gestiegen, die schon am Straßenrand mit laufendem Motor gewartet haben.

Der Auer, der ist in dieser Nacht noch lange in seinem Büro gesessen. Dann hat er sich seinen Zweitschlüssel von der Asservatenkammer geschnappt, den er irgendwann mal nachmachen hat lassen.

Um diese Zeit ist da natürlich keiner mehr. Der Auer schaute in Schubladen und Regale und hat sich schließlich einen alten, vergammelten 38er-Revolver geschnappt. Bei dem war die Seriennummer weggefeilt, der Griff mit einem schwarzen Klebeband umwickelt, sodass man keine Fingerabdrücke nehmen konnte, und vorne war so ein selbst gebastelter Schalldämpfer draufgeschraubt. Und daneben, da lag sogar noch eine halbe Schachtel 38er-Dum-Dum-Munition.

Was soll ich dir noch groß erzählen? Drei Nächte später hat man die vier Helden im Hinterzimmer einer Shisha-

Bar gefunden. Die sonst so lauten Muskelmänner waren ganz ruhig, weil tot.

Ich möchte sogar sagen, das einzige Geräusch, das man gehört hat, war das stetige leise Platschen vom Blut, das über den Tisch gelaufen und dann zu Boden in die immer größer werdende rote Lache getropft ist. Rund um den Tisch saßen vier Männer, ihre Köpfe lagen in einem Meer aus Blut auf der Tischplatte und der Auer war der erste Polizist am Tatort. Keiner hat ihn je so genau gefragt, wie er da hingekommen ist und warum überhaupt.

Er sei halt noch spazieren gewesen und ganz zufällig hier vorbeigekommen, hat er zu seinen Kollegen von der Soko 1743 gesagt. Stichwort: Schlaflosigkeit, noch schnell ein bissel frische Nachtluft und ein Bier, so was halt. Und da habe er die vier gefunden. »Reiner Selbstmord, so wie es ausschaut«, hat er noch achselzuckend gemeint.

Ich weiß noch genau, dass der KHK Schnitzler gegrinst und gefragt hat: »Selbstmord? Die vier? Und alle zusammen mit dem einen Revolver?«

Und der Auer hat mit einer schnellen Handbewegung eine Fliege verjagt, die sich in dem Blutmeer auf der ehemals weißen Plastik-Tischplatte baden wollte, und hat gemeint: »Wer steckt schon in den Köpfen solcher Kerle drin? Die hat halt kollektiv das schlechte Gewissen gepackt, würde ich mal raten. Oder sie haben was Schlechtes geraucht, wer weiß das schon. Braucht ihr mich hier noch? Jetzt könnte ich nämlich gut schlafen, glaube ich.«

Da haben die Kollegen Nein gesagt, ihm eine ruhige Nacht gewünscht, sich zugenickt und die Leichen abtransportieren lassen.

Und diese Geschichte, die ist in der Münchner Unterwelt natürlich ruck, zuck rumgegangen wie ein Lauffeuer, ja, was meinst du denn? Die Untersuchung war schnell über den

Tisch, und der Oberstaatsanwalt hat sogar gemeint, ob man dem Auer die doppelte Ration Essensmarken für die Kantine geben sollte. Oder wenigstens einen Fresskorb, weil ein Orden oder eine Beförderung, das wäre einigen Stadt-Politikern mit Migrations-Hintergrund wohl eine Nummer zu viel und schwer vermittelbar.

Aber den Auer, den haben sie ein paar Wochen später vorsichtshalber leise zur Sitte weggelobt, weil da die Selbstmordrate nicht so hoch ist. Aber die Geschichte von den vier Toten, die wurde in gewissen Kreisen zu vorgerückter Stunde immer und immer wieder weitererzählt und ein jeder, der sie grade weitergegeben hat, der hat ein paar fürchterliche Details dazuerfunden. Am Schluss ist es in den Geschichten vom Hinterzimmer abgegangen wie bei der Völkerschlacht zu Leipzig, das kannst du mir ruhig glauben.

Doch zurück zum Adi und seinen aktuellen Problemen. Obwohl, und das muss ich jetzt noch sagen, bevor wir weitermachen, wenn du dem Adi jetzt in die Augen geschaut hast, dann hast du tiefer gesehen. Direkt in seine Seele.

Das ist jetzt ungefähr so, wie wenn du nach Hause kommst und da ist eingebrochen worden. Du schaust durch ein Fenster und siehst, dass da drinnen nichts mehr ist, wie es einmal war. Sachen, die dir, und vielleicht nur dir, was wert waren, die liegen zertrümmert am Boden. Alles ist anders, nichts ist mehr so, wie du es kennst. Und von jetzt auf gleich ist auch dein Leben anders. Denn da ist was in dein tiefstes Inneres eingedrungen, hat alles, an das du grade eben noch gedacht und geglaubt hast, umgestülpt und die Regale in deiner Seele umgekippt. Ein riesiger King-Kong hat an deinem Käfig gerüttelt. Einfach so. Mit einem Fingerschnipp.

# DER SCHÖNE ADI UND DER ABGRUND

Und der Adi, der hat natürlich jetzt geglaubt, die wollen ihn sowieso umbringen. Und die spontane Rettungsaktion von dem kleinen Dicken eben, das war mehr geschäftlich als samaritiv.

Wie, deswegen haben sie den Selbstmord-Auer engagiert, damit es nach dem Verhör wie ein Selbstmord aussieht. Keiner wird ihn vielleicht je finden, und wenn doch, dann sieht jeder auf den ersten Blick, dass es halt ein Selbstmord war. Denn in gewissen Münchner Hinterzimmern wird ja immer noch die Auer-Geschichte erzählt, und man sagt jetzt sogar, der Auer ist untergetaucht und arbeitet als hochbezahlter Auftragsmörder für die da ganz oben.

Jedes Mal, wenn in der »Bild« oder der »Abendzeitung« was von einem Selbstmord stand, der sich nicht ganz koscher vom Blatt gelesen hat, dann hat man die Köpfe zusammengesteckt und geflüstert: »Des war wieder der Auer, genau das ist seine Handschrift, jede Wette.«

Auf die Idee, dass sie den Auer Max bei der Bullerei mit halben Pensionsbezügen rausgelobt haben, und der bei seiner alten Tante Friedl in Rosenheim lebt, auf die kommt so ein niederfrequentes Münchner Kleinganoven-Hirn natürlich nicht. Und wenn doch, will er es vielleicht gar nicht glauben. Denn eine jede Gesellschaftsschicht braucht ihre eigenen Helden, hilft ja nix.

Der Adi wand sich auf seinem Stuhl, aber da ging natürlich nichts. Denn wenn du mit 20 Meter Klebeband umwickelt bist, da fällt dir sogar das Flatulieren schwer.

»Lasst mich reden. Ich sag euch alles. Alles, was ihr wollt.

Aber schickt's den Auer weg. Bitte. Ich flehe euch an. Der soll weggehen.«

Der Auer Max schaute den Chili an. Der zuckte mit den Schultern und hob die Hände, so, als wollte er sagen: »Burschen, ich hab keine Ahnung, was jetzt hier abläuft. Vielleicht hat der Adi den Verstand verloren.«

Danny und Arnold grinsten sich an und verließen das Büro. Der Chili kapierte sofort, dass das eine clevere Idee war, um dem Adi noch mehr Angst zu machen und stand auch auf: »Ich mach schnell mein Glas wieder voll. Und dann geh ich aufs Klo.«

»Nein, neinneinneinnein! Nicht weggehen. Biiitte!!!« Der Adi wimmerte nur noch und verdrehte die Augen, sodass man für ein paar Momente nur noch das Weiße in ihnen sah. So was ist schon gruselig, das kannst du mir glauben.

Ja, und der Auer Max, der diese Geschichten über sich natürlich auch mal gehört, aber geglaubt hat, das ist nur wieder so ein Schmäh von den unterbeschäftigten Kleingaunern, der setzte sich mit einer Backe auf die Schreibtischplatte und beugte sich zum Adi vor: »So, jetzt sind wir ganz unter uns Mädels. Und weil ich momentan so gut aufgelegt bin, darfst du dir deine Todesursache sogar selber aussuchen. Es muss aber schon ein bisschen glaubhaft rüberkommen, wegen meinem Ruf. Aber das verstehst du sicher.«

Auer besah sich seine Fingernägel der rechten Hand, runzelte die Stirn und blies über seine Finger. »Neulich, da hab ich einem Landwirt den Schädel an einem Baum eingeschlagen. Und dann mit der Kettensäge, die der auf dem Hänger hatte, den Baum umgesägt, und so fallen lassen, dass der so was von exakt auf die Stelle gefallen ist, wo der Kerl eh ein Loch im Kopf hatte. Das war in Dings, in … da bei Rohrdorf. Auf der Beerdigung waren 400 Trauernde, die haben alle gesagt: ›Wie kann denn so was passieren. Der war doch mit jedem Baum per Du.‹«

Dem Adi lief der Schweiß in die Augen. Auer schaute sich um und sah ein schon benutztes Papiertaschentuch auf dem Boden neben dem Schreibtisch. Er bückte sich ächzend, hob es auf und wischte dem Adi damit über die Augen: »Das tut gemein weh, wenn man den Schweiß in die Glupscher kriegt. Also ich mag das überhaupt nicht.«

»Danke.« Der Adi holte tief Luft: »Pass auf, Auer, das mit dem Günter ist so: Der Kerl, der ihm die Tipps gegeben hat, weißt schon, der Bänker. Der ist spielsüchtig.«

Auer nickte. »Erzähl mir was Neues.«

»Ja, warte. Und der hat einen ganzen Haufen Schulden beim Miro-Clan. Auer, wenn ich dir alles sage, alles, was ich weiß … Können wir da vielleicht einen Deal machen?«

Der Auer Max schloss die Augen und legte den Kopf in den Nacken. Dann stieß er die Luft aus und schaute den Adi streng an. »Das geht nicht. Ich würde ja gerne, aber du weißt ja selber, wenn sich das rumspricht, dass ich auf meine alten Tage milde werde …«

So heftig, wie der Adi jetzt den Kopf schüttelte, so was habe ich noch nie gesehen. Höchstens mal bei den Headbangern bei einem Heavy-Metal-Konzert in Wacken:

»Auer, ich schwöre bei allem, was mir heilig ist, ich habe dich noch nie gesehen. Nirgends habe ich dich gesehen. Und ich? Ich verschwinde. Wie weg. Ganz weit weg. An den Nordpol, wenn du das willst.«

Der Auer überlegte, wiegte mit dem Kopf, hob die Hand, ließ sie wieder sinken, dann seufzte er und sagte: »So langsam werde ich mitfühlend. Das gefällt mir gar nicht. Pass auf, Adi: Du sagst mir alles, und damit meine ich alles, über die Sache mit dem Günter. Ich werde dich kein einziges Mal unterbrechen und ich werde dich auch nach nichts fragen. Hast du das verstanden?«

»Ja. Klar. Super. Soll ich anfangen?«

Auer schüttelte den Kopf: »Gleich. Kennst du die Sendung ›Gefragt – Gejagt‹? Das ist so ein Quiz im Fernsehen?«

Adi nickte verzweifelt und schluckte.

»Gut. Ich bin jetzt der Quizmaster, dieser Bommes, und wenn ich sage: ›… und die Zeit läuft ab jetzt‹, dann hast du genau eine Minute, um mir alles zu erzählen. Nach einer Minute ist deine Redezeit um. Ach ja, und wenn ich nicht genug Punkte von dir habe, dann ist deine Lebenszeit auch um. Weil ich glaube, dass ich dich dann gleich hier ersticke. Können wir? Dann nicke!«

Adi nickte.

»Gut. Die Zeit startet … jetzt!« Der Auer schaute gebannt auf seine Uhr, und der Adi legte los: »Der-Kerl-hat-soviel-Schulden-dass-der-alte-Miro-gesagt-hat-hast-du-was-für-mich-oder-du-bist-tot-da-hat-der-ihm-alles-vom-Günter-erzählt-dass-da-noch-vier-oder-fünf-Millionen-sein-müssen-die-der-Günter-versteckt-hat-der-Miro-hat-alle-Infos-über-den-Günter-und-den-Richie-und-mich-bekommen-den-Richie-haben-sie-gefoltert-und-umgelegt-mich-haben-sie-geschnappt-wenn-ich-das-Geld-nicht-finde-oder-sage-wo-es-ist-bin-ich-auch-tot-ich-weiß-nicht-wo-der-Günter-ist-ich-weiß-nicht-wo-das-Geld-ist-ich-hab-geglaubt-die-Tussi-weiß …«

»STOPP!« Der Auer hob die Hand: »So spricht man nicht von einer Dame. Deine Zeit ist hiermit um. Jetzt überlege ganz genau, ob das alles wirklich so ist, wie du grade erzählt hast.«

Der Adi nickte voller Verzweiflung und brachte kein Wort mehr heraus.

»Gut.« Max stand auf, klopfte dem Adi auf die Schultern und ging zur Tür. »Ich telefoniere mal kurz mit meinen Auftraggebern, ob die damit einverstanden sind, wenn ich dich ausnahmsweise nicht kalt mache. Und ob ich trotzdem mein Geld für den Job bekomme, weil, es ist ja so, das Leben geht weiter und alles wird teurer. Für mich jedenfalls. Und für dich wissen wir auch gleich, wohin der Hase läuft. Also, lauf nicht weg, ich bin gleich wieder zurück.«

# JEDE BOHNE ZÄHLT

Die Musik lief noch, aber ziemlich leise, und so konnte der Auer auf dem Weg zur Bar schon hören, dass der Chili ziemlich sauer war. Aber nicht auf den schönen Adi, wenn du das jetzt denkst. Nein, der Chili stand mit den Absätzen seiner hochhackigen Westernstiefel im untersten Ring des Barhockers, sodass sein Oberkörper halb über den Tresen gebeugt war.

Auf der anderen Seite der Theke lehnte die Laura. Sie heulte, die schwarze Augenschminke lief ihr in zwei breiten Bahnen über das Gesicht, sodass sie aussah wie eines dieser Gothic-Girls, die man ab und zu im Fernsehen sieht.

Du weißt schon, diese jungen Gruftis, die sich schwarz und weiß schminken, in Totenklamotten rumlaufen und am liebsten gleich sterben würden, weil ja alles so krass heavy negativ ist. In diesem Dark-Romantic-Lifestyle.

Aber ich sage dir, geh mal zu so einem hin und erzähle ihm, dass du ihm jetzt seinen Wunsch erfüllst und ihn human und umweltfreundlich umbringst. Da wirst du erleben, wie der seinen Zylinder unter die Achsel klemmt und sehr lebendig um sein friedhofsverstrahltes Leben läuft. Weil sterben, in Echtzeit, das will keiner von denen. Die tun nur so.

Auf jeden Fall: Der Chili, der hat sich jetzt so richtig in Rage geredet. Auer war noch zu weit weg, um die Sätze richtig zu verstehen, aber er sah, wie der Danny dem Arnold ein Zeichen machte, mit der Hand vor der Gurgel wedelte und mit dem Zeigefinger der anderen Hand seine Lippen verschloss.

Der Auer setzte sich auf den Hocker neben dem Chili und hörte: »Nein. Keine Sau vergiftet deinen fetten Kater. Wenn dann höchstens du selber, mit der andauernden Futterei und diesen Scheißkatzenleckerlis. Der Carlo ist zu fett, zu faul und er hat Blähungen wie ein ausgewachsenes Kamel. Und wenn er jetzt halt öfters mal kotzt, dann kotzt er vielleicht, weil er dieses Leben zum Kotzen findet.«

Damit drehte sich der Chili zum Auer um und fauchte: »Was betreibe ich hier eigentlich, kannst du mir das bitte sagen? Schau dich um. Ist das hier eine psychiatrische Nachtklinik für hysterische Weiber und kotzende Kater mit Fressstörungen? Oder ist das ein ehrlicher, gemütlicher Abzockerladen mit Anfassen? Na, was hast du dazu zu sagen?«

»Der Adi wär' jetzt so weit. Er hat mir alles erzählt. Die Frage ist, was machen wir jetzt mit ihm?«

»Der Adi?« Chili verdrehte die Augen und sein Gesicht wurde auf einmal so rot, dass der Auer echt überlegte, jetzt doch einen Notarzt zu rufen. Stichwort: Hochblutdruck.

»Der Adi ist mir im Moment so was von scheißegal, das kannst du dir gar nicht vorstellen. Nimm ihn mit, du hast ihn ja gefunden. Ich schenke ihn dir. Lass ihn ausstopfen. Leg ihn in Formaldehyd, bis er so blass wie die Gwyneth Paltrow ist. Jage ihn durch den Fleischwolf und verfüttere ihn an kotzende Kater wie den Carlo. Die fressen nämlich alles. Alles, hörst du?«

Auer hob die Hände und wollte was sagen, aber die heulende Laura kam ihm zuvor: »Wie kannst du nur so grausam über meinen Carlo reden, Chef. Ich hab immer gedacht, ihr mögt euch, so, wie ihr euch immer anschaut.«

»Halt du jetzt mal zwischendurch die Klappe, Weib!« Das war der Chili, wobei er dem Auer immer noch wütend in die Augen starrte.

Aber die Laura, die ja an und für sich eine ganz nette Person war, die wurde zur Furie, wenn es um ihren Carlo ging:

»Klar hat er schon früher mal gekotzt. Aber noch nie Kaffeebohnen. Seit zwei Tagen, und zwar exakt genau an den zwei Tagen, oder besser gesagt, Nächten, seit denen er hier in diesem Puff ist.«

»Puff ja?« Der Chili machte mit beiden Armen eine allesumfassende Bewegung und wäre dabei fast mitsamt dem Barhocker nach hinten gekippt, wenn ihn der Auer nicht festgehalten hätte. »Das hier ist also auf einmal ein Puff? Ich wollte, es wäre einer, dann würde ich endlich mal richtig Geld verdienen. Aber du schreist ja schon nach dem SEK, wenn dir mal einer freundlich an die Möpse geht.«

Danny räusperte sich und sagte: »Chef, der Arnold und ich, wir gehen mal schnell raus, eine rauchen. Ist das okay?«

Chili funkelte ihn an. »Seit wann raucht der Arnold?«

»Gar nicht, aber er schaut mir so gerne dabei zu. Das findet er irgendwie romantisch. Sollen wir dem Adi vorher noch eine aufs Maul geben?«

Der Chili schüttelte resigniert den Kopf und schaute den Auer wieder an. »Und? Denkst du, es macht Spaß, so einen Betrieb zu haben?« Und zu Danny und Arnold: »Haut schon ab.«

Laura tätschelte dem Chili die Hand, die er in die Theke gekrallt hatte. »Echt jetzt, Chef. Jemand gibt dem Carlo seit zwei Tagen Kaffeebohnen. Ganze Bohnen, dabei ist gekochter Kaffee schon so ungesund. Wer macht so was und quält eine hilflose Kreatur wie meinen Carlo, Chef? Was soll ich denn jetzt machen?«

Chili stöhnte auf: »Mach ihm einen Topf Kamillentee und kipp eine Dose Ölsardinen rein, das hilft immer. Oder ein paar geräucherte Mäuse-Schwänzchen, dann sieht es aus wie eine Nudelsuppe.«

»Ehrlich jetzt? Sie sind ein Schatz, Chef, ich hab's ja gewusst.«

Der Auer griff sich den Chili am Arm und zog ihn zum Büro: »Komm, wir regeln schnell das mit dem Adi, ich muss nämlich dann noch wohin.«

Chili machte sich aus dem Griff vom Auer frei und schaute auf seine Uhr: »Um viertel nach vier in der Früh musst du noch wohin? Zu den anonymen Romantikern, oder was?«

Aber sie waren schon im Büro, sodass der Auer keine Antwort mehr geben musste.

Der Adi, formerly known as »schöner Adi«, hing zusammengesunken in seiner mattsilbernen Klebeband-Fesselung und riss ruckartig den Kopf hoch, als er die beiden sah.

Chili ging um den Schreibtisch rum, zog die Schublade auf und kramte darin herum: »Ja, wo ist er denn? Ich hab doch erst neulich einen erschossen damit. Und ich könnte schwören, dass ich ihn wieder hier reingelegt habe. Hast du ihn genommen?«

Er schaute den Auer an, der aber bedauernd den Kopf schüttelte.

Dann glitt ein Lächeln über sein narbiges Gesicht. »Da ist er ja. Hier.«

Seine Hand kam mit einem kleinen, verchromten Revolver wieder aus der Schublade. »Ein 22er. Den habe ich aus Neapel. Die Profis da unten, die nehmen nur solche wie den hier. Weil, wenn du damit jemandem eine in die Birne verpasst, dann dreht die Kugel im Schädel noch ein paar Ehrenrunden, am Rand entlang, und pflügt alles um, was da an Weichem ist.«

Er hielt dem Auer den Revolver hin. »Hier. Willst du?« Dann nickte er in Richtung Adi: »Ich hab schon einiges getrunken, da schießt man nicht mehr so gut. Und du kriegst schließlich ja auch Geld für so was.«

»Neeeiiiin. Biiiiiite. Neiiiiin.« Der Adi heulte die Worte laut und verzweifelt.

Auer zeigte zum Fenster: »Diese kleinen Ballermänner schießen aber nicht besonders weit. Und ich will hier drin keine zusätzliche Sauerei mehr anstellen. Pass auf, wir machen ein Spiel: der hier …«, er nickte mit dem Kopf zum Adi rüber, »der hier klettert jetzt aus dem Fenster. Sobald er draußen ist, schießen wir abwechselnd auf ihn. Ich zuerst, dann du. Denn wenn wir ihn da draußen erlegen, dann können wir die Bullen rufen und sagen, der war ein Einbrecher und wir mussten ihn in Notwehr erschießen, bevor er zu uns rein konnte.«

Der Chili zupfte nachdenklich an seinem langen blonden Pferdeschwanz und wickelte ihn spielerisch um einen Finger. »Das haut aber nicht hin, wenn wir ihn von hinten erschießen. Wo bleibt da die Notwehr? Das kapier ich jetzt echt nicht, weil dann ja die Löcher hinten sind.«

Auer zog die Brauen hoch. »Vielleicht hat er sich rückwärts angeschlichen, damit die Kameras da draußen sein Gesicht nicht aufnehmen können? Lach nicht, aber ich hatte mal eine Tante, die ist zu Fuß und rückwärts von Steinharting nach Altötting gegangen. Da ging's aber nicht um einen Einbruch, sondern das war irgend so ein religiöses Ding. Aber die hat's durchgezogen. Alles rein rückwärts. Ich schwör's.«

»Ach was.« Der Chili schaute erst auf den Adi, dann auf den Auer. »Ja gut, von mir aus. Mach ihn los. Ich schieße dann aber als Erster, weil es mein Fenster ist.«

Der Adi, dem Wahnsinn nahe, sabberte und bibberte: »Nicht erschießen. Ich hau ab. Ihr seht mich nie wieder. Ich hab Verwandte in Bad Birnbach, da kann ich als Bademeister arbeiten. Echt jetzt. Ich lauf geradewegs zum Bahnhof und weg bin ich. Auer, bitte, bei dir ist es doch wurscht, ob du mal danebenschießt, so viele, wie du schon umgelegt hast.«

Schweigend schnitt der Auer mit der großen gelben Büroschere, die ihm der Chili ebenso schweigend gereicht hatte, die Klebestreifen durch. Adi stand zögerlich auf, rieb sich die Handgelenke und schaute an sich runter: »Ich glaub, ich hab mich angepisst. Was mach ich denn jetzt?«

Chili öffnete das doppelflügelige Bürofenster und klopfte mit der flachen Hand auf das Fensterbrett. »Du hast Probleme, echt jetzt. Aber das ist mir so was von wurscht. Schaff deinen Arsch da raus. In genau fünf Sekunden fällt der erste Schuss. Deine Zeit läuft … ab jetzt.«

Der Adi sprang wortlos aus dem Fenster und rannte panisch über den kiesbestreuten Platz. Chili sagte laut: »Jagdzeit!« Und schoss zweimal in die Luft, sodass einige Blätter der großen Kastanie vor dem Fenster wie Vogelfedern zu Boden glitten.

Und der Adi? Den hat niemand mehr gesehen. In Rosenheim nicht und in München schon gleich zweimal nicht, ja, was denkst du denn?

Eine Bekannte von mir, die voriges Jahr für eine 14-Tage-Kur in Bad Birnbach war, die hat mir aber erzählt, dass sie in den Thermen einen Bademeister kennengelernt habe: »Hübscher Kerl, aber der hatte eine Frisur wie der Sean Connery in dem Film mit der Rose, du weißt schon.«

# »KOPI LUWAK« IST DAS STICHWORT, DER REINE KOPI LUWAK!

Diese Worte von Danny hörte der Auer, als er auf seinen 911er zuging. Die beiden standen am Heck des Porsche, dessen roter Lack feucht im Schwanengesang der Nacht glänzte. Die ersten Vögel gaben verschlafene Pfiffe von sich, und im Osten drängte sich ein neuer Tag in die flüchtende Dunkelheit.

Arnold schaute zu den Bäumen hoch und kratzte sich murmelnd am Kopf, während Danny weiter auf ihn einredete: »Das darfst du nicht so eng sehen, das war ein reiner Feldversuch. Aber du hast recht. Wir holen uns eine andere Katze. Mit Carlo kriegen wir nur Stress.«

»Stress? Mit Carlo? Welchen Stress? Was zieht ihr beide denn da wieder ab, liebe Freunde?«

Danny schaute zum Eingang des »Wild West«: »Wie ist die Laune da drinnen?«

»Mies. Laura heult, Chili tobt, Carlo kotzt. Adi ist auf dem Weg zum Nordpol, alternativ: Bad Birnbach.«

»Meinst du, die haben eine Peilung, was Sache ist? Das könnte nämlich ganz schön Ärger geben für uns beide.«

»Keine Ahnung, was du meinst. Was habt ihr denn jetzt wieder gedreht?«

Danny trat nahe an den Auer ran und schaute hoch zu ihm: »Du hältst die Klappe und du verpfeifst uns nicht?«

Auer schüttelte den Kopf und machte mit Daumen und Zeigefinger das Reißverschluss-Zeichen quer über seine Lippen.

Arnold kam jetzt auch so nahe, dass der Auer seinen büffelartigen Körpergeruch in die Nase bekam. Danny legte dem Auer einen Finger auf die Brust und sagte: »Hast du eine Ahnung, was man mit Kopi Luwak verdienen kann? Mit reinem Kopi Luwak? Hier bei uns?«

Auer wischte Dannys Finger weg und lehnte sich an die Beifahrertür. »Keine Ahnung. Aber ich habe auch keine Ahnung, was der reine Kopi Luwak überhaupt ist. So was wie ein Guru?«

»Neinneinnein. Da war doch vor zwei Wochen so ein Kerl hier. An einem Dienstag. Der hat in drei Stunden eine Zeche von 4.000 Euronen gemacht, und dann den Mädels, also der Laura und der Pia, jeweils zwei Fünfhunderter Tipp gegeben. Und die Laura hat später noch gesagt, die mussten ihm nicht mal einen blasen. Der war einfach nur gut drauf, der Bursche.«

»Von dem Kopi Luwak. Ist das eine neue Droge?«

»Viel besser, Auer, sehr viel besser.« Der Danny bekam jetzt glänzende Augen und rieb mit Daumen und Zeigefinger vor Auers Gesicht herum. »Eine legale Goldgrube ist das. Pass auf: In Indonesien oder so gibt es ja Kaffee. Also, auf Bäumen, meine ich, da wächst der nämlich. Kopi heißt Kaffee. Und Luwak ist eine Katzenart. Jetzt kommt der Hit. Die Kaffeebohnen liegen auf dem Boden rum, die dämlichen Katzen fressen die, verdauen die natürlich am Stück und kacken die Dinger auch ganz wieder aus. Muss wehtun, das ist aber das Problem der Katze. So, und die Einheimischen dort, die schmeißen ja nix weg, so sind die eben. Die sammeln also die Kaffeebohnen. Denen selber schmeckt der verkackte Kaffee natürlich nicht so besonders, also wird der exportiert. Und hier, im Westen, da zahlst du für so ein Kilo Kack-Kaffee über tausend Mäuse. Hat uns der Typ erzählt, der mit seinem Geld nur so um sich geschmissen hat. Der importiert nämlich den Kopi Luwak. So, und da haben wir uns gedacht, das können wir doch auch, und zwar ohne den teuren Importscheiß und so. Ich habe also bei Netto ein Kilo Kaffeebohnen gekauft, dem Carlo immer so ein Händchen voll in sein Fischfutter gemischt, und mir ausgerechnet, dass ich ungefähr ein Pfund im Monat über den Carlo produzieren kann. Für den Anfang, bis der Laden läuft.«

»Echt jetzt?«

»Ja klar. Danach hätten wir hochgerechnet, wie viele Katzen wir brauchen, um, ich sag mal, 20 Kilo im Monat via Katzenärsche zu ernten. Stell dir das mal vor. Da machst du aus Katzenkacke Millionen.«

»Aha, aber …«

»Ja klar, aber. Immer ist überall ein Scheiß-Aber dabei. Der Carlo hat alles wieder ausgekotzt. Aber weißt du was? Wir sind ja erst am Anfang. Vielleicht müssen wir ihm nur die Bohnen schmackhafter machen, dass er sie erst mal eine Zeit drinnen behält. Raus kommen die dann von selber.«

Der Auer kratzte sich an der Schläfe. »Abgesehen davon, dass ich die Geschäftsidee noch nicht so ganz ausgereift finde, frage ich mich schon, warum macht ihr so was. Ihr habt doch beide einen guten Job hier, oder?«

»Jaja«, Danny verdrehte die Augen. »Aber sieh es doch mal so. Wie sind die Aufstiegschancen für Arnie und mich in unserem Gewerbe? Wie sind die Sozialleistungen? Die Altersversorgung? Ich meine, in ein paar Jahren sind wir zu alt für den Scheiß, und dann? Aber wenn du eine zündende Geschäftsidee hast, dann stellst du was auf die Beine und verkaufst es dann an einen Konzern. Das machen doch alle so. Die erfinden was Neues fürs Handy, so eine Zapp oder wie das heißt. Oder was für den Computer oder was weiß ich, und dann kommt eine Riesenfirma aus Amerika und kauft denen die Idee für viele Millionen ab. Liest du keine Bild-Zeitung? Die heißt nämlich Bild-Zeitung, weil sie dich bildet, während du an ganz was anderes denkst.«

Der Auer schaute den Arnold an, der ihm, wie er meinte, aufmunternd zugrinste, was aber furchterregend aussah. Dann ging sein Blick weiter auf den Danny, der einfach nur strahlte wie ein Vollmond und sagte: »Ich habe sogar schon einen Namen für den Kaffee, pass auf!« Er stellte sich breitbeinig hin und malte mit den Händen große Buchstaben vor Auers Gesicht.

»RoKa-RoKa. Stichwort: Hier kommt der reine Genuss. Von Rosenheimer Katzen der Rosenheimer Kaffee. RoKa-RoKa. Die regionale Kaffee-Sensation.« Er schloss die Augen wie ein Wein-Sommelier, der gerade einen alten Brunello trinkt: »Ich finde, das klingt so was von gut, findest du nicht auch? RoKa-RoKa? Das hört sich auch irgendwie … brasilianisch … urwaldmäßig … erotisch an, oder?«

Auer verzog zweifelnd den Mund: »Mhm, mhm. Für mich klingt das eher wie so ein neuer Mode-Engtanz mit Anfassen. So wie damals der Hype mit dem Salsa war.« Er stieß sich vom Porsche ab, stellte sich ebenfalls breitbeinig hin und rief, mit viel Tremolo in der Stimme: »Uuuuud nuuuun, liebe Damen und Herren, der neue Star-Tanz in unserer Sambaschule: Hier kommt der RoKa-RoKa. Gesungen vom unvergleichlichen Latento Errektione. Auf geht's, und immer dran denken: Gegen den RoKa-RoKa ist der Salsa nur eine Polonäse für Klosterschwestern.«

Er lehnte sich wieder an den 911er. »Freunde, nehmt bitte meinen Rat an: Kaffee hin, Kaffee her, Finger weg vom Carlo. Wenn der Chili von eurer Millionen-Idee Wind kriegt, erschießt er euch beide. Der Carlo und der Chili sind nämlich seelenverwandt. Die kennen sich seit vielen gemeinsamen Reinkarnationen.«

Danny riss die Augen auf: »Was? Die verreisen sogar zusammen? Der Chef und der verlauste Kater? Echt jetzt? Ich glaub es nicht. Wohin denn?«

Er kratzte sich am Ohr und schnitt eine Grimasse: »Moo-ment. Jetzt kommt mir die gesamte Dramatik erst richtig hoch. Unser Chef macht Urlaub, zusammen mit einem übergewichtigen, kastrierten Kater, der Launen hat wie Heidi Klum? In einer 5-Sterne-Suite mit Dachterrasse und unverbautem Blick auf eine Ölsardinen-Fabrik im Hafen von Wasweißich? Wie pervers ist das denn, hey?«

Der Auer schüttelte den Kopf: »Ganz anders, ganz falsch. Aber das ist eine lange Geschichte. Tut mir jetzt bitte einen Gefallen: Geht wieder rein. Bedauert den Carlo und die Laura, und wenn der Chili euch was zum Kater fragt: Ihr wisst von nichts. Und überlegt euch für eure Altersversorgung was anderes, ja? Und noch was: Sobald hier im Umkreis die nächste Katze oder auch nur ein Hund kotzt, kriegt ihr mit mir Ärger. Aber heftig. Haben wir einen Deal?«

Arnie zuckte mit seinen mächtigen Schultern. Danny schüttelte den Kopf und meinte: »Na gut. Weil du es bist. Von mir aus.« Dann grinste er schon wieder: »Hey, ich hab noch ein Dreiviertelkilo von den Kaffeebohnen über. Willst du die mitnehmen? Wir trinken nämlich keinen Kaffee. Wegen der Magensäure.«

Auer klopfte dem Kleinen auf die Schulter: »Ganz lieb von dir, danke. Aber ich bin selber auch nicht so der Kaffee-Typ. Da fällt mir ein: Ich hab mal gelesen, dass das sowieso ganz besondere Katzen in einer ganz besonderen Gegend sind, irgendwo da in Südost-Asien, die auf diese Kaffeebohnen scharf sind. In München gab's sogar mal ein Café, in dem man solches Zeug trinken konnte. Für 20 Euro die Tasse, glaube ich. Der Laden hat aber schnell wieder dicht gemacht, als in der Zeitung drüber berichtet wurde, wie man den Kaffee herstellt. Also dann, ich muss dann wieder weiter. Unser Deal steht aber, oder?«

»Aber immer. Großes Indianerehrenwort. Schönen Gruß daheim.«

Die beiden trotteten mit gesenkten Köpfen zurück in den Laden und Auer setzte den Porsche in Bewegung und fuhr in Richtung Brückenberg.

# MONZO?

Das kennst du bestimmt auch: Du gehst um eine Zeit ins Bett, die du nicht mehr gewohnt bist. Ich meine, früher, als wir alle so um die 20 waren, da konnten wir immer und überall schlafen.

Aber heutzutage hast du deine festen Zeiten, weißt, dass der Schlaf vor Mitternacht kommen muss und so weiter. Aber was sage ich, du kennst das ja alles selber, oder?

Der Auer, der ist vorhin um fast fünf Uhr in der Früh in sein Bett gefallen, hat die Augen zusammengepresst und versucht einzuschlafen. Das geht natürlich nicht. Erst recht nicht, wenn du dir immer wieder sagst: »Ich bin ganz ruhig und schlafe jetzt gleich ein.«

Also ließ er die Gedanken frei durch seinen Kopf fliegen und griff sich ab und zu ein paar heraus. Im Moment war die Rosi dran. Gedanklich, natürlich. Du wirst mir recht geben, wenn ich sage: Die Liebe landet immer oft bei denen, die sie nicht verdienen. Denn warum hätte ein diplomiertes Luder wie die Rosi einen wie den Auer verdient? Der ja im Grunde seines Herzens ein guter Mensch wäre, wenn er nur öfters dazu käme. Aber so ist es halt im Leben. Ich sage immer: Das Schicksal ist kein Mantel, den du einfach so ausziehen kannst, wenn er dir zu warm oder anderweitig lästig wird.

Was mir auch oft auffällt, das ist, dass die meisten Menschen witzigerweise nicht darüber nachdenken, was das Leben für sie offenbart hat. Sondern sie grämen sich halb zu Tode über das, was ihnen von ebendiesem, ihrem Leben, vorenthalten wurde. Und ein jeder von uns hat im Kopf seine Schatzkiste, in der er Erlebtes und Vorenthaltenes zum regelmäßigen Wiederkäuen aufbewahrt. So, und wenn du jetzt überdies noch berücksichtigst, dass Gott einen umfassenden Einblick in uns alle einschließlich unseres Gedankenguts hat, dann verstehst du jetzt auch seine häufige Abwesenheit besser.

Doch zurück zum Auer. Und wie er so an seinen Gedanken kaute und aus den Untiefen des Selbstmitleids wieder an die Oberfläche tauchte. Gut, das mit der Rosi, das hatte eine Narbe auf seinem Herzen hinterlassen.

Aber das Leben geht weiter und der Auer war gedanklich jetzt schon in der nächsten Abteilung: die Infos vom schönen Adi. Das heißt in dem Fall: alles noch einmal langsam, Satz für Satz durchgehen, wenn man eh' nicht schlafen kann. Also, der Adi hat gesagt, die Jungs aus dem Miro-Clan haben den Blumenauer Richie gefoltert und umgelegt. Und dass sie das nicht viel weitergebracht hat, rein informationstechnisch.

Aber die Info, dass das so abgelaufen ist, die könnte vielleicht jemanden weiterbringen, dachte sich der Auer und zählte so nebenbei die Risse in der Zimmerdecke über ihm.

Aus der Küche kamen die ersten Geräusche, kurz darauf roch es nach Kaffee, und der Auer hörte, wie der Manfred murmelnd draußen auf dem Gang vorbeiging. Er schaute auf die Uhr: 07.48.

Hatte er doch ein bisschen geschlafen, ohne es zu merken? Er griff sich das Handy vom Nachttisch, scrollte die Nummern durch und wählte eine Durchwahl im Münchner Polizeipräsidium an: den Lechner vom Raub und Glücksspiel.

Der meldete sich nach dem dritten Rufton: »Ja, was ist denn? Es ist noch keine acht, ich bin noch gar nicht im Dienst.«

»Auer hier. Max Auer. Wie geht's denn so, Lechi?«

»Ja, Alter, du lebst ja auch noch!«

»Natürlich, und das mit dem älter werden ist eigentlich auch kein Problem, solange man nur lang genug lebt.«

»Was machst du so, man hört, du bist jetzt Freiberufler, Private Eye oder so was?«

Auer setzte sich stöhnend auf und lehnte sich mit dem Rücken an das Bettgestell: »Eher ›oder so was‹. Pass auf, ich brauche da mal eine Auskunft. Stichwort: Miro-Clan. Fällt dir da was ein?«

Der Lechner stieß heftig die Luft aus: »Die Scheißer schon wieder. Weißt du eigentlich, wie lange der alte Miro schon ausreisepflichtig ist? Mhm? Ich sag es dir: Seit 21 Jahren soll der weg. Aber was tut der? Sitzt in Grünwald, hat drei Weiber, die ununterbrochen schwanger sind, und züchtet sich so seine Privatarmee heran. Hast du von dem Kerl in Bremen oder wo gelesen, den sie nachts aus der Kiste geholt und ruck, zuck in den Libanon geflogen haben? In einem Learjet? Das ginge mit dem Miro und seinen Söhnen und Weibern gar nicht, da bräuchte es Minimum eine Boeing 747 Max.«

»Lechi? Hallo? Wenn du so weit bist, können wir reden?«

Ein lautes Schnaufen am anderen Ende der Leitung: »Ich sag ja nix, ich mein ja bloß. Aber du, bild dir bloß keine Schwachheiten ein, von wegen Weitergabe von Dienstgeheimnissen und so. Ich hab nämlich noch vier Jahre abzureißen.«

Der Auer sagte beschwichtigend: »Bleib cremig, Lechi, wir machen einen Deal. Ich sag dir was, und du sagst mir was. Das, was ich dir sage, kannst du an die Kollegen vom Mord verschachern und dir da einen Gefallen sichern. Und du sagst mir was zu den Miros. Ein Geben und ein Nehmen. Wie im richtigen Leben. Was ist? Deal?«

Schweigen, dann, nach vielleicht zehn Sekunden: »Ja eh, Deal. Aber du fängst an, mein Lieber. Und wenn du mir was vorsingst, was ich schon weiß, dann ist unser Deal keiner mehr, ok?«

Entschuldige, dass ich jetzt schon wieder so in die Geschichte reingrätsche, aber es ist tatsächlich so: einmal Bulle, immer Bulle. Das ist bei denen wie in so einer verschworenen Gemeinschaft. Opus Dei oder die Freimaurer. Da hält man zusammen. Da gibt man sich Deckung, auch wenn man sich eigentlich nicht so sehr mag oder schätzt. Obwohl, mit dem Lechner hat der Auer Max immer seine Probleme gehabt, weil der einfach so ein Korinthenkacker ist, ein Erbsenzähler, der auf keinen Fall was durchgehen ließ. Nie. Vorschriften sind dazu da, wie Vorschriften behandelt zu werden.

So ein typischer Bonsai-Blätter-Schnippler und Gummibaum-Sprüher ist der Lechner. In grauer Strickweste und ab zehn Uhr mit De-Beukelaer-Keksen im Mund, gegen den kleinen Hunger. Aber, das muss man ihm natürlich auch lassen, ein verdammt guter Ermittler, der seine Pappenheimer kennt.

Der Auer überlegte, wie er es am besten angehen sollte. »Wie schaut es denn aus mit der Leiche aus dem Inn, habt ihr davon in München überhaupt was mitgekriegt?«

»Haha, was ist der Mann witzig«, stöhnte der Lechner. »Das ist zwar eine andere Baustelle, aber weil der ja auch gezockt hat wie ein Depp, ist der bei uns auch auf dem Radar. Gewesen natürlich, weil, einem Toten jagst du nicht mehr hinterher. Und noch was: Wenn du mir jetzt verkaufen willst, wer das ist, also das, was noch von ihm da ist: Das wissen wir schon. Es gibt da so ein neues Teufelszeug, das nennt sich DNA. Schon mal was davon gehört?«

»Kann sein. Kann es aber auch sein, dass ihr schon wisst, wer dem Richie die Sicherungen rausgedreht hat? Und warum überhaupt? Oder sieht man das auch in deinem DNA-Dings? Dann kann ich ja jetzt auflegen. Es ist ja sicher bald Zeit für deinen ersten Keks, oder?«

»Warte, warte, warte!« Der Auer konnte dem Lechner jetzt förmlich beim Denken zuhören, so knisterte es in der Leitung. »Was willst du wissen? Erste Frage. Dann antworte ich und frage dich wieder was.«

»Gut. Wer kann mir sagen, wann die Miros wieder ein Spielchen mit High Rollers abziehen? Und natürlich wo.«

Lechner grübelte und meinte: »Wer das mit Sicherheit weiß? Der Geldscheißer-Karl. Der ist im Moment der heiße Scheiß bei den Abziehern. Wenn von einer Gans mehr als eine halbe Mio abgezogen werden soll, dann holen sie den Geldscheißer-Karl als Ausnehmer dazu.«

»Moment.« Der Auer schloss die Augen und strich sich über die Stirn. »Der hat doch lebenslänglich bekommen, vor vier, nein, fünf Jahren. Warum ist der aus dem Käfig raus?«

Lechner seufzte tief: »Ein Wiederaufnahmeverfahren. Teure Staranwälte. Die angeschlagene Gesundheit vom Geldscheißer. Ein grün-roter Politiker, der sich für ihn eingesetzt hat. Was willst du noch alles hören?«

Falls du dich jetzt fragst: Von was reden die beiden eigentlich? Das kann ich dir erklären: In Falschspieler-Kreisen bescheißt man sich ja nicht selber. Ich meine, das tut man natürlich doch ab und zu, aber es trägt nicht zu einem friedlichen Lebensabend bei. Also sucht man sich die goldenen Gänse, die man erst gewinnen lässt, damit sie ein bissel übermütig werden, und dann werden sie gerupft wie die Bio-Enten in Ungarn, unter deren Federn du immer so gut schläfst in deiner teuren Bio-Leinen-Bettwäsche.

Und einer von den Profi-Rupfern ist der Geldscheißer-Karl. Leute wie den Karl engagieren die Veranstalter, um die Gänse endgültig zu schröpfen. So wie der Matador, der dem Stier am Ende den Säbel ins Genick jagt, nachdem das arme Viech aus vielen kleinen Wunden blutet, die ihm die Picadores zugefügt haben. Der Teufel soll sie alle holen.

Auf jeden Fall: Dafür, für das endgültige Ausnehmen kriegt der Geldscheißer-Karl 20 Prozent, spielt aber um sein eigenes Geld, das er selber mitbringt. Das heißt, der Veranstalter, in dem Fall die Miros, wissen, dass sie an so einem Abend einen Haufen Kohle machen und fast nichts an eigenem Geld riskieren.

Leute wie der Geldscheißer-Karl, das sind gesuchte Spezialisten, die ihren Job wie ein Neurochirurg präzise und zuverlässig ausführen, ja, was glaubst du denn?

In ganz München gibt es vielleicht ein Dutzend von diesen Virtuosen, und die sind im Voraus ausgebucht wie der Howard Carpendale oder ein anderer bekannter Schlagersänger.

Die goldenen Gänse, also die, die gerupft werden, die organisiert und ködert natürlich eine andere Gruppe und das ist auch eine ganz andere Geschichte.

Zurück zum Lechner und zum Auer. Der Auer sagte grade: »Lass doch deine Kollegen vom Mord wissen, dass du was läuten gehört hast. Nämlich, dass der verblichene Richie von den Miros geschnappt und gefoltert wurde. In München. Dann haben die ihn in Rosenheim entsorgt. Und das aus gleich zwei Gründen. Erstens: Wenn die den Richie in der Isar versenkt hätten, wäre der eher gefunden worden und man hätte sofort einen Bezug zu einem Münchner Täter oder einer Gruppe gesucht. Und zweitens: Der bleiche Richie sollte eine Botschaft an jemanden hier in Rosenheim sein. Glaube ich jedenfalls. Eine Botschaft zur Kooperation mit den Miros, sonst … Ich sag dir was. Schau, ob ihr DNA-mäßig was feststellen könnt, was man mit den Miros in Verbindung bringen kann. Lass eure SpuSi den Fundort, die Uferdämme genau abschnüffeln. Reifenspuren, Kaugummi, irgendwas. Und: macht den Miros doch ein bissel Druck. Du weißt ja, meistens, wenn man auf einen Busch haut, dann kommt da was in Panik rausgerast.«

Der Lechner schwieg wieder ein bisschen vor sich hin, dann meinte er: »Freunde waren wir ja nie, und das werden wir auch nicht mehr, Auer. Aber ich sag mal so: Schade, dass du weg bist, weil du immer ein verdammt guter Bulle warst. Pass auf, ich melde mich, sobald ich weiß, wenn was steigt. Warum willst du das denn überhaupt wissen?«

»Weil ich da jemanden reinbringe. Und du musst mir versprechen, dass dann, an dem Tag, an dem das Spiel abläuft, keine Razzia oder so was ist.«

Ein Pfiff vom Lechner kam aus dem Hörer: »Dann bist du mir aber noch was obendrauf schuldig, das ist dir schon klar, oder?«

»Jepp. Danke und bis dann. Auer Ende.«

»Hey, wartewartewarte! Ich hab da noch ein besonderes Leckerli für dich, Auer.«

Der Auer nahm das Handy vom Ohr, starrte es misstrauisch an und sagte dann: »Was wird das? Is' denn heut scho' Weihnachten?«

»Hahaha. Nein, pass auf. Du hast ja damals beim Mord den Ruf gehabt, ein reinrassiger Irrer zu sein. Auch wenn ich persönlich diese Selbstmord- und Notwehrgeschichten ja nicht so glaube, aber unsere älteren Herren aus der bunten Galerie, die schwärmen immer noch davon.«

Jetzt wirst du dir denken: Was ist denn das? Die bunte Galerie? Pass auf: Das ist ein Ausdruck, der eigentlich aus dem Österreichischen kommt und der die Schwerverbrecher meint, die Stammgäste in den Fahndungsalben der Kripo sind. Also früher, als es noch dicke Fahndungsalben mit Bildern drin gab, meine ich. Heutzutage ist das ja alles im Computer. So, ich meine Ganoven, die allesamt schon mindestens einen »Fünfer« ausgefasst haben. Was wiederum heißt, die mindestens fünf Jahre hinter Gittern waren. Fünf Jahre, die braucht es schon, damit man unter Seinesgleichen als standesgemäßer Kollege angesehen wird. Alles unter einem Fünfer ist noch in der Ausbildung, so gesehen.

»Was soll ich dazu sagen?«, meinte der Auer. »Es war immer die reine und aktenkundige Notwehr. So was wie mit den Typen am Tisch ist mir später dann ja auch nicht mehr passiert, oder?«

Jetzt lachte der Lechner wieder: »Naja, auf Deutschland-Tournee kannst du mit so einer Nummer eh nicht gehen, das wird zu aufwendig, vom Personal her. Nein, pass auf, der alte Miro, der hat vor etwa einem Jahr einen Neffen importiert, aus Sovenice oder wie das Dorf heißt, wo die alle herkommen. Das ist ja auch wieder so ein Klops: Die kommen alle aus demselben Kaff. Da ficken sie entweder die Schafe oder sich selber. Und weil die drei Weiber vom alten Miro nicht genug Nachwuchs werfen, holt er ab und zu einen aus seiner debilen Verwandtschaft nach München. Stichwort: nachwachsende Rohstoffe. Und ebendieser Monzo, so heißt der Neffe, der ist ein absoluter Durchgeknallter. Ein Irrer, der sich hier noch ein paar Irre gesucht hat und die dann noch irrer macht. Seit ein paar Wochen ist der hier, der Monzo. Die vom Einbruch haben ihn im Fadenkreuz. Weil der eine alte Masche wiederbelebt hat: die Spedition.«

»Einbrüche?«

»Klar. Aber so was von rotzfrech. Die gucken sich die Opfer bei den Hinterzimmer-Spielen aus. Da ist ja auch ab und an Prominenz oder was Schwerreiches dabei. Irgendein Depp von einem Erben, der den Kick sucht, mal mit ein paar echten ›Gangstas‹ und ›Badboys‹ zu zocken. So, den horchen die Mädels, die da rumschwirren, ein bissel aus, dann lassen die den ein wenig gewinnen, ein bissel auf Kosten des Hauses rumbumsen und laden den dann wieder ein.«

»Was ist daran neu?«

»Neu ist gar nichts. Weil die Blöden nicht aussterben. Das nächste Zocker-Happening findet auf einem Boot, sagen wir mal, auf dem Starnberger See statt. Nur mal so als Beispiel. Man fährt nachmittags um vier schon raus, zum Abchillen, fein was essen, ein paar Krabben in die Bappen schieben, und dann geht's ab mit Poker und so. Und während das Opferlamm auf den See rausgefahren wird, tauchen zwei braune Möbelwagen vor seiner Villa auf. Der Monzo und noch drei oder vier Gestalten in blauen Overalls gehen ins Haus und räumen es aus. Alles, was man in einer knappen Stunde tragen kann. Die haben in Bogenhausen schon mal eine zweistöckige Gründerzeit-Villa besenrein hinterlassen.«

»Wo ist da der Gag? So was hat es schon immer gegeben.«

»Klar. Der Gag dabei ist, dass noch keiner von den Bestohlenen einen großen Eifer an den Tag gelegt hat, uns zu helfen. Alles wird schnell und diskret über die Versicherungen abgewickelt. Keiner meckert, keiner nennt auch nur andeutungsweise den Miro-Clan, obwohl alle wissen, wer was gemacht hat.«

»Aha. Und warum? Schwarzgeld? Geklaute Kunst im Safe oder so?«

Der Lechner stieß wieder die Luft aus wie ein Walfisch: »Genau. Aber es kommt noch besser: Bei einem der ersten Einsätze der Grünwalder-Spedition war wer in der Villa. Der Besitzer war mit den Miros und ihren Vorzeige-Gangstas nebst Edelnutten auf dem See. Sein Sohn, der war aber in der Villa. Der war ein bekannter Jazz-Trompeter, mir fällt der Name jetzt nicht ein, aber du hast den bestimmt auch schon gehört. Der junge Greger hat mal zu mir gesagt, der Mann sei das größte Talent seit Till Brönner, und das will was heißen. Der junge Bursche war berühmt für den ganz speziell melancholischen Klang seiner Trompete. Der hat im letzten Sommer mal ein Open-Air-Konzert im englischen Garten gegeben, bei Sonnenuntergang. Weißt du, wie der da stand, vorne an der Bühne, mit den dunklen Haaren und dieser blassen Haut, und dann dazu der Klang der Trompete, das war so eine verhängnisvolle Gesamt-Schönheit, das Ganze, dass die Frauen um mich rum wie in Trance waren.«

»Das heißt, du hast also wieder mal keine abgeschleppt.«

»Du bist so was von blöd, Auer. Ich war mit meiner Frau da und die hat später zu mir gesagt, diese blasse Schönheit von diesem jungen Trompeter und die traurige Melodie und die Sonne, die dabei langsam unterging, das ist, wie wenn sich eine gelbe Rose im schwarzen Licht der Nacht öffnet.«

»Ich hätte nie geglaubt, dass du auch nur weißt, wie man ›Romantik‹ schreibt, Lechner.«

»Du mich auch, Auer. Auf jeden Fall, der junge Mann war in der Villa. Und ist von Monzo und seinen Primaten überrascht worden. Er saß nämlich im Wohnzimmer auf dem Boden und hat auf seiner Trompete gespielt, mit so einem Dämpfer drauf, dass man fast nix hört, du weißt schon. Und Kopfhörer hat er auch noch aufgehabt. Und weil die Primaten was gegen Musik haben, die sie nicht kapieren, oder auch einfach nur so, weil sie Bock hatten, haben sie dem Jungen alle Zähne mit einer Flachzange gezogen und ihm dann noch zweimal den Kiefer gebrochen. Der Vater hat sich ein halbes Jahr später umgebracht. Und der Junge, der ist drogensüchtig geworden. Von dem hat man nie mehr was Musikalisches gehört.«

»Warum erzählst du mir das alles? Soll ich jetzt Angst vor diesem Monzo-Affen haben?«

»Mhm-Mhm, Auer. Aber du könntest ihn, wie soll ich sagen, biologisch aus dem Spiel nehmen, wenn's geht. In reiner Notwehr natürlich. Und ich schwöre dir, dass das jeder von unseren Jungs hier absegnen würde. Wir haben nämlich ein paar Jazz-Liebhaber hier in der Ettstraße, die so was von stinksauer auf den Monzo sind, das glaubst du mir gar nicht.«

»Das habe ich jetzt zwar nicht gehört, aber zur Kenntnis genommen, Lechi. Wer ist denn Chef vom Mord? Immer noch der Schnitzler?«

»Ja. Und der läuft öfters hier bei uns rum, weil, es hängt ja alles irgendwie zusammen, nicht wahr. Und erst vor ein paar Tagen, da haben die wieder einen aus der Monzo-Truppe eingekäschert wegen Aufschlitzereien. Der war vier Stunden später auf Kaution wieder draußen. Weißt schon: Spitzenanwalt mit Sprüchen über festen Wohnsitz, guter Sozial-Prognose, Arbeitsplatz in Aussicht, die ganze Suppe. Der Schnitzler hat gesagt: ›Manchmal wünsch ich mir einen wie den Notwehr-Auer zurück. Echt jetzt.‹«

»Danke für das Kompliment, Lechi, ich muss jetzt los. Wir hören voneinander.«

Auer legte das Handy auf den Nachttisch und hörte auf dem Gang die Stimme vom Manfred.

# ZUCKERSCHNECKE

Als er ins Wohnzimmer kam, saßen Friedl und der Manfred bereits am Tisch. Es roch nach Kaffee und Rühreiern mit Speck und Zimt. Die Friedl winkte den Auer heran und deutete auf den Stuhl am Kopfende links von ihr. »Bub, da bist du ja. Ich hab dich heute Nacht überhaupt nicht kommen gehört. War es spät? Und wie schaust denn wieder aus? Geh bitte, bist du heute schon einmal an einem Spiegel vorbeigekommen?«

Auer setzte sich seufzend und griff nach der Kaffeekanne. »Es hat halt ein bissel gedauert heute Nacht, Tantchen. Ich war bis um drei oder so bei der Wally, und dann musste ich noch schnell zum Chili raus.«

Die Augen der Friedl wurden zu schmalen Schlitzen. »Bei der Silikone? Bis um drei in der Früh? Na, da wird die Rosi aber eine Freude haben, wenn sie das erfährt.«

Der Auer nahm sich eine Breze und zog den Buttertopf heran. »Sie weiß es schon. Und zwar hat sie es in einer Art und Weise erfahren, wie ich es ihr nicht so direkt gesagt hätte.«

Der Manfred hörte auf zu kauen und starrte den Auer an: »In flagranti? Der Wally traue ich alles zu. Die ist Sternzeichen Jungfrau mit Aszendent Vagina, wenn du mich fragst.«

Friedl beugte sich über den Tisch und klatschte dem Manfred mit der flachen Hand auf den Kopf: Patsch.

»Dich fragt aber keiner, du alter Saubär. Und überhaupt: Solche Gespräche will ich hier an meinem Frühstückstisch nicht haben.«

Manfred grinste: »Wo willst du sie denn sonst haben?«

Und die Friedl: »Wenn du so weitermachst, mein Lieber, dann wirst du dich bald zusammen mit dem Otti, der Herr hab ihn selig, in immerwährender Umarmung in der Sanduhr drehen. Ich glaub eh, dass der Otti so langsam vereinsamt da drinnen, gell, Otti?«

Damit drehte sie sich im Sitzen um und griff an die circa 30 Zentimeter hohe Sanduhr auf dem dunklen Marmorsockel und drehte sie, sodass die graue Asche im oberen Zylinder träge nach unten rieselte.

Manfred verschluckte sich und die Friedl tätschelte seinen Arm. »Geh zu, du Hascherl, ich mach doch nur einen Spaß. Apropos Spaß: Erzähl dem Buben doch, was dir grade beim Bäcker Bergmeister passiert ist.«

Der Manfred murrte mit vollem Mund, aber die Friedl hob die Hand. »Bitte, ja?«

»Na ja, ich geh da rein, stell mich an, komme dran und deute auf die Gebäckstücke hinter dem Glas. ›Bitte drei von den Dingern da‹, und die Verkäuferin sagt: ›Das heißt Zuckerschnecke.‹ Ich sag: ›Okay, Zuckerschnecke, gib mir bitte dreimal die Dinger.‹ Da hat sie mich angeglotzt wie einen Fugu-Fisch.«

Die Friedl und der Auer lachten, der Manni schaute kauend zur Terrassentür, und die Friedl meinte: »Lass uns doch die Rosi heute Abend zum Essen hierher einladen. Du kochst was, Bub, und der Manfred und ich schauen mal, wie sauer sie ist und was wir da machen können.«

»Warum soll ich kochen?«

»Damit du erst mal aus der Schusslinie bist. Vertrau deiner alten Tante. Mit Problemen solcher Art kenne ich mich bestens aus.«

»Was soll ich denn kochen?«

»Mach was Asiatisches, das passt immer. Da kann sich jeder nehmen, was er will, und wenn sie dir eine Handvoll Reis an den Kopf wirft, dann macht das nicht so eine Sauerei wie eine Scheibe Schweinsbraten mit Sauce. Oder ein halber Knödel.«

Auer sagte: »Die Rosi mag kein Fleisch.«

Und der Manfred: »Auch nicht von toten Tieren?«

Der Auer: »Erst recht nicht von toten Tieren.«

Jetzt klopfte die Friedl auf den Tisch. »Aus jetzt mit den Kindereien. Du gehst zum Buck in den Fischladen und holst ein paar von diesen großen Gambas, Garnelen oder wie die heißen. Dazu machst du was glitschiges Süßsaures und ein freundliches Gesicht. Hey, weißt du, was im Paradies passiert wäre, wenn Adam und Eva Chinesen gewesen wären? Nein? Die hätten anstatt des Apfels die Schlange gegessen.«

Der Auer wischte sich den Mund ab und schob seinen Stuhl zurück. Im Aufstehen sagte er: »Danke für die freundlichen Tipps und Ratschläge. Ich … äh … wollte eh schnell einmal bei der Rosi vorbeischauen. Das mache ich besser persönlich, da bringt mir jetzt ein Anruf nicht viel, glaube ich.«

Manfred hob den Zeigefinger, schluckte sein Rührei hinunter und meinte: »Rosen. So viele wie möglich. Geh in den Blumenladen gegenüber von der Kirche und kaufe alle roten Rosen, die sie haben.«

Als der Auer schon im Flur war, rief ihm die Friedl nach: »Was war denn eigentlich beim Chili draußen los? Was Dramatisches?«

»Nein, nein«, rief der Auer über die Schulter zurück. »Es ging eigentlich mehr um einen speziellen Kaffee. Bis später. Ich komme nachmittags mit dem Essen wieder.«

Und jetzt kommt es wieder: dieses Inspektor-Columbo-Dings, das sich der Auer während seiner Zeit bei der Sitte draufgeschafft hat. Du weißt schon, erst so ein lässiges Fingerschnippen, dann mit der flachen Hand leicht gegen die Stirn des geneigten Kopfes klatschen und dann die Krönung: mitten auf dem Flur eine lässige 180-Grad-Drehung in Richtung Wohnzimmer, wobei die Hand, die eben noch gegen die Stirn geschlagen hatte, nun auf den kauenden Manfred deutete: »Manni, komm doch schnell für ein paar Minuten mit, wenn du magst. Du bist gleich wieder zurück. Ich schau nur schnell um die Ecke beim Hammergrill vorbei. Der Bermeier ist doch bald wieder mit einer Rate dran.«

Und bevor du jetzt lange überlegst: Der Bermeier, der den Hammergrill in der Bahnhofstraße betreibt, der ist ja der Friedl, oder besser gesagt dem Otti, noch Geld schuldig. Erinnerst du dich? Im letzten Buch? Der Manfred als wortloser Mörder mit dem Geldschein auf die Stirn geklebt? Genau diesen Laden meine ich. Pass auf:

»Das pressiert jetzt aber nicht so mit dem Bermeier, der zahlt schon. Angst genug habt ihr dem ja gemacht«, meinte die Friedl und tätschelte dem Manni, der hastig aufstand, auf den Arm. »Lass doch den Manfred in Ruhe essen, Bub.«

Aber Manfred sagte: »Ich bin ja gleich wieder da, meine Schneeflocke. Dann setzen wir uns noch mal zusammen hin, ja?«

Er ging um den Tisch herum, küsste die Friedl auf die Stirn und folgte dem Auer.

Unten an der Ecke vor dem Grill gab der Auer dem Manni einen Fünfhunderter, den der aber schnell nahm. »Schon gut, ich würde gerne lieber selber draufspucken.«

Tat es, und klebte sich den Geldschein auf die Stirn, sodass seine Augenbrauen nicht mehr zu sehen waren. So betraten sie den Imbiss.

In den Hammergrill geht es immer noch die drei Stufen hoch, dann durch die Doppelschwingtür in der Glasfront, vorbei an den vier Stehtischen zur Theke, du weißt schon.

Der Bermeier, ein massiger, dicker Kerl mit Armen wie Oberschenkel und farbigen Tattoos auf den Muskeln, hantierte mit dem Rücken zum Eingang an einer der Fritteusen.

An dem Stehtisch, der der Theke am nächsten war, standen drei Kerle in Uncle-Sam-Turnklamotten. Alle drei hatten diese merkwürdigen neuen Frisuren: an den Seiten und hinten so kurz, dass man dachte, wenn die ein Gehirn hätten, könnte man das glatt durchscheinen sehen. Und oben auf dem Kopf eine dichte, gegelte, fast viereckige Matte in Hellblond und hochgezwirbelt, oder wie man das nennt.

Das erinnert mich irgendwie an die Wohnzimmer-Auslegeware aus den 90ern. Damals hatte jeder, der was auf sich hielt, so einen Langflor-Teppichboden. Und die drei, die hatten so was offensichtlich auf dem Kopf.

Der Größte, ein 2-Meter-Brocken mit ungefähr 150 Kilo Lebendgewicht, stieß seinen Nebenmann an, als er den Fünfhunderter auf Mannis Stirn sah. Im Nu blickten die drei Schränke auf den Manni und den Auer, lachten laut und sagten ein paar Sätze in einer nordafrikanischen Sprache. Arabisch, Libanesisch, so was in der Art.

Der Bermeier, von dem lauten Lachen aus seinen Tagträumen gerissen, drehte sich mit einem dümmlichen Grinsen um, das ihm aber schnell aus dem Gesicht fiel, als er die beiden Neuankömmlinge erkannte.

Schnell hob er die Hände auf Brusthöhe. »Hey, ich war neulich erst dran mit Abdrücken. Und ich hab fast kein Geld im Haus. War eine schlechte Nacht gestern.«

Der Auer und der Manni starrten ihn wortlos an.

»Nein, wartet, ich könnte euch 500 geben, okay? Oder lieber 1.000? Dann sind wir eh fast durch mit meinen Schulden, oder? Nicht? Nein? War eh nur ein Spaß.«

Einer der Uncle-Sam-Typen sagte: »Ey, Digger, der Chef redet mit dir. Und deinem Kumpel da, dem wächst die Kohle aus Kopf. Hast du das schon bemerkt? Echt geil.« Dann drehte er sich zu seinen beiden Kumpeln und sagte ein paar schnelle Worte in der Sprache, die außer den dreien keiner verstand. Die anderen beiden bogen sich vor Lachen, und der Große drehte sich wieder zu Manfred, der immer noch ruhig dastand und nur den Bermeier fixierte: »Bruda mit Geld auf Gesicht, ich red mit dir. Oder hast du Problem mit mir?«

Auer drehte jetzt langsam den Kopf. »Er hat keine Probleme. Ich auch nicht. Aber ich kann sehr schnell zu einem Problem werden. Für dich. Für euch. Willst du das sehen oder soll ich vorher noch schnell einen Blondinen-Witz erzählen?«

Der Große zog seinen Uncle-Sam-Hoodie aus, darunter trug er ein goldenes T-Shirt von »Gorilla-Wear«, das weit über seine graue Uncle-Sam-Trainingshose hing. Die vielen Goldketten um seinen kurzen Hals mussten so um die zwei Kilo wiegen. »Digga, ich bin Karate, der Ismail hier ist Judo, und der Ali ist irre. Wo sollen wir euch beide hinmachen? Rollstuhl? Klinik? Und wir sind alle drei blond, also, erzähl ruhig.«

Der Auer schüttelte den Kopf. »Ach so meinst du das. Also ne, wenn ich euch den Witz jetzt dreimal erklären muss, dann hab ich keinen Bock mehr. Und nun haut ab hier, aber yalla yalla. Die Erwachsenen müssen reden.«

Dabei griff er in seine Hüfttasche, holte seinen alten Kripo-Ausweis raus, den er natürlich schon lange nicht mehr haben dürfte, und hielt ihn vor seinem Körper hoch, so wie die das in den amerikanischen Filmen immer machen, du weißt schon.

Die drei blonden Teppichboden-Frisuren schauten sich an, der Kleinste warf verächtlich einen Zwanziger auf den Boden, dann verließen sie im Gänsemarsch den Imbiss.

Draußen, auf der Straße drehte sich der Große um, zeigte den Mittelfinger und schrie: »Nächstes Mal wird dich Gottes Zorn treffen, durch meine Hand.«

Der Auer schaute den Kerlen nach. Sie gingen nebeneinander, mitten auf dem Bürgersteig. Breitbeinig und provokant. Andere Fußgänger und selbst eine Frau mit ihrem Kinderwagen mussten ausweichen. Auer meinte: »Jedes Volk hat die naive Auffassung, Gottes bester Einfall zu sein. Das hat der Theodor Heuß mal gesagt, und der ist viel rumgekommen in der Welt.«

Der Manfred saß inzwischen auf einem der vier Hocker vor der Theke, mit dem Fünfhunderter auf der Stirn und glotzte den Bermeier an. Der wühlte nervös in zwei Schubladen rum.

Auer schwang sich ebenfalls auf einen Barhocker und deutete auf ein Plakat, auf dem geschrieben stand: »Hier gibt's nur Coffee to stay … Und wennst dafür koa Zeit host, dann schleich di schnell away.«

»Das finde ich mal einen innovativen guten Einfall, Bermeier. Das wirkt auf mich irgendwie entschleunigend.«

Der Bermeier seufzte: »Das kann ich von euch beiden nicht behaupten. Ich hab echt schon Stress genug in meinem Leben.«

Dann schaute er auf den Manni, der wiederum ihn anstarrte. »Nimmt der den Fünfhunderter auch irgendwann mal runter? Zum Zähneputzen oder so?«

»Nur nachts, er ist nämlich ein Bauchlagen-Schläfer. Hör auf rumzukramen, Bermeier, wir wollen kein Geld. Im Gegenteil, wir sind hier, um dir deine Restschuld zu erlassen.«

Der Bermeier schaute auf, dann legte er seinen mächtigen Unterarm auf die Glasplatte. »Da. Zwick mich, damit ich wachwerde. Und falls ich wach bin, wo ist der Haken bei deinem samaritösen Vorschlag?«

»Da ist fast kein Haken. Fast keiner, jedenfalls. Du musst uns nur einen kleinen Gefallen tun, dann bist du für immer von unserer Schuldnerliste runter.«

Bermeier stieß heftig die Luft aus seinen Lungen: »Hab ich mir eh schon gedacht, dass da was nicht stimmt. Also, was genau stimmt da nicht?«

Der Auer legte seine Hände flach auf die Glastheke und beugte sich etwas vor. »Wir müssen ihn hier«, damit deutete er mit dem Kopf auf dem Manni, »in eine Pokerrunde in München bringen. In eine ganz bestimmte. Das muss aber flott gehen, deswegen brauchen wir jemanden, der ihn vorschlägt und für ihn bürgt. Das wird in diesem Fall dein Spezl, der Geldscheißer-Franz sein. Und die Runde, in die der Manni rein muss, ist bei den Grünwalder-Miros. Und zwar flott. Dieses Wochenende noch, falls bei denen was steigt.«

»Ja, spinnt's ihr jetzt komplett? Wenn ich so was mach und ihr baut's einen Scheiß, dann bin ich so gut wie tot. Die Miros, also nein. Ich glaub es nicht. Das macht der Geldscheißer-Franz nie im Leben. So dick befreundet sind wir zwei nun auch wieder nicht.«

»Das ist ja ganz was Neues. Wie dick befreundet seid ihr denn dann? Ich weiß noch aus meiner aktiven Zeit, dass du schon immer vom Geldscheißer seine abgelegten Huren aufkaufst und die hier die Restlaufzeit machen lässt.«

»Ja und? Da ist nix Freundschaftliches dabei. Ich nehme ihm die abgelaufene Bückware von der Resterampe ab und er nimmt mein Geld. Das ist ein rein geschäftlicher Kreislauf. Und die ausgepuderten Mädels machen hier noch ein oder zwei Jahre ihre Anschaffe. Nachts hinter dem Güterbahnhof. Wir machen fünfzig-fünfzig. Ich bin ja kein Ausbeuter. Und wenn eine ihre Gulaschwoche hat, muss sie auch nicht arbeiten. Ich bin auch da sehr sozial und mitarbeiterfreundlich.«

Der Auer wurde jetzt ein bisschen ungeduldig. Das merkte man an dem Getrommel seiner Finger, und auch der Manni zog seine Mundwinkel nach unten und fasste mit der rechten Hand in seine Jackentasche, was der Bermeier für kein gutes Zeichen hielt. »Moment, ganz ruhig. Keine Hektik. Ich könnte den Kugelfresser dazwischenschalten. Der und der Geldscheißer sind so.« Damit hob der Bermeier seine beiden Zeigefinger in Brusthöhe und presste sie eng zusammen. »Der Kugelfresser-Josef ist ja auch als Koberer tätig und kriegt seine Prozente. Allerdings schaufelt der nix für die Miros ran, das ist eine persönliche Aversion bei dem. Weil die den auch schon mal perforiert haben.«

Jetzt fragst du dich natürlich, was das für Namen sind: der Geldscheißer-Franz, der Kugelfresser-Josef und so weiter.

Pass auf: In der Unterwelt, da hat man es nicht so mit dem traditionellen Namensbild, da heißt selten einer »Franz-Josef Hinterberger« oder »Julius-Fürchtegott Müller«.

Nein, die haben ihre eigene Namensgebung, die man sich aber in diesen Kreisen erst erarbeiten muss, da schenkt dir auch keiner was, falls du das glaubst. Diese Namen sagen meist auch was über das Spezialgebiet oder das Aussehen des Betreffenden aus.

Bestimmt hast du schon vom »Neger-Kalle Schwensen« oder dem »Geldeinsammler-Henry«, beide aus Hamburg, gelesen. Oder von der/dem »Devina Devil«, ebenfalls Reeperbahn, und ihrem/seinem legendären Schlachtruf »Hoch die Titten« jedes Mal, bevor sie/er zuschlug. Und danach war meist Ruhe im Karton.

Oder nimm bloß den »Schnitzel-Walter«, der als Entbeiner im Frankfurter Schlachthof tätig war. Später ist er Chef des Westend-Hells-Angels-Charters geworden und betrieb mehrere Bordelle. Da kamen ihm seine Kenntnisse als begnadeter Entbeiner grade recht, das kannst du dir wohl lebhaft vorstellen. Da gäbe es noch so viele, wie Carmine die Zigarre, Dummse Tünn oder Schäfers Nas, das glaubst du alles gar nicht.

Also, mit den Namen von unseren beiden ist es so abgelaufen: Der Geldscheißer-Franz hat in den späten 90ern mit seinem Hundert-Mark-Trick so um die drei- bis viertausend pro Schicht gemacht. Und die ganze Sore natürlich umgehend wieder verschleudert, was ihn zu einer verlässlichen Stütze des Münchner Nachtlebens gemacht hat. Einer von den Profi-Zockern hat ihn mal neidisch gefragt, wo er denn immer so viel Geld herhabe, und der Franz hat gemeint, es könne ja gut sein, dass er einen Geldscheißer zu Hause wohnen habe. Was sich rumgesprochen haben dürfte, weshalb er auch heute noch den unterweltgültigen Namen »Geldscheißer-Franz« führt.

Ähnlich, wenngleich ungemein schmerzvoller, ist die Geschichte vom »Kugelfresser-Josef«. Dessen Name rührt daher, dass er in seinem bewegten Ganoven-Leben bereits 14 Mal angeschossen wurde. Und das ausschließlich im Großraum München. Von staatlicher wie auch privater Seite, quer durch alle gängigen Kaliber, von der 22er bis zum Sauschrot war da alles vertreten.

Gut, ein- oder zweimal war er schon ziemlich nahe dran am Himmelstor, muss ich jetzt sagen. Denn wenn dich eine Ladung 12er-Schrot von der Ladefläche eines geklauten Lkws hebt, dann ist das jetzt nicht so prickelnd. Darum hier noch schnell mein Rat: Augen auf bei der Berufswahl.

Aber die 14. Kugel, die ihn erst vor einem Jahr oder so umgeschlagen hat, die zählt er eigentlich nicht so gerne mit, weil die von einer Frau kam und ihn auch nur am Oberschenkel erwischt hat. Glatter Durchschuss. Obwohl, sagt der Kugelfresser-Josef immer, wenn die Dame das getroffen hätte, auf was sie wutentbrannt gezielt hat, dann könnte er heute singen wie der Farinelli. Wobei ich jetzt sagen muss, eine hohe und schöne Singstimme hat er schon immer gehabt, der Kugelfresser.

Im »Il Tano« auf der Leopoldstraße, da haben sie ihn immer »Celentano Spontano« genannt, und wenn der Kugelfresser an der Karaokemaschine war und Àzzurro schmetterte, dann haben sogar die uralten Sizilianer-Mafiosi geklatscht.

Das »Il Tano« war ja eine Zeitlang so was wie »Gut Aiderbichl«, also ein Gnadenhof für zahnlose alte Italo-Paten, bei denen man vergessen hatte, sie rechtzeitig umzubringen.

Und ein echter Frauentyp war er auch noch dazu, der Kugelfresser. Wenn der in eine Disco gegangen ist, dann blieb er auf der Tanzfläche, wenn grade Pause war, immer kurz stehen und schaute sich um, sodass die Discokugeln von allen Seiten sein Profil beleuchteten.

Auf die Masche konnte er neun von zehn der anwesenden Frauen sofort abschleppen. Und da hat er noch nicht einmal zu tanzen anfangen müssen.

Endgültig amtlich wurde sein Name »Kugelfresser-Josef« aber, als in der oberbayerischen Unterwelt bekannt wurde, dass eine 32er-Kugel ihn zwar niedergestreckt hatte, aber nie in seinem Körper gefunden wurde.

Der danach Suchende, der sich vom Einschussloch, das sich schräg rechts oben über dem Nabel befand, durch den mageren und durchaus überschaubaren Bauch- und Darmraum vom Josef auf die Spur der Kugel machte, ist zwar kein richtiger Arzt gewesen. Also nicht im streng medizinischen Sinne.

Aber er war einer, der schon so manchem Kalb und auch der einen oder anderen Ziege auf den Weg in dieses Jammertal geholfen hat. Und er genoss in gewissen Kreisen den Ruf, selbst größere Wunden so perfekt zu vernähen, dass man meinte, er hätte dazu eine Singer-Maschine benutzt.

Der Dottore war zu Lebzeiten auch ein begnadeter Trinker mit einer festen Sauf-Route. In der dritten oder vierten Bar erzählte er mit schöner Regelmäßigkeit die Geschichte von der Revolverkugel, die der Körper des Josef wohl unbewusst gefressen haben musste. Weil, sonst hätte er sie ja gefunden und herausgeholt, wie er das schon viele, viele Male davor und auch danach gemacht hat. Für die halbe Münchner Unterwelt. Für die andere Hälfte konnte selbst er nichts mehr tun, sagte er dann immer mit Tränen in den Augen.

Jedenfalls, diese eine Kugel vom Josef, die hat den Mann nicht mehr losgelassen, sagten damals Leute, die ihn gekannt hatten. Deswegen hat er sich letztendlich beschleunigt totgesoffen. Und der Josef wurde so innerhalb von kurzer Zeit zum »Kugelfresser-Josef«. Das ist er bis heute.

Der Auer Max langte zum Manfred rüber, nahm ihm den Fünfhunderter von der Stirn und steckte ihn ein. Zum Bermeier sagte er: »So, ab jetzt sind wir privat hier. Du rufst gleich den Kugelfresser an und der soll dem Geldscheißer sagen, dass in der nächsten Runde er hier dabei ist. Manfred, genannt ›Fünfer-Manni‹. Und dass der Manni einen Sack voller Fünfhunderter hat und gerne zockt. Du bürgst für den Manni beim Kugelfresser, weil du ihn aus Landsberg kennst. Da warst du doch, vier Jahre und noch was, oder?«

Bermeier nickte. »Das ist aber schon lange her.«

»Super. Was hast du im Hefen gearbeitet? Kalfaktor?«

»Fast. Ich war in der Küche. Spezialist für Knastpralinen. Die haben sogar die Wärter bevorzugt gegessen.«

Falls du dich jetzt fragst, wovon die schon wieder reden: »Knastpralinen« nennt man im »Hefen«, also im Gefängnis, die Fleischpflanzerl, im Norden auch als »Frikadelle« oder »Bulette« bekannt.

Auer nickte. »Wunderbar. Deine Story ist: Der Manni war auch in der Küche. Von daher kennst du ihn. Wie er zu dem vielen Geld gekommen ist, das weißt du auch nicht. Aber er ist bei dir aufgetaucht und will zocken. Er wohnt in München, mehr weißt man nicht. Was er die letzten Jahre gemacht hat? Keine Ahnung, ihr habt euch nach Landsberg aus den Augen verloren. Ihr wart auch nie befreundet oder so, du kennst ihn echt nur aus dem Käfig. Das ist deine Story. Kannst du dir das merken? Und zwar genau so, wie ich es dir grade gesagt habe? Das wäre nämlich relativ überlebenswichtig für dich, mein Lieber.«

Der Bermeier schluckte. »Ja.«

»Sehr gut.« Der Auer nahm sich einen Bierdeckel aus der Halterung und schrieb eine Nummer darauf. »Hier. Da rufst du an, wenn du einen Termin für das Spielchen hast. Ich will, dass der Manni noch in dieser Woche bei den Miros am Tisch sitzt, klar?«

»Ja.«

»Wunderbar. Sobald du mir Zeit und Ort durchgibst, komme ich nur noch zu dir, wenn ich was essen will. Als gerngesehener Gast. Und du hast ab sofort bei uns keine Verbindlichkeiten mehr, sondern bei mir einen Gefallen gut. Deal?«

»Deal«, sagte der Bermeier und nahm den Deckel.

Manni klopfte mit den Knöcheln seiner rechten Hand auf die Theke und glitt vom Hocker. Der Auer stand ebenfalls auf. Die beiden gingen zur Tür, wo sich der Auer noch mal umdrehte, mit zwei Fingern auf seine Augen deutete und dann damit auf den Bermeier: »Ich sehe dich.«

Draußen, vor dem Schaufenster der Apotheke tippte der Manfred dem Auer auf die Schulter: »Was sollte der Spruch ›ich sehe dich‹ bedeuten?«

Auer zuckte mit den Achseln: »Keine Ahnung. Ist aber irgendwie cool, oder? Der John Travolta hat das in ›Pulp Fiction‹ gemacht.«

# DRAMA, BABY, DRAMA

Jetzt weiß ich nicht, ob du die Rosi kennst? Die Hübsche, die das Nagelstudio hinten am Salzstadel hat? In dieser Geschichte ist sie nämlich erst einmal kurz aufgetaucht, glaube ich. Aber du erinnerst dich vielleicht? Die Ex-Freundin vom Auer Max, damals in München? Die ihm mit dem Angeber-Arsch von der Fahne gegangen ist? Und die bei der Wally angerufen hat? Genau die meine ich.

Kurzbeschreibung: Die Rosi ist so um die 30, plus-minus. Frauen reden ja nicht so gerne über so was. Und wenn doch, dann runden sie meist großzügig ab.

Rosi ist groß, schlank, hat eine waffenscheinpflichtige Figur und eine Haut wie ganz, ganz heller Milchkaffee. Dunkelbraune Haare, tiefschwarze, mandelförmige Augen und ein Lächeln wie ein hungriger Wolf. Weil die zwei Eckzähne oben ein bissel zu groß und zu spitz sind.

Die Rosi ist auch so was wie ein biologischer Vulkan, bei dem du nie so genau weißt, wann er ausbricht. So, klingelt es jetzt bei dir? Schon, oder?

Und jetzt: Auftritt Max Auer in der Färberstraße am Salzstadel in Rosenheim. Der Auer brachte den Porsche genau vor dem Schaufenster vom Nagelstudio zum Stehen. Durch die Scheibe sah er die Rosi, die telefonierte und dazu mit der freien Hand wild in der Luft gestikulierte. Ihr Gesicht war zornesrot und man sah schon von Weitem, dass ein Vulkanausbruch unmittelbar bevorstand.

Max seufzte, dachte sich, da musst du jetzt durch, hilft ja alles nix, und schnappte sich den riesigen Rosenstrauß vom Beifahrersitz.

Weißt du eigentlich, dass es jetzt dieses spezielle Verfahren gibt, mit dem man wunderschöne Rosen bis zu drei Jahre haltbar machen kann? Die behandelten roten Baccara-Rosen, 42 an der Zahl, werden herzförmig gebunden, mit einer breiten Schleife und einer Schärpe versehen, und das Ganze sieht nach mindestens 300 Euro aus. Was in Ordnung ist, denn das kostet es natürlich auch. Aber es macht was her. Und hält länger als so manche Beziehung.

Mit genau so einem Infinity-Strauß ging der Max in den Salon, begleitet vom Bimmeln der Türglocke. Die Rosi schaute ihn an und deutete mit dem Zeigefinger auf einen der drei Behandlungsstühle, während sie weitertobte: »Das kann der alte Schoaß (= Furz/Anmerkung des Autors) nicht machen. Ich hab fast 200.000 Schulden bei der Bank. Und ich zahl 900 plus im Monat. Genau. Für den Affenstall hier. Und überhaupt, was heißt hier Eigenbedarf? Will der alte Depp sich dann hier drin selber seine Zehennägel machen? Da braucht es einen Hufschmied, bei dem. Was? Ich bin laut? Soll ich mal kurz laut werden, damit Sie den Unterschied merken?«

Der Auer stand auf, weil er sich ein Wasser holen wollte. Aber die Rosi funkelte ihn nur an und zischte: »Platz!« Und dann: »Nicht Sie. Er hier. Und Ihnen sag ich noch was: Lassen Sie sich was einfallen, sonst … Was? Ob das eine Drohung ist? Ja klar. Was denn sonst? Sie wollten mich doch immer näher kennenlernen. Dazu gebe ich Ihnen dann ausreichend Gelegenheit. Jaja. Sie mich auch. Mahlzeit.«

Sie pfefferte das Telefon auf die Theke und drehte sich zum Auer um: »Und du, du fehlst grade noch.«

»Das habe ich mir auch gedacht, mein Liebling. Genau deswegen bin ich hier. Bitte!« Er hielt ihr das Infinity-Rosen-Kunstwerk hin.

Sie blies sich eine braune Strähne aus der Stirn und legte die Hände in die Hüften. »Was wird das? Eine Liebeserklärung oder eine Drohung? Oder willst du mich zu der Weltreise einladen, die wir dann eh nie machen werden?«

»Ich will ein Kind von dir!«

»Aber ich will kein Kind von einem Kind. Auch wenn es so erwachsen aussieht wie du.«

Der Auer öffnete den Mund, aber Rosi hob einen Finger. »Kusch. Die Wally war vorhin hier.«

Ach du Scheiße, dachte der Auer. »Rosilein, das ist jetzt alles nicht so abgelaufen, wie du vielleicht denkst …, weil, äh, also, es war so …«

Sie unterbrach sein Gestammel mit einer schnellen Handbewegung. »Super. Das beruhigt mich aber schon sehr im Moment. Und übrigens, was denke ich denn, wenn ich deiner Meinung nach denke?«

Ihre Augen zogen sich zu Schlitzen zusammen, und der Auer lehnte sich in dem weißledernen Behandlungsstuhl zurück. Das ist hier ja schlimmer als beim Zahnarzt, dachte er: »Ich, äh … ja, weil, normalerweise, … aber so …«

»Verstehe. Klingt logisch. Pass auf. Die Wally hat mir alles erklärt. Dass sie bedroht wird, dass du sie beschützt hast, und dass du noch ein bisschen dageblieben bist, weil ihr nicht sicher wart, ob der Kerl noch mal zurückkommt. Ist das so weit authentisch?«

»Äh, ja, natürlich. Vollkommen. Genauso war das. So und nicht anders. Das wollte ich sagen. Aber du lässt mich ja nie ausreden.«

Jetzt entspannte sie sich ein bisschen und ließ ihr Wolfsgrinsen aufscheinen: »Warum schwitzt du denn auf einmal so? Also mir gefällt die Geschichte: mein Maxi, der Retter der Witwen und Waisen. Der Universal-Beschützer ab Körbchengröße Doppel-D. Und du bist ihr nicht an die Wäsche gegangen? Ausgerechnet der Wally? Bist du dir da einigermaßen sicher?«

Auer hob die rechte Hand. »Ich habe sie so gut wie überhaupt nicht angefasst. Nur geschaut. Und auch das war rein berufliches Interesse. Das schwöre ich beim Leben meiner geliebten Mutter. So war es.«

Die Rosi machte zwei schnelle Schritte und trat ihm mit einem roten Fendi-Colibri schmerzhaft gegen das linke Schienbein. »Deine Mutter ist tot. Und geliebt hast du sie auch nicht. Aber weißt du was? Ich glaube der Wally, weil sie schon oft hier war und ich sie ein bisschen einschätzen kann. Die steht auf andere Kerle. Letzte Frage: Und du hast nicht bei ihr übernachtet? Auch nicht ein bisschen probeliegen und so?«

»Nein. Ich schwö…, ich meine, ich hab ein lebendes Alibi. Wasserdicht. Es gab ein Problem beim Chili im ›Wild West‹, da bin ich rausgefahren, und dann anschließend sofort heim zur Tante Friedl. Die will dich übrigens kennenlernen. Ich meine, privat und persönlich. Bei uns zu Hause. Ganz familiär und so. Heute Abend, wie schaut das aus bei dir? Ich koche was.«

Die Rosi kniff ein Auge zu. »Super. Wird bestimmt nett. Und wenn sie fragt, wie wir uns kennengelernt haben? Was sage ich da? Im Swingerclub in Schwabing, es war Liebe auf den ersten Fick?«

»Du bist ja so romantisch. Auch das liebe ich an dir. Das habe ich der Wally übrigens auch erzählt. Was du für ein tolles Weib bist. Wir haben eigentlich nur von dir geredet, wenn ich mir das jetzt so überlege.«

»Max Auer. Übertreib es nicht. Wenn ich je rauskriege, dass du die Arschbulette flachgelegt hast …«

»Hab ich nicht. Und das schwöre ich jetzt wirklich auf alles, was du willst.«

Sie stöhnte auf: »Ich weiß echt nicht, was ich an dir finde. Kannst du mir das sagen?«

»Oh ja. Da fällt mir einiges ein, pass auf: mein Charme? Mein umwerfendes Aussehen? Meine Klugheit? Meine Witzigkeit? Meine Charakterstärke? Um jetzt nur mal die wichtigsten Punkte anzusprechen … Entscheide dich. Aber sag mir bitte vorher, was oder wer dich am Telefon grade so aus der Fassung gebracht hat. Um den kümmere ich mich persönlich. So springt keiner mit meiner Göttin um.«

Zack. Da ist er wieder, der alte Max. Sobald er merkt, dass er eine Situation in den Griff bekommt, übernimmt er gleich die Regie. Ablenken vom eigentlichen Thema ist das Stichwort. Weg von der Wally. Hin zu einem anderen Problem. Stress umschichten. Und siehe da, es läuft wie geschmiert.

Die Rosi setzte sich in den Behandlungsstuhl neben ihn, und plötzlich hatte sie Tränen in den Augen. Sie breitete die Arme aus. »Schau dich um. Hier drinnen war vorher ein Klavierladen. Ich habe alles umbauen lassen, neue Decken einziehen, die Beleuchtung, die Möbel, alles nach Maß. Ich habe einen festen Kundenstamm und komme gut über die Runden. Und jetzt? Soll ich auf einmal raus? Innerhalb von ein paar Monaten?«

Sie schlug mit der Hand auf die Lehne der Liege. »Weißt du, was so ein Behandlungsstuhl kostet? Und der ganze andere Kram dazu? Ich habe noch über 200.000 Miese bei der Bank. Und jetzt will der Depp auf Eigenbedarf machen und mich raushauen.«

»Wer?«

»Der Hausbesitzer. Otto Harzinger heißt er. Dem wachsen so viele Haare aus der Nase und den Ohren, dass ich mir seinen Arsch erst gar nicht vorstellen will. Ein Ekel. Und der am Telefon? Ein Anwalt. Seine Frau ist Stammkundin bei mir und er würde es auch gerne werden, hat er gesagt. Aber in seinem Haus am Gardasee, weil ihn seine Frau sexuell nicht versteht. Sie teilt seine sexuellen Präferenzen nicht, meint er.«

»Tolle Bekannte hast du, das muss ich schon sagen.«

Sie schaute ihn an: »Ja, oder? Und dann auch noch dich. Was will man mehr?«

Auer setzte sich auf. »Harzinger, was? Ich schau mal, was ich machen kann. Hat du was Schriftliches?«

Die Rosi glitt aus dem Behandlungsstuhl, ging um die Theke rum und kam mit einem Schreiben zurück. »Hier. Gestern gekommen. Per Einschreiben. Der Anwalt meint, man könnte da verzögerungstaktisch was machen, aber sonst? Schwierig, meint er. Und, wir sollten jetzt erst recht doch mal übers Wochenende zusammen an den Gardasee fahren und uns näher kennenlernen, dann würde uns bestimmt was einfallen. Du hast ja gehört, was ich zu ihm gesagt habe. Was tue ich denn, wenn er wieder anruft?«

»Dann«, sagte der Auer, »dann sagst du ihm, das mit dem Gardasee geht in Ordnung, aber ich fahre statt dir mit ihm. Weil ich auch so meine unverstandenen Präferenzen habe.«

Sie zog ihn aus der Liege, presste sich an ihn und küsste ihn. Dann fuhr sie ihm mit der Hand durch die Haare und flüsterte in sein Ohr: »Ich glaube, ich weiß jetzt wieder, warum ich dich so mag. Wann holst du mich heute Abend ab?«

»Um sieben. Darf ich das Schreiben mitnehmen?«

Sie reichte es ihm und sagte grinsend: »Da machst du jetzt aber keinen Selbstmord draus? Oder eine reine Notwehr?«

»Waas?«

»Maxi, glaubst du, ich kenne die Geschichten nicht, die sie in München über dich erzählt haben?«

Kopfschüttelnd stieg der Auer in den Porsche und schaute noch einmal zum Laden rüber. Die Rosi warf ihm eine Kusshand zu, wackelte mit dem Hintern und winkte.

# EINEN ANWALT, DER WAS KANN HALT

Die Friedl bügelte auf der Terrasse und sang dabei: »Mein kleiner grüner Kaktus steht draußen am Balkon, holleri, holleri, hollero.« Der Manfred lehnte derweil an der Reling und schaute zum Nachbarn runter.

Auer küsste die Friedl auf die Wange und erzählte ihr von Rosis Problem.

»Damit gehst du gleich zum Dr. Bruckner, Bub. Der ist spitze, obwohl er nicht mehr praktizieren darf.«

»Weswegen denn?«

»Aua!« Die Friedl hatte mit der Fingerspitze die Temperatur des Eisens geprüft und die war anscheinend sehr hoch. »Wie soll ich sagen? Der Bruckner hat sich auf einen Klienten spezialisiert. Typischer Fall von unzureichender Schwerpunktbildung, wenn du mich fragst. Dazu kommt, dass seine Stärke gleichzeitig seine Schwäche war. So kommt halt eins zum anderen, und bumms ist er in die Anwaltsinsolvenz geschleudert.«

»Aha. Wer war denn sein einziger Klient, auf den er sich spezialisiert hat? Weißt du das zufällig?«

»Ja klar. Der rotiert momentan im Wohnzimmer in der Sanduhr.«

»Ach so. Verstehe. Und was war seine Stärke und gleichzeitig seine Schwäche?«

»Sein Geschlechtstrieb. Der arme Bruckner ist dauergamsig, und so was kostet ein Vermögen, wenn du nicht grad wie ein Gott aussiehst.«

Der Auer kratzte sich am Hinterkopf. »Ja, und unter diesen Gesamtumständen findest du es richtig, wenn ich ihn wegen der Rosi kontaktiere?«

»Das passt schon. Grüß ihn von mir, dann kann er nicht ablehnen. Gib mir mal das Hemd rüber. Nicht das. Das andere. Danke. Geh zum Bruckner, Bub. Der kennt alle, die hier im Gäu jemanden kennen. Da geht immer was. In der oberen Schublade unter dem Telefon ist mein blaues Büchlein. Da steht er unter ›B‹. Sag ihm aber liebe Grüße von mir, vergiss das nicht. Und jetzt lass mich bitte fertig bügeln.«

Auer fand das Büchlein, rief den Dr. Bruckner an und erklärte ihm, um was es ging. Der Bruckner überlegte kurz, dann meinte er: »Wenn das von der Friedl kommt, dann übernehme ich das. Grüßen Sie sie auch von mir. So, und jetzt zu uns. Der Dings, mit dem ich mal studiert habe, der ist ein hohes Tier beim Finanzamt. Die Brüder wissen so gut wie alles. Und was die nicht wissen, das kriegen die schnell raus. Rufen Sie mich heute Abend mal an, vielleicht habe ich dann schon was. Über die Kosten reden wir, wenn wir wissen, was zu tun ist. Ich habe nicht gewusst, dass der Otti einen Sohn hat.«

»Hat er auch nicht. Ich bin der Neffe.«

»Der Polizist?«

»Der gewesene Polizist.«

»Verstehe. Übernehmen Sie jetzt die Familiengeschäfte?«

»Nein. Wieso?«

Der Dr. Bruckner räusperte sich: »Na ja, da ist so eine Sache, die konnte der selige Otti nicht mehr für mich klären. Ob Sie mir da vielleicht behilflich sein könnten?«

»Bei was?«

»Kennen Sie den Chili?«

»Und ob.«

»Sehr gut. Der Otti wollte mir einen, wie soll ich sagen, Juristenrabatt auf Dienstleistungen klarmachen. Auf ganz spezielle Dienstleistungen, die diverse Mitarbeiterinnen seines Etablissements anbieten, verstehen Sie?«

»Bumsen zum halben Preis?«

»Das ist jetzt schon sehr volkstümlich ausgedrückt, mein Lieber, aber es kommt der Sache ziemlich nahe, ja.«

»Lieber Dr. Bruckner. Lassen Sie uns mal schauen, wie wir mit dieser Eigenbedarfssache meiner Bekannten klarkommen, und dann kümmere ich mich um Ihren ganz persönlichen Eigenbedarf. Für den Anfang könnte ich Ihnen den ›Wild West‹-Schnuppermonat anbieten. Das ist ein kostenfreier Probe-Monat, so wie bei Netflix oder Sky. Ohne Limit. Getränke extra. Was halten Sie davon?«

»Das klingt sehr vielversprechend, junger Mann. Dann will ich mich mal an die Arbeit machen. Bis später.«

Der Auer legte grinsend das Telefon in die Halterung und rief den Kripo-Lechner an: »Kann sein, dass ich eine von den sicheren Wohnungen in der Innenstadt brauche. Nur für eine Nacht.«

»Wer ist die Frau und was kriege ich dafür?«

»Es ist keine Frau. Und wenn ich Glück habe, kriegst du einen oder mehrere von der Grünwalder Spedition auf frischer Tat. Auf dem Silbertablett serviert von mir persönlich.«

Der Lechner schmatzte wie ein Wein-Sommelier: »Geht klar. Ich rede mit dem Kollegen, der die Wohnungen verwaltet. Die Verhaftungen will ich selber machen, auch wenn wahrscheinlich ein anderes Dezernat dafür zuständig wäre. Ich bin halt dann zufällig mit einem oder zwei Kollegen ganz in der Nähe oder so. Schau, ob dir was einfällt, wie ich dem alten Miro die Acht anlegen kann, dafür wäre ich sogar zu der einen oder anderen Schweinerei bereit. Ich will den unbedingt mal für 48 Stunden bei uns haben, ohne dass den sein Superanwalt gleich wieder rausholt.«

»Okay. Von mir aus gerne. Ich überlege mir was und melde mich, wenn ich weiß, wann ich die Wohnung brauche. Bis dahin habe ich auch einen Plan, wie du zu dem alten Scheißkerl kommst. Und was die Wohnung anbelangt: Sieh zu, dass ich die in der Arcisstraße kriegen kann, die hat taktische Vorteile. Danke derweil.«

## DÖNER MACHT SCHÖNER.

Der Auer Max in der Küche, das ist eine Sache für sich, muss ich jetzt schon mal sagen. Das solltest du mal sehen. Er hat da nämlich seine Rituale. Und die finde ich gut, denn ich mache es genauso: erst einmal alles herrichten, auf der Arbeitsplatte neben dem Herd. Zuerst sämtliche Hauptzutaten. Jetzt Kleinigkeiten wie Zwiebeln, Knoblauch, Gemüse, Salate waschen und schneiden. Dann überlegst du dir, was du für Gewürze brauchst. Alles aus dem Schrank und ebenfalls in Reih und Glied auf die Arbeitsplatte. Was noch? Fonds, Wein, Grappa oder Cognac für die Sauce?

So, und wenn das alles versammelt ist, dann wählst du die Töpfe und Pfannen aus. Der Auer macht übrigens fast alles in zwei Pfannen: einer hohen Wok-Pfanne und einer 28er Flachpfanne aus Eisen. Zum Schluss noch die Kochlöffel, Pfannenwender, das Kleinzeug halt, und schon kann es losgehen.

In diesem Fall eher nicht, denn die Friedl kam in die Küche. »Wann kommt die Rosi?«

»Ich hol sie um sieben ab.«

»Du holst sie ab? Hat sie keine Beine mehr? Hast du Angst, dass sie sich in Rosenheim verläuft? So eine junge Frau kann doch die paar Meter von der Färberstraße in die Münchener Straße gehen, oder? Ist sie sich zu fein dazu? Also ich, in meiner Jugend …«

Der Auer grinste, und die Friedl sagte in eingeschnapptem Ton: »Ja, sogar ich war mal jung. Stell dir vor. Und ich bin jeden Tag …«

»Zwei Stunden zur Schule gelaufen und wieder zurück. Ich weiß, Tante, das habe ich oft genug gehört.«

Friedl hob den Zeigefinger, aber in dem Moment läutete das Telefon im Flur. Sie rannte raus, und Max hörte, wie sie sagte: »Ja, Rosilein, das ist aber nett, dass du anrufst. Wir freuen uns schon so auf dich. Was? Ja, der Maxi holt dich gleich ab. Um sieben, ja? Was? Nein, du musst doch nicht zu Fuß gehen. Auf keinen Fall. Was? Bitte. Wie du meinst. Jeder, wie er will. Ja, bis gleich.«

Sie kam wieder in die Küche: »Also, so eine eigensinnige Person. Die lässt sich von einem alten Menschen nichts sagen. Mit der wünsche ich dir noch viel Spaß. Im Leben, meine ich. Woanders habt ihr den ja sowieso. Also, zu meiner Zeit … Ach, was soll's. Sie kommt zu Fuß. Ich fasse es nicht.«

Aber das Telefon läutete schon wieder. Die Friedl wurde zornesrot um die Nase. »So, jetzt hat sie ihre Meinung wahrscheinlich geändert und will doch geholt werden, die verzogene kleine Göre. Aber der werde ich was erzählen, pass mal auf.«

Sie hastete zum Telefon, hörte zu und kam mit dem Gerät in die Küche. »Für dich. Aus München.«

Der Auer legte das Telefon auf den kleinen Tisch, reichte der Tante ein Glas mit Rosé-Cava und schob sie sanft in Richtung Wohnzimmer. »Setz dich mit diesem wunderbaren Tropfen in den Liegestuhl, das hast du dir verdient. Was tät ich nur ohne dich?«

Friedl tätschelte seine Wange und ging. Der Auer nahm das Telefon: »Ja?«

»Ich stell jetzt auf laut. Ist wer bei dir?«

»Nein, Lechner. Auch dir einen wunderschönen guten Abend. Was gibt's?«

»Hör einfach zu. Neben mir ist der Riedler von der OK (Organisierte Kriminalität / Anm. des Autors), den kennst du ja noch.«

Auer goss sich auch ein Glas von dem trockenen Rosé-Cava ein und lehnte sich an den Herd: »Gut. Also noch mal: Servus, Lechner, Servus, Riedler. Fangt's an.«

»Max, einer unserer Informanten hat mir vorhin gesteckt, dass die Grünwalder ein Spielchen planen. Morgen Nachmittag, ab sechs. Beim alten Miro in der Villa.«

»Ja, super. Und?«

»Tu nicht so. Es wird ein gewisser Sauer aus Rosenheim dabei sein. Von dem hat noch nie jemand in der Szene gehört. Unser Mann weiß nur, dass er alt ist, ziemlich viel Geld hat und kein Profi-Zocker ist.«

Der Auer: »Was ihr alles wisst in der großen Stadt.«

Der Lechner: »Max, mach jetzt nicht auf blöd. So was können nur Frauen überzeugend rüberbringen. Wir haben einen Vorschlag für dich.«

Der Auer: »Wer ist euer Informant?«

Riedler: »Das sag ich dir nicht, weil der nur ab und zu für uns arbeitet. Der ist in der Münchner Zockerszene einer, dem man vertraut. Und für uns sehr wertvoll. Also, vergiss es. Kleiner Tipp: Die Anfrage kam ursprünglich aus Rosenheim, von einem gewissen Bermeier. Klingelt da was bei dir?«

Der Auer: »Dann weiß ich, wer euer Informant ist. Damit habe ich jetzt einen Deal für euch und nicht umgekehrt. So verhandelt es sich schon wesentlich besser, oder? Was ist, wollen wir?«

Der Riedler: »Du hast ja so was von überhaupt keinen Schimmer, weil …«

Der Auer: »Stopp und kusch! Pass einmal auf: Der Bermeier ruft den Kugelfresser an. Der wiederum meldet sich beim Geldscheißer-Franz, und der ist euer Informant. Weil der Kugelfresser in der Münchner Beiß-Ordnung nicht so weit oben ist wie der Franz. Stimmt's oder hab ich recht?«

Schweigen. Der Auer schüttelte das Telefon, schlug mit der flachen Hand drauf und sagte: »Hallo? Hallo, ist da wer zu Hause?«

Der Lechner sagte zum Riedler: »Ich hab es dir vorher gesagt. Er ist eine blöde Sau, aber eine ziemlich raffinierte. Jetzt erzähl ihm schon, was Sache ist. Los!«

Ein Seufzer, dann kam die Stimme vom Riedler durch den Hörer: »Pass auf, Max. Wir hinken dem alten Miro schon seit einem Jahr wegen einer Falschgeldsache hinterher. Die Fünfziger und Zwanziger, du hast das bestimmt in der Zeitung gelesen, oder? Wir wissen, dass die Scheine in Bulgarien hergestellt werden. Wir wissen auch, dass die Miros das Falschgeld über München in ganz Deutschland verteilen. Wir haben den Alten und drei seiner Söhne schon zweimal abgefischt, aber ihre Superanwälte haben alles in Windeseile zerpflückt. Jetzt wollen wir es anders versuchen, hier die Kurzform: Jemand in der Zockerrunde bringt Falschgeld mit und verliert es im Spiel. 20.000 Euro oder so. Es muss schon eine vernünftige Summe auf dem Tisch liegen, dass sich der Alte dazusetzt. Der Geldscheißer ist auch da. Wie immer mit seiner eigenen Kohle. Er wird eine Knopfkamera tragen und aufnehmen, wie der Miro und einer seiner Söhne, der Slatan wahrscheinlich, das Geld anfassen, einstecken oder was weiß ich. Der Slatan spielt fast immer mit. Er ist der Trickser in der Runde. So, und wenn genug Geld bei den Miros ist, kommt das SEK rein und nimmt alle hops. Die ganze Viererrunde, die Aufpasser und die Mädels.«

»Warum bringt der Geldscheißer das Falschgeld nicht mit und spielt damit?«

»Weil der dann ein paar Stunden später tot ist. Es war schon schwer genug, den zu überzeugen, dass er eine Kamera trägt. Wir haben ihm dafür versprochen, dass wir ein paar seiner Vorstrafen und ein laufendes Verfahren schreddern. Nein, es muss dein Mann sein, der das markierte Geld hat. Den nehmen die Kollegen natürlich auch mit, lassen ihn aber nach ein paar Stunden aus Mangel an einem Tatbeteiligungsnachweis oder einem anderen Vorwand wieder laufen. Jeder von den anderen dreien in der Runde wird leugnen, dass er die Blüten dabeihatte. Aber der Franz nimmt das Spiel und das Geld in der Tischmitte aus einem Winkel auf, der zeigt, wie die Miros mit den Scheinen rummachen. Dann haben wir einen Grund, die Mistkerle ein paar Tage zu verhören. Und wir können die Villa auf den Kopf stellen. Irgendwas kriegen wir dann schon raus, oder wir machen einen guten Deal mit denen.«

Der Auer überlegte: »Nicht gut, der Plan. Wenn meinem Mann was passiert, wenn die schon vorher was merken? Was dann?«

Jetzt sprach der Lechner: »Max, die Blüten sind so gut, die erkennt nur ein Bänker unter einem Speziallicht. Hilf uns in der Sache, und du hast ganz dick was gut bei uns. Vielleicht können wir dir sogar deinen alten Job zurückgeben. Wie klingt das?«

»Fürchterlich. Das ist ja wie eine Drohung. Passt's auf, ihr zwei. Meinen alten Job will ich auf keinen Fall wieder, weil mir mein neues Leben sehr gut gefällt. Aber ich will erstens drüber nachdenken, und zweitens, wenn wir das machen, will ich euer Wort, dass der Manni abends wieder in seinem Bett in Rosenheim schläft. Und dass wir nicht auf dem Radar der Münchner Clans erscheinen. Und ich will, dass ich bei einem jeden von euch beiden einen Gefallen guthabe, den ihr nicht ablehnen könnt. Auch wenn's ein bissel haarig wird. Deal?«

Schweigen. Dann, die Stimme vom Riedler: »Leck mich doch am Arsch. Deal.« Eine Sekunde später, mürrisch, vom Lechner: »Auf den Wunsch vom Kollegen Riedler verzichte ich. Ansonsten: Deal.«

»Okay. Wie kommen wir an das Geld?«

»Sobald du weißt, wann das Spiel steigt und wann dein Mann, der Sauer, von Rosenheim wegfährt, gibst du mir eine SMS mit seiner Autonummer, Autotyp und die Farbe rüber. Dein Mann soll die Abfahrt Oberhaching nehmen, die hat die Nummer vier auf der 995. Auf Höhe der Oberhachinger Sportschule ist ein Parkplatz, rechts an der Straße. Da steht ein Motorradfahrer mit Helm, der gibt ihm ein Kuvert. Wir mischen das Geld, echtes und falsches. Er soll die ersten paar Runden vom Spiel immer nur Scheine von oben nehmen. Egal, welche Stückelung es ist, Fünfziger, Zwanziger, Hunderter, Fünfhunderter. Immer von oben. Nie von unten oder aus der Mitte oder was weiß ich. Immer von oben, nicht mischen. Mischen Impossible, wie der Film. Präge ihm das ein, bis er es im Schlaf machen kann. Das ist sehr wichtig. Lebenswichtig. Kriegen wir das hin?«

»Ja. Bis später.«

Der Auer legte das Telefon neben den Herd und kratzte sich am Kinn. Dann machte er mit seinen Kochvorbereitungen weiter.

Manfred kam in die Küche und der Auer gab ihm eine Flasche Bier aus dem Kühlschrank. »Hast du die Friedl gesehen?«

Manni nickte, während er trank. Er rülpste und sagte: »Genau genommen schon öfters. Sogar hier in der Wohnung. Warum?«

»Oh Mann. Ich meine, wo genau ist sie jetzt?«

»Na, auf der Terrasse, im Liegestuhl. Warum? Soll ich sie holen?«

»Nein. Mach die Tür zu und setz dich her. Ich erkläre dir was.«

Und dann erzählte der Auer dem Manfred haarklein, wie das Ding in München ablaufen sollte. Der Manni nickte, grinste, hob abwechselnd die Schultern oder kniff die Augen zusammen, kratzte sich am Kinn, sagte aber nicht ein Wort. Auch unterbrach er den Auer kein einziges Mal.

Ich brauche dir ja nicht extra zu sagen, dass der Manfred auf eine jahrzehntelange Berufserfahrung in Sachen Eigentumsübertragungen aller Art zurückblicken kann. Von seinen Jahren als einer der erfolgreichsten Heiratsschwindler im deutschsprachigen Raum mal ganz zu schweigen. Und wenn du jetzt noch einberechnest, wie oft er im Hotel Gitterhof inklusive »All you can eat« Gast des Staates war, nämlich insgesamt schwache vier Jahre, dann weißt du Bescheid. Denn immerhin ist er seit über 50 Jahren im Geschäft, und das bei jedem Wetter.

Ich meine, jetzt ist der Manni zwar um die 70, aber er ist einer, der seine Falten nur außen hat. Innen ist er topfit. Gut, der Körper zeigt so langsam seine Sollbruchstellen, aber das Gehirn vom Manni, das läuft nach wie vor auf Hochtouren wie bei einem Ferrari mit Doppelturbo.

»Noch Fragen?« Der Auer reichte ihm ein frisches Bier.

»Danke. Nein, keine. Oder doch, eine: Was schaut für uns und speziell für mich dabei raus?«

»Das ist alles Teil der Sache, die wir für den Günter Laim und die Wally machen. Aber, und das wird uns bestimmt mal helfen, wir haben zwei große Gefallen beim OK und beim Glücksspiel gut. Kannst du damit leben?«

»Ja. Gut sogar. Was gibt es zum Essen?«

Der Auer zeigte auf seine vorbereiteten Utensilien und holte eine Schüssel mit Meeresfrüchten aus dem Kühlschrank. »Hier, riech mal. Mit den Krabben kannst du dich rein theoretisch noch unterhalten, so frisch sind die. Und schau dir bloß die Muscheln und die Hummerstücke an. Vom Feinsten. Pass auf, es wird meine berühmte Nudelpaella geben. Damit koch ich jede Frau platt. Jede.«

Manni hob die Bierflasche: »Ja dann. Hast du der Rosi davon erzählt? Ich meine, mag sie Fisch?«

»Was? Natürlich mag sie Fisch. Damals, in München, da war sie ganz verrückt auf die Steckerlfische, die es im Biergarten am Chinesischen Turm immer gab.«

Der Auer holte eine Packung Nudeln aus einer der Schubladen und hielt sie dem Manni unter die Nase: »Hier. Das sind original spanische Fideuá-Nüdelchen. Alles hier sind Originalzutaten. Da werdet ihr …«

Aber das, was der Auer sagen wollte, habe ich auch nie erfahren, denn genau in dem Moment ertönte der Doppelgong der Türglocke. Der Auer meinte: »Na, wenn das schon die Rosi ist, dann kann sie mir beim Zaubern zuschauen. Da lernt sie wenigstens was.« Er drückte dem Manni die Nudelpackung in die Hand und ging zur Tür.

Draußen stand aber nicht die Rosi, sondern der Bermeier. Schwitzend, in Jeans und einem blauen T-Shirt, auf dem ein grüner Dinosaurier auf seinen Hinterbeinen zu sehen war, der aus einer Bierflasche trank. Drunter stand »TYRANNOSAUFUS REX«. Daneben saß, etwas kleiner, ein weißes Alpaka mit einer Tequilaflasche im Maul. Und drüber, in Flammenschrift: »ALKPAKA«.

In den Händen hielt der Bermeier eine weiße Styropor-Box ohne Aufschrift. Er schaute ängstlich über die Schulter. »Darf ich reinkommen?«

»Nein. Wir meditieren gerade. Was liegt an?«

Der Bermeier hielt dem Auer die Box hin: »Hier. Ich hab seit heute einen Döner Grill. Den POTIS E3. Der ist so was wie der Mercedes unter den Drehgrills. Mit Spezial-Muffen und einer Reflektorfläche aus Weltraum-Keramik.«

»Ach was.«

»Ja. Und hier habe ich zwei der ersten Bermeier-Special-Döner. Mit Zwiebeln, Knoblauch und Krautsalat und so weiter. Geschenk des Hauses. Bitte. Döner macht schöner ist das Stichwort.«

Der Auer nahm den Behälter, roch daran und meinte: »Danke. Der macht mir jeden Tag zum Dönerstag. Hey, ich hab in München einen gekannt, der hat die weltberühmte Döner-Diät durchgezogen.«

Der Bermeier strahlte. »So was gibt's? Echt jetzt, kein Scheiß? Die mach ich auch. Bei mir müssen 30 Kilo runter. Wie geht die denn?«

»Ist vielleicht etwas anstrengend. Du schnallst dich an den Dönerspieß und drehst dich so lange im Grill, bis das Fleisch abfällt.«

»Witzig. Da lache ich aber später drüber. Pass auf, wie findest du den: Wie mag ein Geisterbeschwörer seinen Döner am liebsten? Na? Medium.«

Der Bermeier lachte, dass die Tiere auf seinem T-Shirt in Bewegung zu sein schienen. »Pass auf, Ich hab noch was: morgen Abend um sieben. Rotbuchenweg 14, Grünwald. Es gibt am Eingang eine Parole: 42. Mehr weiß ich nicht, weil mir der Kugelfresser-Josef nicht mehr gesagt hat. Sind wir jetzt quitt? Mit der Restschuld, meine ich?«

»Ja.« Der Auer klemmte sich die Styropor-Box unter den Arm und legte seine linke Hand auf die Schulter vom Bermeier: »Kennst du den Film ›Men in Black‹, wo der eine seinen Kollegen mit diesem Gerät in die Augen blitzt, und der Kerl hat von jetzt auf gleich seine gesamten Erinnerungen verloren?«

Bermeier nickte. »Ja. Warum?«

»Weil ich dich jetzt symbolisch verblitze. Ich schnippe mit dem Finger, und du hast, schwups, alles vergessen, was in der letzten Stunde passiert ist. Den Anruf vom Kugelfresser, das, was du gehört hast, das, was du mir erzählt hast. Einfach alles. Kriegen wir das hin?«

Schon wieder nickte der Bermeier, und der Auer nahm die Hand von der Schulter, schnippte einmal vor Bermeiers Nase und fragte: »Und?«

»Hat gewirkt. Ich weiß von nichts. Was ist in der Box, die du da unter dem Arm hältst?«

Auer tätschelte grinsend den Dino und das Alkpaka auf Bermeiers Brust und schloss die Tür.

In der Küche schnupperte Manfred an der Box. »Das riecht ja schlimm. Was machen wir damit?«

Auer zuckte mit den Schultern und legte die Packung mit den Dönern auf den Kühlschrank und gab Bermeiers Informationen an Manfred weiter.

Der tippte sich mit dem Zeigefinger an die Stirn. »Alles gespeichert. Geht klar. Kann ich dir hier drinnen was helfen? Wenn nicht, gehe ich zur Friedl raus. Ich muss sie noch ein bisschen aushorchen.«

Auer schaute ihn an. »Wie, aushorchen? Über was? Geht's um Geld?«

Manni machte eine verzweifelte Geste. »Der war gut. Nein, sie hat ja bald Geburtstag. Da muss ich ihr was Vernünftiges schenken. Frauen stehen auf so was. Da sind sie alle gleich. Besonders, wenn sie verliebt sind.«

»Ach, du meinst, sie liebt dich?«

Manni hob die Schultern. »Interessante Frage. Andererseits: Warum sollte sie? Ich selber sag ja immer: Liebe wird generell überschätzt und ist eher was für den Mittelstand. Weißt du was? In meiner beruflichen Laufbahn habe ich es mit ein paar Hundert Frauen zu tun gehabt. Aber verstehen tu' ich es bis heute nicht. Das Wesen der Frau, meine ich. Gut, aber die Friedl, die ist schon was ganz Besonderes, also brauche ich auch ein besonderes Geschenk für sie.«

»Hast du schon was im Auge?«

Manni verzog den Mund. »Weiß nicht. Wir haben neulich

in einem Laden in der Fußgängerzone einen Gartenzwerg gesehen. Der war so um die 50 Zentimeter hoch, viel Gold und Silber überall, mit Swarovski-Steinen am Kopf und einer Sonnenbrille. Der hat echt was hergemacht, der Zwerg.«

»Ein Gartenzwerg, wie? Toll. Aber jetzt mal ehrlich: Geht's nicht eine Nummer größer?«

Der Manni hob fragend die Hand: »Warum denn? Ich meine, es liegt doch im Wesen eines Zwerges, dass er klein ist. Glaubst du denn, dass ein meterhoher Zwerg als solcher noch zwergenmäßig glaubwürdig rüberkommt?«

»Stimmt auch wieder. Aber warum überhaupt ein Gartenzwerg? Wofür?«

»Für die Terrasse. Hinten, zwischen den Zwerg-Ahornbäumen, da könnte so einer stehen, hat sie mal gemeint. Den kann man abends anstrahlen, wie er da so unter den Bäumchen vor sich hin glitzert. Das ist Frauenromantik pur. Und so ein Zwerg ist rein emotional gesehen eine problemfreie Zone, da kannst du selbst als Frau nicht viel hineininterpretieren.«

Er grinste. »Ich hab mal einer Dame einen Plüschbären geschenkt. So einen kleinen, weißen, flauschigen. Oder war es ein Hund? Ich weiß es nicht mehr. Auf jeden Fall, am Bauch hatte das Viech einen Knopf, und wenn du den gedrückt hast, dann hat der Bär/Hund/Hundebär ›Only You‹ von den Platters gesungen. Und dabei den Unterkiefer bewegt, so, wie wenn er wirklich singen würde. Das war echt witzig. Und voll die Romantik.«

»Und was ist daraus geworden?«

»Aus dem Plüschtier? Keine Ahnung.«

»Nein, ich meine, aus der Frau.«

»Ach so. Die hat später diesen bekannten Hundetrainer geheiratet. Den, der immer im Fernsehen auftritt und dabei seine Hunde singen lässt.«

# WANN KOMMT DENN NUN DIE ROSI?

Genau das waren Friedls Worte, als sie mit einem leeren Glas in der Hand in die Küche kam.

Auer schaute auf seine Uhr. »Halb sieben. In einer halben Stunde steht die hier auf der Matte. Hoppala, da sollte ich jetzt besser anfangen.«

Und falls dich jetzt interessiert, wie man so eine Original-Nudelpaella macht, dann pass gut auf, was der Auer jetzt tut:

Auf der Anrichteplatte neben dem Herd liegen circa 250 Gramm Fideos Gruesos, das sind klitzekleine Makkaroni. Daneben eine Schale mit circa 300 Gramm Meeresfrüchten, also Gambas. Plus Krabben, Tintenfisch, Muscheln, so was halt. Was noch? Ah ja: eine Zwiebel, vier Knoblauchzehen, ein halber Liter Meeresfrüchte-Fonds, Weißwein, Petersilie, Olivenöl, Pfeffer, Salz, ein Gramm Safranfäden und geräuchertes Paprikapulver.

Der Auer briet in der Wok-Pfanne die Meeresfrüchte mit Zwiebel und gehacktem Knoblauch an, nahm einen kräftigen Schluck Weißwein aus der Flasche und sagte: »Ja. Der ist gut.« Und goss einen weiteren kräftigen Schluck in die Pfanne.

Dann gab er eine Handvoll geschnittene Petersilie dazu, rührte ein paarmal um, fischte die Meeresfrüchte aus der Pfanne und legte sie auf einen Teller. »Sonst verkochen die, während wir die Nudeln garen«, sagte er.

Die Friedl goss ihr Glas halbvoll und zog den Manni mit sich aus der Küche. »Komm mit raus, sonst riechst du auch noch wie ein Oktopus.«

Der Auer nahm noch einen langen Schluck aus der Weinflasche, dann rührte er die Nudeln in die Pfanne und gab etwas Meeresfrüchte-Sud nach (den kannst du übrigens beim Fischhändler Buck in der Heilig-Geist-Straße kaufen. Der macht den Sud selber und der schmeckt göttlich. Sag ihm einen schönen Gruß von mir, wenn du einkaufst).

So, den Sud immer schön langsam zugeben, sodass die Nudeln in der Pfanne immer nur knapp bedeckt sind.

Nach zehn Minuten brutzelte der Auer die großen Gambas samt Schalen in der Eisenpfanne an und legte sie zu den Meeresfrüchten.

Die Nudeln waren fast durch (wobei fast durch heißt, dass sie noch einen guten Biss haben müssen. Bring mir bloß keine Schlabberware auf den Tisch), und der Auer würzte mit Salz und Pfeffer und rührte vorsichtig die Safranfäden ein.

Am Schluss das Ganze in eine flache Glasschüssel, die Meeresfrüchte einrühren und die gebratenen Gambas drüber. Jetzt alles mit ein bisschen gehackter Petersilie und ein paar Limonenscheiben garnieren und bei circa 60 Grad in den Backofen zum Warmhalten.

Dazu sollte es ein Baguette, Aioli, Oliven und eingelegte Paprika oder so was geben. Und einen kräftigen Wein.

Grade wie der Auer die Glasschüssel in den Backofen schob, hörte er den Doppelgong der Türglocke. Er wischte sich die Hände an dem Geschirrtuch ab, das er wie eine Schürze am Hosenbund hängen hatte, und eilte zur Tür.

Die Rosi flog ihm in die Arme und küsste ihn. »Mein Held. Mein Hercule Merlot.«

Auer schob sie ein paar Zentimeter zurück. »Der Mann heißt Poirot. Hercule Poirot.«

»Sag ich doch. Hörst du jetzt auch schon schwer, in deinem Alter?« Sie ging an ihm vorbei in die Küche. »Wahh, das riecht ja lecker. Was wird das, wenn's fertig ist?«

Auer wedelte mit dem Geschirrtuch über dem Kopf und hielt es dann seitlich vor seine Hüfte. »Olé, das ist eine original spanische Meeresfrüchte-Nudelpaella.«

Rosi verzog den Mund. »Was denn genau für Meeresfrüchte? Sind da vielleicht auch Muscheln dabei? Nee jetzt, oder?«

»Aber natürlich, meine Schönste. Ohne Muschel kein Gekuschel.«

Rosi stemmte die Hände in die Hüften und schob den Kopf vor. »Ja, ham's dir ins Gehirn geschissen? Ich hab doch eine Muschel-Allergie. Hast du das jetzt echt vergessen?«

Dem Auer fuhr eine Eiseskälte durch den Körper. »Ja, nein, ich meine … Es ist ja schon so lange her, dass wir zwei zusammen gegessen haben, weil …«

Sie unterbrach ihn: »Weil wir uns stattdessen lieber regelmäßig das Gehirn rausgepudert haben? Ja? Ist das deine Entschuldigung für das Vergessen?«

Sie ließ einen Zeigefinger um ihre rechte Schläfe kreisen und funkelte den Auer an.

Der stammelte: »Ja. Das mit den Muscheln, das habe ich wirklich vergessen. Ich habe sogar vergessen, dass ich das vergessen habe. Also, sag schon, was habe ich noch alles vergessen?«

Rosi öffnete den Mund, aber in dem Moment kam die Friedl in die Küche. »Ich hab mir doch grade auf der Terrasse gedacht, dass ich euch junge Leute lachen gehört habe. Und zum Manfred hab ich gesagt: Muss das schön sein, so ein junges Glück. Na, wie läuft das mit dem Essen. Jetzt sind wir vollzählig. Können wir? Soll ich was mit rausnehmen?«

Die Rosi zeigte auf den Auer. »Ja. Den hier kannst du mit rausnehmen. Den ältesten Jugendlichen der Welt.«

Friedl schaute von Max zur Rosi. »Soll ich lieber etwas später wiederkommen?«

Und die Rosi, jetzt schon in gehobener Lautstärke und tiefrot im Gesicht: »Nein. Er hier, der soll später wiederkommen. Mit etwas zum Essen, von dem ich nicht gleich tot umfalle.« Damit fauchte sie den Auer an: »Was stehst du noch hier rum? Auf die Jagd mit dir, aber pronto, du Fake-Spaniole!«

Vom lauten Monolog der Rosi neugierig gemacht, kam nun auch der Manfred in die Küche. Galant nahm er Rosis Hand, führte sie bis kurz vor seine Lippen und deutete einen Handkuss mit leichter Verbeugung an. »Hochverehrte Gnädige Frau, es ist eine Schande, dass ich so lange warten musste, um Sie endlich sehen zu dürfen.«

Die Rosi, immer noch mit der Hand unter Mannis Nase, schaute die Friedl und den Auer an. »Wo habt's denn den her? Ist der echt?«

Und Manfred, der jetzt ihre Hand losließ, säuselte: »Sie sind noch sehr viel schöner, als der Max immer gesagt hat. Und er hat viel über Sie gesagt. Aber keines seiner Worte wird Ihrer Schönheit gerecht.«

»Das glaub ich Ihnen jetzt aufs Wort, bei dem, was der so abliefert«, zischte die Rosi.

Manfred hob die Hände. »Ja, oder? Er hat zum Beispiel gesagt, wenn man von allen Göttinnen der Antike und den Schönheiten der Neuzeit jeweils das Schönste nimmt und es zusammentut, dann hat man immer noch nicht das, was Sie verkörpern.«

»Moment. Was ist das jetzt wieder für eine Sauerei? Will der damit vielleicht sagen, ich bin so was wie Frankenstein mit Möpsen? Maxi, ich hau dir gleich eine vors Wadl, dass es dir den Rest von deinem Erbsenhirn aus den Ohrwascheln rausdrückt.«

Der Auer sagte zur Friedl: »Ist die nicht entzückend?«

Und sie: »Schon. Wenn man so was mag. Können wir dann essen?«

So, und jetzt pass auf. Du hast dir bestimmt gedacht, der Manni, der alte Schleimer, der wollte nur die Zorneswolken der Rosi mit einem imaginären Silberjodid bestäuben, so, wie das bei uns im Alpenvorland die Hagelflieger machen, bevor der Teufel los ist. Die gehen mit ihren kleinen Flugzeugen todesmutig direkt in das Auge des Tigers, ja, was glaubst du denn? Und dann sprühen sie ihr Silberjodid ab. Und die Hagelkörner, die ansonsten vielleicht groß wie die Tennisbälle aus den Wolken gestürmt wären und da unten auf dem Boden alles erschlagen hätten, was da kreucht und fleucht? Die nieseln plötzlich als lauer Landregen runter, und alles freut sich.

Das stimmt schon zum Teil, also, das Manni-Manöver mit Handkuss und Edel-Schmäh vom Feinsten. Aber dafür braucht der alte Gauner nur ein Zehntel seines Gehirns. Die anderen 90 Prozent, die suchen unter Volldampf einen Weg, um den unmittelbar bevorstehenden Vulkanausbruch zu verhindern. Die Rosi, die ist nämlich eine wandelnde Bombe mit einer ganz kurzen Zündschnur. Das hat der Manni auf den ersten Blick gesehen, da bin ich mir sicher.

Also irrte sein Blick durch die Küche und blieb an dem weißen Styropor-Behälter mit den zwei Dönern drin hängen. »Rosi. Darf ich Sie Rosi nennen?«

Sie schaute ihn misstrauisch an, nickte aber vorsichtig.

»Also, Rosi, ich gestehe, das alles ist meine Schuld. Es sollte ein Scherz werden, ein alberner Spaß, aber …«

Die zornrote Rosi wurde noch eine Nuance röter: »Mich vergiften? Ein Scherz? Ja, spinnt's ihr Kerle jetzt alle?«

Manfred hob beschwichtigend die Hand. »Schönste, geben Sie mir eine Minute. Dann können Sie mit mir machen, was Sie wollen, okay? Der Max hier, der hat natürlich in keiner Sekunde vergessen, dass Sie keine Muscheln vertragen. Der hat sich nur auf mein Bitten hin so dumm gestellt.«

»Ja genau. Und wenn er was richtig gut kann, dann das!«, sagte die Rosi, und der Manfred: »So warten Sie doch ab, meine Liebe. Weil dem Max eingefallen ist, dass Sie bei Ihrem ersten oder zweiten Rendezvous, heute nennt man das wohl ein Date, dass Sie da zusammen Döner gegessen haben, da wollte er Sie mit genau so einem überraschen. Max, bitte, jetzt kommt dein Auftritt.«

Ich sage jetzt mal so: Blöd ist der Auer ja nun auch nicht, ganz im Gegenteil. Er hat sofort überzuckert, dass ihm der Manni da gerade seinen Hintern rettet. Also machte er einen gewagten Ausfallschritt zum Kühlschrank hin, riss die Döner-Box an die Brust, ging zur Anrichte und machte sie auf. Dann nahm er einen der in Alufolie eingewickelten Döner und reichte ihn der Rosi. »Weißt du noch? In Schwabing, in der Früh um zwei? Wir waren im Auto, du hast vor Hunger gebrüllt, und auf der Leopoldstraße war noch einer mit seinem Dönerwagen unterwegs. Dem habe ich meine Polizeimarke unter die Nase gehalten und der musste uns zwei Döner machen. Erinnerst du dich? Ja?«

Max strahlte sie an, während die Rosi an dem Döner schnüffelte. Dann sagte sie, aber jetzt schon mit viel weicherer Stimme: »Das war nicht in Schwabing, du blöder Hund. Sondern in der Nähe vom Olympiapark, da war ein Rockkonzert. Und der Kerl war mit seinem Wagen auf dem Weg nach Hause. Wie so eine Motor-Rikscha hat das Ding ausgesehen. Und es waren auch keine Döner, sondern Hot Dogs. Und es war auch nicht um zwei in der Früh, sondern kurz nach Mitternacht. Und wir waren auch nicht im Auto, sondern zu Fuß.«

Max nickte. »Ja gut, aber das sind doch Kleinigkeiten. Im Großen und Ganzen könnte man das im Nachhinein doch so ungefähr sehen, oder? Mausi?«

Die Rosi bekam jetzt auf einmal ganz feuchte Augen,

umarmte den Max und küsste ihn voll auf den Mund. Den Döner hatte sie dabei immer noch in der Hand. »Hach, du kannst ja so was von romantisch sein, echt jetzt. Und einen guten Döner, den habe ich auch schon lange nicht mehr gegessen. Schatzi, was hast du dir nur für eine Mühe gemacht mit mir. Wenn das so weitergeht, verliebe ich mich noch in dich. Dann musst du mich heiraten.«

Die Friedl klatsche in die Hände: »Wunderbar, ganz toll. Können wir jetzt so langsam zu Tisch gehen, bitte? Und so einen halben Döner würde ich auch ganz gerne versuchen, wenn's recht ist. So was passt doch hervorragend zur Nudelpaella, findet ihr nicht auch?«

Rosi hakte sich beim Auer unter, drückte sich an ihn und schenkte ihm ihr schönstes Rosi-Wolfslächeln: »Du bist mein Löwe, der König des Dschungels, der immer die richtige Beute heimbringt.«

Da drehte sich der Manfred an der Küchentür um und meinte: »Meine Liebe, da ich mich lange und intensiv mit Großkatzen, und da insbesondere mit Löwen befasst habe, erlauben Sie mir zu sagen, dass in Löwenkreisen eher die Weibchen jagen und das Futter heimbringen. Während die Männchen gerne liegen bleiben und sich auf ihre sexuelle Unentbehrlichkeit verlassen. Wobei man sagen kann, dass der afrikanische Löwe als solcher eh sehr gerne schnackselt. Wenn er nicht gerade schläft oder frisst.«

»Jetzt, wo Sie das so sagen: Der Maxi liegt auch gerne auf dem Rücken und lässt sich …«, erwiderte die Rosi und der Max: »Ja, gut, jetzt setzen wir uns aber wirklich an den Tisch, gell?«

Aber die Rosi dachte ja gar nicht daran. Sie ging in dem großen Wohnzimmer umher, bewunderte die Bilder an den Wänden, die üppigen Blumen-Bouquets, strich mit den Fingern über die seidenen Gardinen und kam schließlich vor der Kommode mit der Sanduhr zum Stehen: »Mei, die ist ja schön. Und wie das da drinnen glitzert. Was ist denn das?«

Damit nahm sie den Glaszylinder und drehte ihn. Lautlos rieselte der arme Otti durch die enge Öffnung, während die Friedl der Rosi die Sanduhr aus der Hand nahm und den Zylinder schnell wieder drehte. »Der ist heute schon zwei Runden gelaufen, das reicht. Übertreiben muss man es ja auch nicht, oder?«

»Eh nicht«, sagte die Rosi erstaunt und schaute den Auer an, der am Tisch saß und grinsend die Nudelpaella auf drei Teller verteilte.

»Das da drin sind, äh, seltene Erden, weißt schon, diese ganz seltenen. Aus Mittelasien. Die soll man nicht so viel rumschütteln, da sind diese Asiaten sehr eigen.«

Die Friedl lächelte graziös und setzte sich neben den Manfred, während die Rosi elegant auf den Sessel neben den Max glitt.

Friedl hob ihr Weinglas, in dem ein kalter Rosé die Außenwand des Glases zum Beschlagen brachte: »Also dann, herzlich willkommen in unserer bescheidenen Hütte, liebe Rosi. Es freut mich echt, dass du heute hier bei uns bist.«

Der Manni murmelte auch was, und der Auer sagte: »Ja dann, pack' mas. Prost Mahlzeit.«

Dönerkauend schaute die Rosi sich weiter um. »Sag einmal, Friedl, mit was hat denn dein Verschiedener so viel Geld verdient?«

»Kreative Eigentumsübertragungen aller Art. Aber so interessant ist das jetzt auch wieder nicht. Erzähl doch lieber was von dir. Wie läuft der Laden? Ich war ja jetzt schon eine Zeitlang nicht mehr im Salon. Aber nächste Woche komm ich, da können wir nach dem Essen gleich einen Termin machen, wenn du magst.«

Die Rosi legte ihren Dönerrest auf den Teller »Lass uns

jetzt was anderes reden, sonst vergeht mir gleich der Appetit. Aber es is' ja eh wurscht, dem Maxi hab ich es schon gesagt: Der Harzinger, dem das Haus gehört, will meinen Laden zurück. Eigenbedarf, hat er gesagt. Das glaube ich aber nicht. Meine Vermutung ist, dass er den Laden verkaufen will, und ohne Mieter drin ist er halt mehr wert. Aber ich hab ja über 200.000 da reingesteckt, und überhaupt …«

Jetzt kamen der Rosi die Tränen, der Max nahm seine Leinen-Serviette und tupfte an ihrer Nase rum, der Manni schaute, peinlich berührt in seinen Teller, und die Friedl klatschte in die Hände. »Ja so was. Jetzt drück deine Tränchen raus, Mädel, und morgen überlegen wir, was man da machen kann. Zufälligerweise kenne ich den Harzinger. Also Schluss jetzt mit dem Thema. Was ich aber gerne wissen will: Manfred, wie kommt's, dass du dich mit Löwenweibchen so gut auskennst? Warst du in Afrika? Das hast du mir nie erzählt. Wo genau warst du denn da? Afrika ist ja riesengroß.«

Der Manni trank, um etwas Zeit zu gewinnen, dann meinte er, während er mit der Gabel eine Nudel auf seinem Teller hin- und herschob: »Ja äh, wie soll ich sagen, das war mehr so ein Park, also, so ein Dings, du weißt schon.«

Die Friedl lächelte ihn an: »Ah ja, einer von den großen Nationalparks. Welcher denn? In Kenia, da haben sie das Wildreservat Masai Mara. Da war ich schon mal. Dann war ich, warte mal, im Kruger-Nationalpark in Südafrika, und, wie heißt der doch gleich? Fällt mir sofort ein. Moment.« Sie schnippte mit den Fingern. »Ich hab's. Das war die Ngorongoro Conservation Area in Tansania. Schwerer Name, da musste ich jetzt echt überlegen. Also, wo genau da bist du gewesen? Erzähl doch mal.«

»Kann ich vorher noch etwas Wein haben?« Max schenkte ihm nach, und die Rosi beugte sich erwartungsvoll über ihren Teller.

»Danke.« Der Manni trank sein Glas in einem Zug leer, stellte es neben die Flasche und zeigte mit dem Finger drauf: »Noch einen. Ja, der Park. Das war genau genommen mehr so ein Serengeti-Park. Das Serengeti-Park Resort in Hodenhagen.«

»Hodenhagen. Was für ein abgefahrener Name. Der klingt aber nicht sehr afrikanisch für mich«, sagte die Rosi, und der Manni, leicht zerknirscht: »Ist es auch nicht. Hodenhagen ist zwischen Bremen und Hannover. Aber die haben jede Menge Löwen. Lebendige. Und natürlich den Serengeti-Blitz, das ist eine Wahnsinnsachterbahn.«

»Wie schön. Zurück zu den Löwinnen«, meinte die Friedl in pikiertem Ton.

»Ach so, ja, die Löwinnen, natürlich. Schöne Tiere. Ich selber, ich hab da eine Zeitlang was mit einer Tierpflegerin gehabt. Die war für die Löwen zuständig. Und für die Erdmännchen. Wollt ihr was über Erdmännchen wissen?«

»Ich brauche erst mal einen Schnaps«, sagte die Friedl und ging in die Küche.

»Was hat sie denn jetzt?«, fragte der Manni, aber in dem Moment ertönte Friedls Stimme aus der Küche: »Maxi, das Handy in deinem Zimmer fiepst oder wie man das nennt. Geh doch ran. Vielleicht ist es eines von Manfreds Löwenweibchen.«

# WAHRHEIT? WELCHE WAHRHEIT DENN?

Es war tatsächlich so was Ähnliches wie ein Löwenweibchen, nämlich die Silikon-Wally. Sie druckste erst ein bisschen herum, und als der Auer sagte, dass er Gäste habe und nicht viel Zeit zum Plappern, meinte sie: »Ich soll dir was vom Günter ausrichten.«

»Ach was. Kommst du jetzt endlich mit der Wahrheit raus?«

»Welcher Wahrheit denn? Da hat jeder seine eigene, egal, um was es geht. Und wenn man alle Wahrheiten zusammenzählt, dann kommt unter dem Strich wieder eine ganz andere Wahrheit heraus.«

»Hast du getrunken?«

Ein lautes Schnaufen. »Ja, natürlich. Glaubst du denn, den ganzen Mist stehe ich nüchtern durch. Kannst du in der Bar vorbeikommen? Jetzt?«

»Nein. Ich geb dir drei Minuten. Fang an. Die Uhr läuft.«

»Wie du willst. Ich war die ganze Zeit über mit dem Günter in Kontakt. Er war mal hier, mal dort. Immer in Bewegung bleiben, hat er gesagt, dann kriegen sie ihn nicht. Jetzt ist er in Spanien. In einem Haus, aber nicht in unserem in Dénia. Das Geld hat er dabei. Alles in bar. Er will wissen, ob du mit den Leuten, die hinter ihm her sind, einen Deal machen kannst. Damit sie ihn in Ruhe lassen. Er will eine Million zahlen für seinen Frieden. Was meinst du, kann man da was machen?«

Auer setzte sich auf sein Bett, schloss die Augen und rieb sich mit der Hand über die Stirn: »Keine Ahnung. Auf so was bin ich jetzt auch nicht vorbereitet. Warum hast du mich die ganze Zeit über belogen?«

Mit weinerlicher Stimme sagte sie: »Weil er es so wollte. Weil er gedacht hat, dass er das aussitzen kann? Weil er glaubte, dass du mit deinen Leuten den anderen so eine Angst einjagen kannst, dass sie ihn in Ruhe lassen? Weil er ein Idiot ist? Weil ich ihn liebe, trotz allem? Weil es mir egal ist, ob er sein Scheißgeld behalten kann oder nicht? Wie viele ›Weils‹ willst du denn noch hören, verdammt noch mal?«

»Sch, sch, jetzt komm runter, Wally. Pass auf: Wir wissen, wer hinter dem Günter her ist. Wir wissen auch, wo wir die finden. Ich hab da schon was eingefädelt. Dein, wie soll ich sagen, dein Geständnis wirft jetzt aber ein paar neue Probleme auf. Lass mich nachdenken. Und du, du machst jetzt bitte gar nichts. Oder doch: Ruf deinen Günter an, und sag ihm, er soll sich so wenig wie möglich sehen lassen. Und mit niemandem telefonieren, auch nicht mit dir. Falls die dein Telefon abhören oder so.«

»Ich stehe am Bahnhof an einer Telefonbox, du Flachmann. Wie immer, wenn ich mit dem Günter telefoniere. Und er, er hat ein Dutzend Prepaid-Handys und telefoniert nie von einem Ort aus zweimal. Du bist wie alle anderen Kerle auch. Aber bloß, weil ich einen großen Busen habe, heißt das noch lange nicht, dass mein Hirn klein sein muss, oder?« Wallys Stimme wurde mit jedem Satz lauter, sodass der Auer das Telefon ein Stück vom Ohr weghielt.

»Ist ja gut, Wally. Hör auf, mich anzuschreien. Ich bin nicht Dr. Günter Kimble auf der Flucht, und ich kann auch nix für seine Probleme. Dich mit eingeschlossen.«

»Ach, der moralische Herr Inspektor. Aber flachlegen wolltest du mich schon. Unter, wie sagt man bei euch? ›Vorspiegelung falscher Tatsachen‹, stimmt das so? Oder wie würdest du das nennen?«

Jetzt wurde der Auer Max grantig: »Frau, geh in deinen Laden und gib dir noch was Orales. Am besten ein paar Doppelte. Und lass mich nachdenken. Morgen weiß ich mehr. Wollen wir so verbleiben?«

Sie äffte seine Stimme nach: »›Wollen wir so verbleiben?‹ Wer redet denn heute noch so? Ich sag dir was. Wir wollen so verbleiben. Und du bewegst deinen asexuellen Arsch, weil ich mein altes Leben zurückwill. Genau so wollen wir verbleiben.«

Der Auer fauchte ins Telefon: »Ja, sag einmal. Spinnst du jetzt vollkommen? Wer hat denn mit der Scheiße angefangen? Bin ich jetzt an allem … Hallo? Hallo, bist du noch …?« Aber die Wally hatte schon aufgelegt. »Verfluchtes Weib.«

»Maxi, warum schreist du denn so?« Das war die Stimme von der Friedl aus dem Wohnzimmer. »Ist alles okay, Maxi?«

»Ja, Tantchen. Ich komme gleich. Nur noch ein paar Minuten. Ich muss noch schnell jemanden anrufen.«

Aber du kennst das ja selber, wie das dann so ist: Du machst einen Anruf, dann denkst du dir, was soll's, mach ich die anderen auch gleich, wenn ich eh schon dabei bin. Also rief der Auer den Chili an, weil er sich die Zwillinge für den Einsatz in München ausleihen wollte. In der sicheren Wohnung in der Arcisstraße, du weißt schon. Danach noch schnell den Lechner, um zu fragen, ob das mit der Wohnung klarging. Wobei ich sagen muss, der Lechner war ziemlich stinkig, weil er grade in seinem Gartenhäuschen war und mit seinen Bonsais geredet hat. Das tut er auch heute noch, und ich glaube, er denkt, irgendwann antwortet ihm einer von diesen merkwürdigen Zwergbäumen.

Und ja, das mit der Wohnung ging klar, aber der Lechner führte den Auer noch schnell in die fabelhafte Welt der Bonsais ein und der Auer konnte jetzt auch nicht sagen, weißt du was, deine blöden Bäume gehen mir rechts am Arsch vorbei, sondern er musste schon ein bissel zuhören und natürlich respektvolles Interesse heucheln. Du kennst das ja.

»Wenn du einen billigen Bonsai kaufst, so einen wurmigen China-Steckling, dann kann der bis zu zwei Meter hoch werden. Dann glaubt dir dann natürlich keine Sau mehr, dass das eigentlich ein Bonsai sein soll. Ich habe hier einen Yamaki, der ist 400 Jahre alt, und man sagt, dass er in Hiroshima dabei war, als '45 die Bombe fiel. Ich glaube das, weil er nachts so ein diffuses Leuchten verbreitet.«

»Du hast also einen radioaktiven Baum, Lechner? Und der leuchtet nachts gerne mal?«

»So simpel würde ich das nicht sehen. Ich bezeichne meinen Yamaki als nachtaktiv.«

»Ja, super. Du, ich muss jetzt wieder, aber wenn ich in München bin, möchte ich mich gerne mal ein paar Minuten neben den Nachtaktiven stellen.«

»Wäre mir eine Freude. Der Yamaki mag es, wenn Besuch kommt. Er ist selbst für einen Bonsai äußerst kontaktfreudig.«

Seufzend legte der Auer das Handy auf den Nachttisch und rieb sich die Augen.

Die Tür schwang auf, und eine bereits wieder wütende Rosi steckte den Kopf in das Zimmer: »Hör mit dem blöden Telefonieren auf und komm zu uns rüber. Wenn du in fünf Minuten nicht da bist, dann kannst du mich mal. Aber nicht so, wie du es für heute möglicherweise geplant hast.«

»Ja, ich …« Aber die Tür schlug bereits mit einem Knall zu. Wenn ich eh noch fünf Minuten habe, dann rufe ich den Dr. Bruckner wegen dem Nagelsalon von der Rosi an. Da muss doch was gehen, dachte er sich.

»Dr. Bruckner, wer spricht?«

»Max Auer. Haben Sie schon was in der Sache Otto Harzinger klären können? Sie wissen schon, es geht um das Nagelstudio im Erdgeschoss.«

»Äh, ja. Aber sagen Sie mal, wissen Sie, wie spät es ist?«

»Natürlich. Und Sie, kaufen Sie sich von dem Job eine goldene Rolex, dann wissen Sie es auch. Also, was läuft?«

»Der Harzinger hat keine Schulden, auf dem Haus nicht und auch nirgends sonst. Gute Bankauskünfte, keinen Stress mit dem Finanzamt. Da gibt es nichts, wo man einhaken könnte. Der ist schuldenmäßig voll die Jungfrau. Was soll ich machen?«

»Gehen Sie zu ihm, sagen Sie, ein Klient will das Ladengeschäft kaufen. Als Kapitalanlage. Die Mieterin bleibt drinnen, es ändert sich für ihn außer den Besitzverhältnissen nichts. Verhandeln Sie einen Kaufpreis. Die Mieterin hat aber um die Zweihunderttausend in den Laden gesteckt. Renovierungen, Klimaanlage, Böden und so. Das sollte bei der Kaufpreisfindung berücksichtigt werden. Wenn Sie den KP haben, geben Sie mir den per SMS auf mein Handy. Ich melde mich dann umgehend. Haben Sie die Nummer?«

»Die, die ich jetzt auf meinem Display sehe?«

Der Auer nickte, aber dann fiel ihm ein, dass der Dr. Bruckner das Nicken ja nicht sehen konnte. »Genau die. Der Kaufbetrag steht dann kurzfristig zur Verfügung. Ohne Finanzierung und so. Und noch was: alles streng vertraulich. Wir wollen die Mieterin nicht mit Gerüchten verschrecken. Haben Sie das alles?«

»Ja. Noch was?«

»Ja. Es ist genau 21 Uhr und 11 Minuten. Weil Sie ja nicht wissen, wie spät es ist. Guten Abend.«

Grinsend legte der Auer das Handy auf das Bett, nur, um es gleich wieder in die Hand zu nehmen und die Nummer von der Wally einzutippen.

»Bist du in der Bar?«

»Ja. Und ich bin die Einzige, die was trinkt. Zu zweit schmeckt es besser. Kommst du noch hier vorbei?«

»Nein. Ich habe morgen viel vor. Und wenn alles klappt, dann hat dein Macker übermorgen keine Probleme mehr.

Zumindest nicht mit den Leuten aus der Szene, die grade heftig hinter ihm her sind.«

»Du bist ein Schatz. Da renne ich doch gleich noch mal zum Bahnhof vor und ruf den Günter an. Weißt du schon was über das Finanzielle? Das wird er mich bestimmt fragen.«

»Auch das. Ich will Fünfzigtausend in bar. Für Unkosten und meine Partner.«

»Das ist sehr viel weniger, als wir gedacht haben. Du bist ein Schatz, Max.«

»Oh nein, das bin ich nicht. Lass mich erst ausreden. Zusätzlich zu dem Cash kauft der Günter oder du eine Immobilie hier in Rosenheim. Und zwar über eine spanische S.L., sodass keiner dahinterkommt, wem der Laden eigentlich gehört. Ich habe hier einen Anwalt, der das regelt, und der Günter hat ja seinen Minimum-Paul-Rechtsverdreher in Benidorm, du weißt schon ›Better Call Paul‹. So geht das problemlos.«

»Warum das alles?«

»Weil ich das so will. Die Immobilie werdet ihr eine Zeitlang behalten, und wenn ich es sage, wird sie auf jemanden hier in Rosenheim überschrieben. Als Schenkung oder was weiß ich, das sollen die Anwälte klarmachen.«

»Klingt nicht so gut. Was kostet die Bude?«

»Weiß ich noch nicht. Wird aber nicht so schlimm. Vielleicht um die Dreihunderttausend oder so.«

»Das geht ja noch. Und dann, wenn das alles gelaufen ist, sind wir, der Günter und ich, aus der Nummer raus? Oder kommt da noch was?«

Der Auer überlegte kurz. »Dann könnt ihr machen, was immer ihr wollt. Und da ist noch was.«

»Dachte ich mir doch. Was denn?«

»Wenn ihr versucht, mich irgendwie zu linken und den Deal nicht einhaltet, dann mache ich aus eurer Luxusvilla in Dénia lauter kleine Legosteine. Samt allem, was drin ist.«

»Aua, hau, haua. Beruhige dich, Max. Ich sag dir was: Mach du deinen Job, ich mache beim Günter meinen. Und jetzt sind wir wieder ziemlich beste Freunde, oder? Bussi?«

»Wohin? Auf die Feuchtgebiete?«

Aber die Silikone hatte die Verbindung schon abgebrochen. Der Auer rieb sich zufrieden die Hände und ging voller Vorfreude in das Wohnzimmer. Das war aber menschenleer, trotz romantischer Beleuchtung. Auf der Terrasse lagen die Friedl und der Manfred, Hand in Hand in zwei dunklen Mahagoni-Deck-Chairs, so nennt man diese Luxus-Liegestühle, glaube ich, die mit den Gold-Beschlägen und den dicken, weichen, weißen Auflagen. Und Manfred sagte gerade, als der Auer verwundert auf die Terrasse trat und sich nach allen Seiten umschaute, weil er die Rosi nirgends sehen konnte: »Aber meine Teure, natürlich bekommst du einen Gartenzwerg zum Geburtstag, wenn du das unbedingt möchtest. Sogar der Max meinte, das wäre eine gute Idee.«

»Äh, entschuldigt, aber wo ist denn die Rosi? Auf dem Klo?«

»Wenn auf dem Klo, dann bei ihr zu Hause in der Färberstraße. Das wäre theoretisch gut möglich, wenn sie schnell gegangen ist. Und wütend genug war sie ja auch«, meinte die Friedl und reckte den Hals, um den Auer anzusehen. »Ich soll dir ausrichten, du brauchst dich überhaupt nicht mehr bei ihr blicken lassen. Zumindest nicht in diesem Leben. Das hat sie gesagt.«

»Das hat sie gesagt? Warum denn? Ich habe ja nur wegen ihrem komischen Laden rumtelefoniert.«

»Dann erzähle ihr das«, meinte der Manfred. »Aber nicht heute, und auch nicht morgen. So eine Frau wie die, die braucht eine gewisse Auskühl-Zeit. Das musst du dir jetzt vorstellen, wie bei einem Reaktor. Der muss auch erst mal runtergekühlt werden, wenn es einen Störfall gibt. Sonst kommt es zum Super-GAU.«

»Warum immer ich? Weshalb springen Frauen so mit mir um?« Der Auer schüttelte den Kopf. »Ich fahr noch schnell auf einen Sprung zum Chili ins ›Wild West‹. Wegen morgen. Wenn die Rosi anruft, dann sagt ihr, ich ertränke mich im Inn und will nicht gerettet werden. Es gibt so gebrauchte Tage, oder wie man das nennen soll, da kommt aber auch alles zusammen. Und wenn ich erst an morgen denke …«

»Würde einer der Herren die Güte haben und mich aufklären? Zum Beispiel, was genau morgen abläuft?« Die Friedl schaute die beiden an.

»Wie soll ich sagen …«, meinte der Auer. »Nichts Großes. Der Manfred fährt am Nachmittag nach Grünwald, ein bisschen zocken. Und ich? Ich setze mich derweil in eine Wohnung in Schwabing und warte auf jemanden, mit dem ich sprechen will.«

»Super. Das klingt nach einem gemütlichen Abend. Für beide von euch. Und was bitte hat der Chili damit zu tun?« Die Friedl kniff ein Auge zu, während sie den Auer das fragte.

»Äh, ja, der Chili? Der selber hat eigentlich nichts damit zu tun. Er leiht mir seine beiden Mitarbeiter. Ich sitze nicht so gerne alleine in einer fremden Wohnung. Du kennst mich doch, ich unterhalte mich gerne. Auch, weil im Fernsehen meist eh nichts Gescheites kommt.«

»Das klingt in meinen Ohren wieder mal nach einem Maxi-Spezialeinsatz. Aber wenn du meinst. Mich würde nur interessieren, was es für einen Sinn macht, meinem einzigen Neffen alles zu vererben, wenn er wegen solcher Aktionen sehr wahrscheinlich vor mir stirbt.«

»Friedl, meine Liebe, ich bin ja schließlich auch noch da«, meinte der Manfred, und sie: »Aber nicht mehr lange, wenn du dich weiterhin mit ihm hier rumtreibst. Ich glaube, ich kaufe mir noch ein, zwei Sanduhren. Und du, du isst jetzt endlich was.«

Der Auer hob die Hände und ging rückwärts aus dem Wohnzimmer: »Mir ist im Moment der Appetit abhandengekommen. Bis später. Ich bin in ein bis zwei Stunden wieder da. Ich esse beim Chili einen ›Wild West‹-Burger aus der Mikrowelle. Also dann, bis später.«

»Dieses Mikrowellen-Zeugs, das ist so was wie ein essbarer Abschiedsbrief!« Aber der Auer hörte die letzten Worte der Friedl nicht mehr, weil er schon fast aus der Tür raus war.

# LOVE HURTS (NAZARETH, 1975)

Über den Auer musst du wissen, dass er im Grunde seines Herzens ein unbelehrbarer Romantiker ist. Er kann seine Gefühle nur nicht so recht ausdrücken. Aber er probiert es immer wieder. Auch das ist so eine Eigenschaft von ihm: Er gibt nie auf. Also lenkte er den Porsche nicht in Richtung Brückenberg, sondern fuhr geradewegs in die Färberstraße. Wo er direkt vor der Glasfront des Nagelstudios einen Parkplatz fand. Abends ist ja in der Färberstraße nichts mehr los. Im Lichtkegel der Straßenlaterne schwärmte allerlei fliegendes Kleinzeug herum, hinter einigen Fenstern sah man das typische bläuliche Flackern, wenn der Fernseher läuft, hinter anderen war Licht, viele waren schon dunkel.

Der Auer schaltete den Motor ab, hörte noch ein paar Sekunden lang »Love Hurts« von Nazareth, drückte auf den »Aus«-Knopf des Radios und stieg ächzend aus dem Auto.

Er ging dicht an die gläserne Eingangstür heran, legte die Hand wie ein Indianer über die Augen und starrte in das Halbdunkel des Salons. Die Behandlungsstühle sahen in dem diffusen Licht aus wie schräg gestellte, offene Särge, und in den Glasvitrinen, die in einem matten Blau schimmerten, die Flaschen und Dosen wie Soldaten einer Zwergen-Armee.

Nachdem er drei- oder viermal auf den Klingelknopf gedrückt hatte, ging er in die Knie, bückte sich und öffnete mit einem Finger die Messing-Klappe des Briefschlitzes. Der war im unteren Drittel der Tür angebracht, sodass die Post direkt auf den Boden hinter der Tür des Salons fallen konnte.

»Rosi-Mausi. Hallo? Ich weiß, dass du da bist. Komm, Mausilein, ich muss dir was Wichtiges sagen.«

Nichts. Der Auer presste sein Ohr an den Einwurfschlitz und hörte leise Musik aus ihrer Wohnung kommen, die direkt hinter dem Salon lag.

»Haaaallloo?« Das war jetzt schon etwas lauter, weil dem Auer wegen der blöden, gekrümmten Körperhaltung schon ein Ziehen in den Rücken fuhr. »Haaaallooo, Rosi, ich bin's. Komm raus, verdammt noch mal, bloß eine Minute, ja? Zick jetzt nicht so rum.«

Direkt über dem Salon öffnete sich ein Fenster, und eine Männerstimme ertönte: »Sie da unten. Wenn sie nicht aufmacht, dann macht sie nicht auf. Würden Sie bitte Ihr pubertäres Geschrei unterlassen? Ich möchte nämlich lesen.«

Der Auer schaute auf seine Uhr, dann hoch und sah im schalen Licht der Straßenbeleuchtung einen grauhaarigen Kopf, der wütend zuckte und wackelte.

»Es ist erst kurz vor 10. Bis 22 Uhr kann ich hier machen, was ich will. Nehmen Sie Ihren Kopf da weg und kommen Sie in fünf Minuten wieder.«

»Gut. Aber ich rufe Punkt zehn die Polizei!«

»Super. Die ist schon da.« Der Auer stand fluchend auf, fasste sich mit der Linken an den Rücken, holte mit der Rechten seine Kripo-Ausweismappe mit dem goldenen Stern aus der Hüfttasche und hob das geöffnete Etui über den Kopf. »Kriminalpolizei. Was kann ich für Sie tun?«

Der Grauhaarige lehnte sich etwas weiter aus dem Fenster und Max konnte sehen, dass er ziemlich dürr war und einen alten gestreiften Morgenmantel trug. »Na so was. Hat sie was angestellt? Das würde mich jetzt bei der gar nicht wundern. So, wie die mit mir redet. Gestatten, Harzinger. Ich bin der Hausbesitzer. Verhaften Sie sie jetzt? Das wäre nett. Soll ich mit dem Generalschlüssel runterkommen?«

Der Max schüttelte den Kopf und steckte seine ungültige Marke wieder ein. »Nein, sie ist eine wichtige Zeugin. Ich muss mit nur ihr reden. Rufen Sie sie an und sagen Sie ihr, sie soll diese Tür öffnen, sonst gibt es hier gleich einen Großeinsatz.«

»Um Gottes willen, bitte keine Sachschäden an meinem Haus. Warten Sie.«

Der Kopf verschwand, Auer hörte das Drehen einer Wählscheibe und dachte sich, wer hat denn heute noch so ein altes Telefon? Dann redete der Mann eindringlich, hörte zu, und sagte dann: »Nein, nein. Er ist von der Polizei. Ich hab seine Marke gesehen. Also, was ist? Was? Gut.«

Ein paar Sekunden später tauchte der Kopf vom Harzinger wieder in der Fensteröffnung auf: »Hallo, Sie? Die Frau Dings, äh, kommt sofort.«

»Sehr gut. Danke«, sagte der Auer. »Und jetzt treten Sie bitte vom Fenster zurück und schließen es. Man weiß ja nie, wie diese Leute reagieren.«

Der Harzinger murmelte was Unverständliches, machte aber das Fenster zu, und der Auer trat wieder an die Glastür.

Eine Tür im hinteren Teil des Ladens öffnete sich, und der Umriss der Rosi erschien, von hinten beleuchtet wie ein Heiligenbild, im Türstock: »Macker! Hau du bloß ab! Aber pronto, sonst ist hier gleich ein echter Polizist.«

Max ging noch näher an das Glas heran. »Fünf Minuten. Ich muss dir was sagen.«

»Ist jetzt schon wieder was passiert?«

»Nein. Lass uns reden. Bitte.«

»Uuups. Reden? Na so was. Reden will er. Ich war doch bis vor Kurzem in eurem Wohnzimmer. Hast du das nicht mitgekriegt? Ich bin die, die keine Muscheln verträgt. Und mit dir und euch reden und Spaß haben wollte.«

Der Auer verzog den Mund und flüsterte: »Ich weiß, aber die Telefonate. Das war echt dringend. Es ging um dich, die ganze Zeit über. Ehrlich jetzt. Mach auf.«

»Vergiss es. Hau ab. Und wie kommst du dazu, dem Harzinger zu erzählen, ich hätte was mit der Kripo zu tun? Spinnst du jetzt total?«

»Hast du doch. Mit mir.«

»Du bist aber kein Polizist mehr.«

»Sei froh. Und jetzt mach auf. Was ich dir sagen will, das darf der da oben«, damit rollte der Auer mit den Augen in Richtung erster Stock, »auf keinen Fall hören.«

»Ah ja.« Die Rosi verschränkte die Arme über der Brust. »Du willst mir wieder mal einen Heiratsantrag machen und genierst dich, das laut zu sagen. Ich werde dich aber auch jetzt keinesfalls heiraten, also spar dir die Show und verzieh dich.«

»Rosi. Nur zwei Minuten. Direkt hinter der Tür. Kein Heiratsantrag, keine Fummelei. Hör mir einfach zwei Minuten zu, dann gehe ich freiwillig wieder. Echt jetzt.«

Sie seufzte so, wie das nur eine Frau kann, glitt durch den Salon und öffnete mit zwei schnellen Bewegungen die Glastür. Der Auer schlüpfte hindurch und wollte sie küssen, aber sie trat einen schnellen Schritt zurück und hob den Zeigefinger: »Mhm-mhm. Nix anfassen. Auch nicht Teile von mir. Bleib da stehen und rede. Alle Vergnügungsstätten haben schon geschlossen.«

»Ja gut, also, pass auf: Es ist so, dass das alles streng unter uns bleiben muss. Ein Bekannter von mir wird das Nagelstudio und die Wohnung dahinter kaufen. Du bleibst hier drin, fast alles geht seinen sozialistischen Weg cremig weiter. Probleme wird es keine geben. Im Gegenteil. Mein Bekannter ist, wie soll ich sagen, ein anonymer Philanthrop.«

Die Rosi hob den Zeigefinger höher, sodass er direkt vor

den Augen vom Auer war. »Mit solchen Perverslingen will ich nichts zu tun haben. Ein Kinderficker kauft meinen Laden? Vergiss es.«

»Frau, ein Philanthrop ist ein Menschenfreund. Der tut dir bestimmt nichts und Kindern schon gleich gar nicht. Aber er hat viel Geld und kauft den Krimskrams hier. Und Miete brauchst du dann auch keine mehr zu zahlen. Nur deine Nebenkosten und so.«

Sie starrte ihn an, dann zog sie ihn an die Glasvitrine, um sein Gesicht besser zu sehen. »Max Auer. Wo ist der Haken? Ich kenne dich. Gut sogar. Also, warum macht der Philodendron, oder wie der heißt, so was?«

Der Auer zuckte mit den Schultern und versuchte, ein unschuldiges Gesicht zu machen. »Als Geldanlage vielleicht? Keine Ahnung. Der Dings, der Dr. Wasweißich, dieser Anwalt, du weißt schon, der hat heute zufällig bei der Friedl angerufen und sich nach Immobilien erkundigt.«

»Bei der Friedl, was? Weil die ein Immobilienbüro hat? Wusste ich gar nicht.« Sie glaubte ihm offensichtlich kein Wort: »Und warum heute Abend, warum nicht zu einer offiziellen, christlichen Geschäftszeit? Und warum habe ich davon nichts mitbekommen? Kaue ich so laut?«

Jetzt, wenn du den Auer kennen würdest, dann könntest du sehen, wie er sein Gehirn auf Hochtouren laufen lässt. Tausend Gedanken rasen hin und her. Werden verknüpft, wieder getrennt, neu verbunden. Und das alles in einer Geschwindigkeit, dass einem normalen Computer vor Neid ein paar Platinen durchbrennen würden. »Ja weißt du, ich war ja in meinem Zimmer am Telefonieren. Und da hör ich das Telefon auf dem Gang, springe raus und schnappe mir das Teil, um euch im Wohnzimmer nicht zu stören. Und, jetzt stell dir das bloß mal vor: Ich telefoniere, die Friedl telefoniert, dann kommt vielleicht noch was rein, und der Manfred telefoniert auch noch. Das alles, während du essen willst. Das geht doch nicht.«

»Schleime hier nicht rum, sonst rutscht du noch auf deiner eigenen Spur aus.«

»Nein, echt jetzt. Der Anwalt fragt nach der Friedl, ich sage: ›Warum, wir haben Gäste?‹ Er sagt: ›Na ja, ein Klient möchte in Rosenheim eine Wohnung oder so was kaufen. Als reine Geldanlage. Weil die Immobilienpreise ja explodieren werden, sagt der Anwalt. Und die Friedl, die hat ja einiges an Wohnungen und so vom Otti geerbt.‹ Ob sie denn was verkaufen will.«

»Ach was.«

»Ach ja. Bitte werde jetzt nicht schnippisch. Ich sage also: ›Nein, wir verkaufen gerade nichts.‹«

»Wir. Du bist wir, ja?«

»Irgendwie schon. Unterbrich mich nicht dauernd. Ich erzähle dem Anwalt also von dem hier, und dass es zu verkaufen ist. Hast du mir selber erzählt, oder? Ich sage: ›Die Mieterin will aber drinbleiben, weil sie einen Haufen Geld in den Salon gesteckt hat, und der ist eine seriöse Sache.‹ Der Anwalt meint: ›Ja super, genau so was sucht mein Klient.‹ Und ich sage ihm, wie das ablaufen kann, und er meint, das wäre geradezu perfekt für seinen Philo-Dings, so was mag der. Sachen, die einen menschlichen Hintergrund haben, die … menscheln.«

Die Rosi trommelte mit den Fingern auf der Rauchglasscheibe der Vitrine. »Korrigiere mich, wenn ich falschliege. Da taucht einer aus dem Nichts auf. Der ist ein reicher Mensch, der anderen Gutes tun will. In dem Fall mir. Er kauft den Salon und die Wohnung. Ich werde keine Miete mehr zahlen, nur die laufenden Kosten und so. Du hast das eingefädelt. Zack, einfach so. In zehn Minuten. Passt das so? Oder habe ich was vergessen?«

Der Auer legte seine Hände auf ihre Schultern, was sie erstaunlicherweise geschehen ließ. »Na ja, ich hätte das jetzt ein bisschen anders formuliert, aber prinzipiell ist es so abgelaufen, ja. Und länger als zehn Minuten hat das schon gedauert, sonst wäre ich ja schneller wieder bei euch im Wohnzimmer gewesen.«

»Aha. Und warum hast du mir das nicht vorhin gesagt?«

»Wie denn? Du warst ja schon weg.«

Sie stieß die Luft aus: »Letzte Frage: Was hast du davon? Was springt für dich dabei raus?«

Der Auer zog sie vorsichtig an sich. »Dass wir wieder gut sind. Ich will dich und sonst nichts, okay?«

Sie gab ihm einen Schmatz auf den Mund. »Okay. Guter Deal. Aber nicht heute. Ich muss das alles erst mal verdauen, was du mir erzählt hast.«

Jetzt mal ganz unter uns gesagt: Das war dem Auer gar nicht mal so unrecht. Ich meine, auf ein bisschen Kuscheln und so, da hätte er schon Lust gehabt. Aber grade mit der Rosi artet so was ja immer kräftig aus. Nutellamäßig, du weißt schon. Und schlussendlich musste er noch zum Chili raus. Morgen stand ein harter Tag an, da brauchte es einen ausgeschlafenen Kopf. Also, zerknirschte Miene aufgesetzt, den Kopf auf ihre Schulter gelegt und ins Ohr geflüstert: »Schatz, ich käme mir jetzt richtig schuftig vor, wenn ich diese Situation ausnützen würde, ganz ehrlich. Natürlich lasse ich dich jetzt alleine. Sehr ungern und es fällt mit sauschwer. Ruf mich an, wenn du mich sehen willst. Ich vermisse dich jetzt schon.«

Die Rosi nahm seinen Kopf in beide Hände, küsste ihn und hauchte: »Wenn das so weitergeht, verliebe ich mich echt noch in dich. Du bist so ein toller Kerl, Maxi. Ehrlich. Vielleicht solltest du doch noch ein bisschen bleiben.«

Der Auer schüttelte den Kopf und machte sich frei. »Das

wäre nicht richtig, obwohl ich mich da jetzt schon sehr zusammenreißen muss. Und du, denk über alles nach und schlaf dann gut.«

Sie küssten sich, der Auer glitt wie auf Wolken aus dem Laden und die Rosi hauchte ihm noch einen Handkuss durch die Glastür. Der Auer startete den Porsche, gab einmal kräftig im Stand Gas und legte einen flotten Start hin. Nach hundert Metern machte er die Becker-Faust und schrie: »Jaaaaa!«

Und auf einmal fühlte er sich wieder ganz jung. Wobei, ich will das mal so sagen: Wenn du ganz jung bist, fühlst du dich ja wahrscheinlich nicht so. Weil du da noch keine Vergleichsmöglichkeiten hast. Gut, jung waren wir alle mal. Mehr oder weniger jedenfalls. Ich formuliere das so, weil ich ein paar Zeitgenossen kenne, die schon alt auf die Welt gekommen sind. Und dann schau dir bloß mal die an, die ihr ganzes Leben lang zwanghaft jung bleiben wollen. Oder müssen, wenn du zum Beispiel in der Schlagerbranche bist. Da gibt es welche, die waren gefühlt schon immer da. Obwohl man weiß, dass die mit vielen ihrer Körperteile schon lange nicht mehr blutsverwandt sind. Der Manfred, der hat mal gesagt: »Man ist immer so jung, wie man sich für andere anfühlt.« Da ist was dran, oder?

## HARTER TAG?
## DANN LASS DICH DURCHKNETEN.

Eine Stunde vor Mitternacht ist in einem Laden wie dem »Wild Wild West« natürlich noch nicht viel los. Genau genommen: gar nichts. Als der Auer seinen roten 911er-Targa, der ja für einen 79er fantastisch aussah, auf den kiesknirschenden Parkplatz vor den Eingang lenkte, kam er neben einem wahren Schätzchen zum Stehen. Bei dem war die Garantie bestimmt schon seit 1966 abgelaufen, aber der Wagen stand da wie neu: ein 66er Ford F100 Pick-up. Du weißt schon, so einer mit runden Scheinwerfern, barocken Formen, viel Chrom und einer hochgezogenen Ladefläche. Das alles in einem Kirschrot, soweit man das in der trüben Beleuchtung sehen konnte. Neu lackiert, aller Chrom auf Hochglanz poliert, die Weißwandreifen ebenfalls mistneu.

Der Auer ging bewundernd um das alte Prachtstück herum und dann durch die verschrammte alte Zellentür in das »Wild West«. Musik von Smokie schlug ihm entgegen: »Who the Fuck is Alice?«

So eine Disco sieht leer irgendwie deprimierend aus, findest du nicht auch? Die beiden Discokugeln drehten sich lustlos, die Messing-Tanzstangen auf der Bar waren voller Fingerabdrücke der Tänzerinnen und die farbigen Scheinwerfer zuckten suchend durch den fast menschenleeren Raum.

Ich sage fast, denn an der Bar saß ein Kerl in einem roten Holzfällerhemd, in verblichenen, löchrigen Jeans und an seinen Füssen glänzten braune Western-Boots. Der Bursche mochte so an die zwei Meter groß sein, so was kannst du ja schlecht schätzen, wenn einer krumm auf einem Barhocker sitzt. Auf jeden Fall hatte er breite Schultern, eine schmale Hüfte und nur wenig Übergewicht.

Der Auer wusste sofort: Das ist der Besitzer des V8-Schätzchens da draußen. Also ging er auf die Bar zu, warf der Laura hinter der Theke einen Handkuss zu und stellte sich neben den Kerl. Weiter hinten saß Carlo, Lauras Neun-Kilo-Kater auf der Theke und starrte wie hypnotisiert eine Discokugel über ihm an und seine runden Augen folgten jeder glitzernden Drehung.

Auer sah, wie die Laura sich über den Tresen beugte, mit beiden Händen das Holzfällerhemd des Gastes weiter aufknöpfte und zu dem Kerl sagte: »Ich glaube es ja nicht! Mike, seit wann trägst du einen roten Spitzen-BH?«

Der Mann grinste. »Seit meine Frau den in meinem Auto gefunden hat.« Und zum Auer: »Ist was, Kumpel? Hast du ein Problem damit?«

»Nein. Passt schon. Schöner Pick-up da draußen.«

Der Kerl nickte, hob dankend sein Bierglas und Auer ging weiter in Richtung Büro.

Er winkte dem Kater zu, der ihn aber überhaupt nicht beachtete. An dem kleinen Tisch direkt neben der Bürotür saßen die Zwillinge in ihren pflaumenfarbenen Polyester-Anzügen. Der hünenhafte Arnie hatte sein Holzbein abgenommen, hielt es im Schoß und polierte es mit einem Lappen, den er in sein Bier tunkte. Danny, der heute irgendwie anders aussah, strahlte den Auer an: »Na, merkst du was? Cool, oder? Wie schau ich aus? Geil, wie?«

Der Auer schaute, schloss die Augen, starrte wieder hin und sagte: »Seit wann trägst du eine Brille? Und wo sind deine Haare? Ich meine, die, die gestern noch da ganz oben auf dem Kopf waren?«

Danny stand auf, was heißt, dass er dem Auer bis zu den Brustwarzen reichte, selbst wenn er sich wie jetzt auf die Zehenspitzen stellte. »Ich hab mir einen von diesen Danny-de-Vito-Filmen angesehen. Da hat er eine Brille auf, genau so eine wie die hier. Da ist übrigens Fensterglas drin. Und er hatte oben fast keine Haare mehr. Aber weißt du was? Der Bursche hat alle Mädels rumgekriegt in dem Film. Also dachte ich, das muss bei mir ja auch wirken. Schaut super aus, oder?«

»Ja. Doch. Ungefähr, meine ich. Und sonst so?«

»Gut bis sehr gut. Arnie hat gehört, wenn man Holz mit Bier poliert, gehen keine Holzwürmer ran.«

Arnie, der seinen Namen hörte, unterbrach seine Poliertätigkeit und grunzte etwas Unverständliches.

»Er meint, der Chef ist immer noch schräg drauf. Wegen unserem Kaffeebohnen-Experiment.«

Auer zeigte mit dem Daumen auf den Kater. »Warum sitzt der da und glotzt ununterbrochen auf die Discokugel?«

Danny kratzte sich am Ohr. »Na ja, der Arnie hat da eine Ölsardine draufgeschmiert. Ganz oben, an die Achse. Die sieht man nicht, aber der Carlo riecht sie.«

»Ist das jetzt wieder im Zusammenhang mit einer von euren Geschäftsideen?«

»Da kann ich noch nicht drüber reden. Willst du zum Boss?«

Der Auer nickte. »Ja. Sag mal, wollt ihr beiden mit mir morgen Abend nach München fahren? Das wird ein ganz ruhiger Einsatz. Wir gehen in eine Wohnung, warten auf jemanden, reden mit dem und gehen wieder.«

»Alle zusammen oder ohne den, auf den wir warten? Gibt's auch Geld?«

»Ja. 1.000 für jeden von euch. Cash. Direkt von mir bei der Abfahrt um sechs Uhr abends. Ich hole euch hier ab.«

Danny setzte sich wieder. »Gerne. Aber frag den Boss. Der muss das absegnen.«

Auer ging ins Büro, wo Chili, mit den Füßen auf der Schreibtischplatte, in seinem Dreh-Chefsessel lümmelte. »Hey Alter, alles grün und feucht im Schritt?«

»Geht so.«

»Setz dich. Ein Bier?«

»Immer.«

Chili drehte sich ächzend zu dem Mini-Kühlschrank seitlich neben dem Schreibtisch, fischte zwei eiskalte Coronas heraus und drehte den Kronkorken ab. Eine der Flaschen reichte er dem Auer rüber, hielt seine hoch und trank. »Ahhh, das perlt. Hör mal, kennst du dich mit Katzen aus?«

»Eher weniger. Warum?«

Chili zeigte mit der Bierflasche zur Tür. »Der Carlo sitzt seit drei Stunden auf der Bar und glotzt die dämliche Discokugel an. Ich hab ihn vorhin runtergehoben, aber er ist gleich wieder auf die Theke direkt unter der Kugel gesprungen. Warum macht er das? Sind das vielleicht Nachwehen von der Kaffeebohnen-Sache, also, so ein Psycho-Dings oder so? Was meinst du?«

»Keine Ahnung. Lass deine Putztruppe doch mal die Kugeln gründlich putzen und die Achsen ölen, vielleicht ist da irgendein Geräusch, das den Carlo irritiert.«

Der Chili stellte die Flasche auf den Tisch und klatschte in die Hände. »Super, klar doch. Das könnte es sein. So, und was kann ich für meinen Spezl tun?«

»Hmh, ich habe da morgen Abend eine Sache in München. Ich setze mich in eine Wohnung und warte, ob wer auftaucht. Und wenn ja, will ich dem oder denen einen Höllenschrecken einjagen. Dazu möchte ich deine beiden Spezialisten mitnehmen.«

Chili überlegte kurz, dann nickte er. »Okay. Nur zwei Fragen: Wie höllisch?«

»Normal höllisch. Nur erschrecken. Keine sichtbaren Verletzungen, keine Ballereien, nichts. Um spätestens zwei Uhr früh hast du die Jungs am Stück wieder. Großes Ehrenwort. Ich brauche aber deinen Lieferwagen. In den Porsche krieg' ich den Arnie nicht rein.«

»Dann leg sein Holzbein doch in den Kofferraum. Das macht ihm nichts aus.«

»Auch dann nicht. Außerdem ist dein Lieferwagen unauffälliger.«

»Du hast doch noch den Mercedes, oder?«

»Schon, aber mit dem ist morgen Abend der Manni unterwegs. Auch in Richtung München. Aber in einem anderen Stadtteil.«

Der Chili nickte wieder. »Okidoki, und was fällt für mich ab?«

»Den Jungs gebe ich einen Tausender. Jedem. Für dich? 5.000.«

»Deal. Das Auto kannst du ruhig verbeulen, aber bring mir die Jungs atmend zurück. Du hast ja keine Ahnung, wie schwer man heutzutage qualifiziertes Personal ohne Beißhemmung bekommt. Brauchst du Knarren?«

»Nein. Der Arnie hat mit seiner Schrotflinte ja genug Feuerkraft im Holzbein. Sag mal, wer ist der Typ da draußen an der Bar?«

»Ein Stammgast. Die Laura hat was mit dem, so ab und zu jedenfalls. Der Kerl ist okay, aber irgendwie verblödet. Neulich hat er zu mir gesagt, Hitler hätte den Krieg gewonnen, wenn es damals schon den Video-Beweis wie beim Fußball gegeben hätte. Was hat der damit bloß gemeint?«

»Keine Ahnung. Ich muss dann wieder. Die Jungs und das Auto hole ich um sechs hier ab. Den Porsche lass ich hinter deinem Büro stehen, okay?«

»Okay, Mann. Dann bis morgen.«

# WENN DIE SONNE TIEF GENUG AM HORIZONT STEHT, DANN WERFEN SELBST DIE ZWERGE EINEN GROSSEN SCHATTEN.

Warum ich das sage? Weil du wissen solltest, dass der Manfred, der jetzt grade in diesem Moment in Ottis altem Mercedes auf der A 8 in Richtung München fährt, ein miserabler Kartenspieler ist. Mit Frauen, da kennt er sich aus. Gut, jetzt nicht so wie sein Ex-Kollege, das Wiesel. Baron Fürchtegott von Wieselau, du weißt schon. Die beiden waren früher das internationale Dream-Team. Monaco, Cannes, Nizza, Paris, Rio, quer über den Globus haben die zwei abgeräumt. Das Wiesel hat die alten Witwen in den Hotels und Casinos angebaggert und der Manni hat währenddessen die Tresore ausgeräumt.

Und als Safe-Öffner war er in seinen Glanzzeiten so gut, dass selbst die alten Arnheim- oder Musehold-Tresore aus den 30ern fast von selber ihre Türen öffneten, wenn der Manni ins Zimmer kam. Bis lange in die 90er hinein standen diese unförmigen Dinger in den Villen der Reichen und Schönen, einfach, weil es damals in war, einen Tresor aus Berlin zu haben, ja, was glaubst du denn?

Das dickste Ding, das er mal bearbeitet hat, das war ein 2 Meter hoher und 1,1 Meter breiter Trueman-Tresor. 1,5 Tonnen schwer. Getarnt als Irschenberger Bauernschrank stand der in der Grünwalder Villa eines mehrfach vorbestraften Immobilien-Betrügers. Du hast bestimmt in der AZ davon gelesen. Vor fünf oder sechs Jahren hat der ein Multi-Millionen-Betrugs-Ding mit einem Bau in der Nähe des Viktualien-Marktes durchgezogen, erinnerst du dich? Nein? Egal, aber das mit dem Tresor, das war gut.

Pass auf: Der Immobilienbetrüger hat bei der Polizei ausgesagt, dass sich in dem Panzerschrank Millionenwerte befunden hätten. Bargeld in fünf Währungen, Schmuck, eine Rolex-Sammlung, was immer du willst, es war alles da drin. Pickepackevoll war der, der Safe.

Tatsächlich hat der Manfred in dieser Nacht aber nur einen Packen fleckiger Schwarz-Weiß-Porno-Magazine aus Schweden, glaube ich, mitgenommen. Mehr war auch nicht im Tresor. Das war aber ein Auftragseinbruch, der dem Manni 50.000 cash auf die Kralle gebracht hat – und dem Münchner Gauner eine Millionensumme von der Versicherung.

Die Pornos hat der Manni ein paar Wochen später einem Freund nach Stadelheim geschickt, der hatte kurz vorher vier Jahre im Café Meineid bekommen, mit Vollpension, ohne Anrechnung der Untersuchungshaft.

Warum ich dir das jetzt alles erzähle, fragst du dich?

Weil der Manni an genau diese Geschichte gedacht hat, als er am Autobahnkreuz München-Süd auf die A 995 abbog. Er hatte ein seliges Grinsen im Gesicht, denn seitdem war er nicht mehr in Grünwald tätig gewesen. Kurz nach Oberhaching surrte das Telefon, und der Manfred musste sich erst mal umschauen, wo denn hier der Knopf für die Freisprechanlage am Armaturenbrett war.

»Ja?«

»Schatzilein, wo bist du denn?« Die Stimme der Friedl kam so laut über die vielen Lautsprecher, dass der Manni sofort am Lautstärke-Regler drehte. »Ich fahre grade auf die Ausfahrt zu, wo ich jemanden treffe.«

»Und, war viel Verkehr? Fährst du schon wieder zu schnell?«

»Nein, normaler Verkehr. Und ich fahre nie zu schnell, ich fliege nur zu tief. Also es ist alles okay, wenn man mal von den vielen Autobahn-Baustellen absieht, die eigentlich gar keine sind. Da stehen jedes Mal Kilometer über Kilometer diese Baken. Eine Spur voll gesperrt, auf der anderen ist Kriechverkehr. Weißt du, was ich glaube? Die haben keine Lagerhallen für die vielen Baustellen-Baken-Dinger. Deswegen stellen sie die auf irgendwelchen Autobahnen auf, keiner merkt was, und die Dinger stehen außer den Autofahrern keinem im Weg rum. Und im Radio habe ich grade gehört, der Kevin Dings, der neue Wunderfuzzi von der SPD, dass der BMW verstaatlichen will.«

Die Friedl schnaufte: »Ach was. Die Sozen würden auch die Helene Fischer verstaatlichen, wenn's nach denen ginge. So, und jetzt will ich ein paar mehr Infos, was da überhaupt mit dem Maxi und dir in München heute abläuft.«

»Aus gewissen Gründen, meine Liebe, kann ich nicht …«

»Gequirlte Kamelscheiße. Ich weiß nicht, ob ich das zu dir schon mal gesagt habe, aber der Otti, der hatte auch immer gewisse Gründe, warum er was grade nicht konnte. Das zog sich bis in die Intimbereiche hinein, weil …«

»Äh, Schatz, so genau muss ich das jetzt nicht haben. Pass auf: Ich gehe zu einem Kartenspiel. Da soll ich ein bisschen Geld verlieren und um spätestens … ich sage mal … Mitternacht bin ich wieder bei dir. Abgemacht?«

»Manfred, du bist der lausigste Kartenspieler, den ich kenne. Spiel bloß bei offenem Fenster keinen Strip-Poker, sonst stirbst du an einer Lungenentzündung und alle anderen haben immer noch voll die Klamotten an.«

»Können wir von was anderem reden?«

»Aber gerne. Was genau macht der Maxi heute in München?«

»Frag ihn das selber. Ruf ihn an.«

Manfred steuerte den 280er von der Autobahn und sah weiter vorne schon das blaue »P«-Schild des Parkplatzes. Er fuhr ein paar Meter davor rechts ran und stellte den Motor ab. »Friedl, da ist noch was, was ich mit dir besprechen wollte.«

Ein misstrauisches: »Was?«

Und der Manni: »Deine Wohnung ist wunderschön. Luxuriös, alles, was du willst. Aber ich habe den Eindruck, die Möbel sind ein bisschen müde.«

»Wie jetzt? Möbel werden alt oder kaputt oder beides. Aber ich habe noch keinen gähnenden Stuhl oder Tisch gesehen.«

»Das ist es ja. Das ist mehr … psychisch. Mental. Irgendwie … geistig gesehen, halt. Verstehst du?«

»Nein.«

Der Manfred seufzte. Und ich sage mal so: Du weißt bestimmt schon, worauf der Manni hinauswill. Ihn nerven die Möbel, die der selige Otti zusammen mit der Friedl einst ausgesucht hat. Oder umgekehrt.

Eigentlich sucht die Frau aus und der Mann nickt ergeben. So, und diese Möbel, die stören den Manni, weil auf den Stühlen der Geist vom Otti sitzt. Und im Bett, da hat er manchmal das Gefühl, der Otti würde ihm beim Sex über die Schulter schauen und der Friedl zublinzeln. So was halt.

Aber bringe das mal einer Frau bei, verstehst du? Da musst du schon so agieren, dass sie denkt, die Idee käme von ihr. Denn dann hast du gewonnen. Ansonsten …

»Weißt du, Friedl-Schatz, es sieht ja so aus, als würden wir noch viele wunderbare Jahre zusammen sein. Du und ich. Wir beide. Gemeinsam.«

»Könnte sein. Und der Maxi, der bleibt auch.«

»Natürlich. Und der Maxi. Obwohl ich nicht will, dass es bei uns so wird wie bei der Heidi Klum und den Tokio-

Zwillingen oder wie die heißen. Pass auf, Schatz, Menschen haben, wenn sie glücklich sind, immer die gleiche Menge Liebe füreinander. Obwohl selbst in der glücklichsten Beziehung immer einer mehr liebt als der andere. Das ist menschlich und pendelt sich irgendwie ein. Aber Möbel, die werden im Lauf der Jahre müde.«

»So ein beschissener Schwachsinn.«

»Nein, gar nicht. Geh doch mal in ein Schloss, sagen wir, Herrenchiemsee. Da stehen massenweise alte Möbel rum. Und wenn du die lange genug anschaust, dann färbt deren Müdigkeit auf dich ab, und du musst dauernd gähnen.«

»Ich verstehe immer nur Eintopf. Was genau willst du mir sagen?«

»Ich, äh … meine, vielleicht könnten wir, ich meine natürlich, du und ich …«

»Manfred, ich mache dir einen Vorschlag: Wenn dir meine Möbel zu müde sind, dann fahren wir morgen oder so in dieses Riesenmöbelhaus raus und richten das Wohnzimmer komplett neu ein. Und natürlich auch das Schlafzimmer. Mit hellwachen, fitten Möbeln. Ich kann das alte Zeugs eh nicht mehr sehen. War es das, was du meintest?«

Manfred spielte kurz den Entrüsteten: »Wo denkst du hin? Das kommt ja gar nicht infrage, ich meinte nur … aber jetzt, wo du das sagst … finde ich das gut. Weißt du, das ist auch das, was ich so an dir liebe: Du hast immer spontane und gute Ideen. Da wär ich jetzt nicht drauf gekommen. Aber wenn du das willst: gerne. Allerdings unter einer Bedingung!«

»Welcher denn?«

»Wir suchen zusammen aus, aber ich bezahle. Und zwar alles. Und der Max soll auch komplett neu eingemöbelt werden.«

»Von mir aus. Ich frage nur mal so beiläufig: Wo willst du

das Geld dazu hernehmen, Manfred? Heute beim Zocken gewinnen?«

»Nein, Schatz, heute muss ich verlieren. Aber ich habe da schon eine Eingebung, wer unsere neuen Möbel finanziert. Vertrau mir. So, jetzt muss ich aber. Bussi. Bis später.«

Manfred schaute brav über die linke Schulter, bevor er anfuhr. Auf dem Parkplatz, unter einer Baumgruppe neben der alten Sitzgruppe aus Holz und Beton lehnte ein Kerl an seinem Motorrad. Es war eine staub- und dreckverschmutzte Geländemaschine und der Mann, der sich jetzt lässig abstieß und auf den silbernen Benz zukam, mochte so um die 40 sein. Kurze, braune Haare, kantiges Gesicht, schwarze Biker-Klamotten: »Weißt du, wo du hinmusst?«

Manfred schaute zu ihm hoch. »Meinst du meinen Lebensweg? Den wusste ich nie vorher. Und du?«

Der Kerl grinste. »Hier. Dein Umschlag. Immer von oben nehmen, egal, welchen Wert. Gib die Patte nicht aus der Hand. Manchmal wollen sie das Geld prüfen. In diesem Fall wäre es besser, das zu vermeiden.«

Manfred nickte, nahm den dicken, wattierten braunen Umschlag und winkte dem Kerl zu.

Der sagte: »Wir sehen uns später noch. Ich bin der, der dich mit rausnimmt.«

Wenn du auf der südlichen Münchener Straße durch Grünwald fährst, dann denkst du dir: Das soll das berühmte Grünwald sein? Oh Mann, du siehst Tankstellen, McDonald's, eine Mercedes-Niederlassung, Straßenbahnschienen, alles völlig unspektakulär. Aber ich sage dir, wenn du links abbiegst, zum Isar-Hochufer hin, und da in die Seitenstraßen rein, mein lieber Scholli, da stehen sie, die Villen und Paläste. Manche uralt, von dicken und hohen Mauern umgeben, auf riesigen Park-Grundstücken. Viele sind hypermodern, nur aus Glas und Beton. Vor diesen Häusern stehen Ferraris, Porsches, Bentleys, aufgetakelte Minis. Was man halt so fährt, wenn der Preis keine Rolle mehr spielt.

Das Anwesen der Familie Miro lag hinter einer dieser dicken, hohen Mauern. Mit Stacheldraht oben drauf und Kameras, jeder Menge Kameras. Am Tor, einer schmiedeeisernen Scheußlichkeit aus den 20ern bremste Manni, stellte den 280er am Bürgersteig ab und ging die paar Meter zum Tor zurück.

Mindestens vier Kameras folgten ihm und drehten sich langsam auf ihren Halterungen. Wie einäugige, neugierige Vögel, dachte sich Manfred und suchte nach einer Klingel.

»Sind Sie Herr Sauer?«

Manni schaute sich die beiden Säulen links und rechts an, konnte aber keinen Lautsprecher entdecken. Also hob er sein Gesicht der nächstliegenden Kamera entgegen und sagte laut und deutlich: »Manfred Sauer aus Rosenheim, ja. Guten Tag. Und Gott zum Gruße.«

Keine Antwort. Aber das Schmiedeeisenscheusal glitt auf Rollen lautlos zur Seite und Manfred sah eine lange, gewundene und mit hellem Kies bestreute Allee, die zu einer Häusergruppe im Park führte.

Uralte Bäume, gepflegter grüner Rasen. Das Mittlere der drei Häuser hatte drei Stockwerke und anstelle der Ecken runde Turmanbauten, mit schmalen, hohen Fenstern, die wie Schießscharten aussahen. Ein Dutzend Stufen führten zum portalähnlichen Eingang hoch. Die beiden Häuser daneben waren einstöckig, weiß, elegant, aber neuer als das Haupthaus. In den Bäumen und an den Häusern zählte Manfred etwa ein Dutzend Kameras. Mindestens, denn das waren nur die, die man sah.

Oben, vor der doppelflügeligen dunklen Eingangstür stand ein arabisch aussehender Typ im schwarzen Anzug, weißen Hemd, mit schwarzer, dünner Krawatte. Seine Glatze sah aus wie poliert, der kurze Vollbart schwarz und dicht.

»Hände zur Seite, Beine ein bisschen spreizen.«

Manfred stellte sich wie geheißen hin, der Mann tastete ihn ab und sprach in seinen Ärmel: »Sauber.« Dann hörte er etwas, was Manfred nicht hörte, denn er sagte: »Okay«, trat zur Seite und die Tür öffnete sich. Drinnen stand ein weiterer Schwarzanzug und zeigte zur Treppe: »Hoch und dann durch die offene Tür.«

Das Zimmer, das Manfred im ersten Stock betrat, sah aus, wie der Albtraum eines durchgeknallten Casino-Besitzers aus Las Vegas: viel Gold, an den Wänden und auf den wenigen schwarz lackierten japanischen Hochglanzmöbeln. Drei schwere Kristalllüster warfen ein gedimmtes Licht durch den circa 80 Quadratmeter großen Raum. In der Mitte stand ein mit grünem Filz bespannter, wuchtiger runder Tisch. Darüber eine Schirmlampe, die exakt die Tischplatte hell ausleuchtete. Die Gesichter der Spieler leuchteten matt im äußeren Lichtkreis.

Drei der vier Stühle waren schon besetzt. Ein dicker Mann um die 50 winkte Manfred zu sich. »Setz dich. Du bist zu spät. Warum?«

»Viel Verkehr.«

Eine bildschöne junge Frau erschien wie aus dem Nichts und zog den vierten Stuhl zurück. »Bitte. Was möchten Sie trinken?«

»Danke. Ein Mineralwasser bitte.«

Die Frau verschwand, kam gleich darauf mit einem hohen Glas wieder, in dem die Luftperlen nach oben stiegen.

Der Dicke machte eine ausladende Bewegung mit dem rechten Arm: »Also dann, willkommen. Ich bin Ivo, der da ist mein Sohn Slatan, das da ist Franz.«

Die zwei Männer nickten, Manfred nickte zurück, holte den Umschlag aus der Innentasche seiner Jacke und legte drei Stapel auf: Fünfziger, Hunderter und Fünfhunderter. Wobei der Haufen mit den Fünfhundertern nur einen Zentimeter hoch war.

Slatan legte die flache Hand auf den Tisch und zeigte auf die Scheine: »Darf ich?«

Manfred nickte: »Aber ja. Wenn du gewinnst. Was wird gespielt?«

»Texas Hold'em. Pot Limit, du kannst also maximal einen Einsatz in Höhe des Pots setzen. Franz ist der Dealer. Können wir?«

»Von mir aus«, sagte Manfred und schaute sich die anderen beiden an. Slatan war ein hakennasiger, muskulöser Typ um die 30 mit einigen Narben im Gesicht und Franz sah aus wie einer, der schon alles im Leben gesehen hatte.

Er schaute Manfred voll ins Gesicht und schürzte kurz die Lippen. »Ein Profi erkennt den anderen«, hieß das.

Die ersten Runden hindurch wurde nichts gesprochen. Alle spielten konzentriert, nur das Klatschen der Karten war zu hören. Manfred verlor dreimal hintereinander. Nach jeder Runde nahm sich Slatan ein paar der Scheine von der Tischmitte und hob sie gegen das grelle Licht der großen Schirmlampe, die etwa einen Meter über dem Tisch schwebte. Er schmatzte dann immer wie ein Ferkel und legte die Scheine wieder ab, sodass der jeweilige Gewinner sie einstreichen konnte.

»Du bist nur am Verlieren. Spielst du immer so?« Slatan grinste niederträchtig.

»Ich brauche meine Zeit, bis ich warm werde. Und außerdem: Jeder Verlust stellt sich irgendwann als Gewinn heraus«, meinte Manfred und hob sein leeres Wasserglas. Sofort stand ein frisch gefülltes neben seinem rechten Ellenbogen.

»Du siehst aus und redest wie ein Itzig. Bist du einer?«, fragte der alte Miro und kniff die Augen zusammen, während er Manfred über den Tisch hinweg anstarrte.

»Und wenn? Aber nein, bin ich nicht. Aber ich respektiere sie. Ich habe meine eigenen Götter, so wie ihr. Nur anders. Obwohl die alle gleich sind. In der Substanz, jedenfalls.«

»So wie wir, was? Was ist denn mit uns?«

Manfred zuckte mit den Schultern und nahm seine zwei Karten. Vorsichtig hob er mit dem rechten Daumen die Ecke einer Karte hoch: Herz-As.

»Ihr seid islamisch. Ist okay. Aber der Islam ist eine der am meisten fehlinterpretierten Religionen überhaupt.«

»Was redest du für eine Scheiße, Mann? Sag lieber was zum Spiel!« Das war Slatan, zornig. Und Manfred: »Doppelter Einsatz … Im Koran steht: ›Selbst der Mann mit dem niedrigsten Rang im Paradies wird 80.000 Diener und 72 Ehefrauen haben. Und der Mann wird sexuelle Kraft für 100 Frauen haben.‹«

»Jungfrauen, Mann, 72 Jungfrauen hat jeder von uns da oben.«

Manfred seufzte und schaute den zornigen Slatan an. »Siehst du, und da geht es schon los. Das ist schon merkwürdig, weil dann rennen die Kerle da oben immer mit einem Steifen rum, wenn sie mehr Kraft als Frauen haben. Und testosteronschwangere Männer stellen selbst im Paradies eine gewisse Gefahr dar.«

Jetzt lachte der Slatan und beugte sich nach rechts, um dem Manfred auf die Schulter zu klopfen: »Und für wen? Hey, du bist schon ein komischer Kerl. Und ein bisschen neidisch auf unsere Religion, was?«

Manfred sagte: »Warum? Alle Religionen bestehen im Grunde aus Ritualen, aus Wiederholungen von immer denselben Gebeten, Formeln, Gesängen, Mantras, was weiß ich.

So wird man zum Bruder im Geiste. Das wirst du aber auch, wenn viele das gleiche Auto fahren oder das gleiche Motorrad. Schau dir doch bloß diese Harley-Fahrer an. So einer spricht nicht mit einem Yamaha-Typen oder einem BMW-Biker. Abweichler werden nicht geduldet, Widersprüche schwer ertragen. Man wird da schnell apodiktisch.«

»Keine Ahnung, was du meinst, Mann. Aber was ist deine Religion?«

Manfred klopfte auf seine drei Geldstapel, die allerdings schon ein bisschen kleiner geworden waren. »Das hier, mein Freund, das hier.«

Slatan lachte kurz und laut auf: »Haha! Dann wirst du heute und hier schnell zum Ungläubigen, zum Mann, den seine Religion verlassen hat. Denn wenn du so weiterspielst, liegt bald nichts mehr vor dir, an das du glauben kannst.«

Manni warf vier Fünfhunderter in die Tischmitte. »Dann mache ich halt einen Anruf und lasse Nachschub bringen. Also dann, weiter geht's.«

Auch diese Runde gewann wieder der alte Miro. Er strich die Scheine ein und meinte: »Man soll beim Spielen nicht über Politik oder Religion reden. Da gibt es schnell Streit. Das Böse entsteht, wenn das Gute zu anstrengend wird.«

»Amen, und ich sage dir …« Was auch immer der Manfred sagen wollte, das werden wir wohl nie erfahren. Ich habe ihn auch nie danach gefragt. Viel interessanter ist, was der Geldscheißer-Franz die ganze Zeit während der Religions-Diskussion gemacht hat: nämlich gar nichts. Er saß nur da, seinen dürren Körper merkwürdig in den Stuhl gefaltet und seine alte Schotten-Karo-Jacke, die wohl ein paar Nummern zu groß war, die hing an ihm wie an einem verdrehten Drahtkleiderbügel. Auf dem kantigen, faltendurchzogenen Kopf hatte er einen von diesen blauen Porkpie-Hüten mit schmaler Krempe. So einen, wie ihn

»Popeye« Gene Hackman in »French Connection« immer trug, du weißt schon.

Auf jeden Fall, der Manfred konnte seinen Satz nicht beenden, weil sein Handy summte. Er fischte es aus der Jackentasche, sagte »Entschuldigung« und wollte auf den Gang raus gehen.

Der alte Miro runzelte die Stirn und hob die Hand: »Wohoho! Während einem laufenden Spiel geht keiner raus. Bleib hier oder dein ganzes Geld ist weg. So sind die Regeln.«

Manni, der in gebückter Haltung stand, weil er schon halb aus dem Stuhl raus war, presste das Handy an die Brust: »Welche Scheißregeln?«

»Meine!« Miro hatte plötzlich einen kleinen, chromschimmernden Revolver in der Hand und winkte den Manni wieder auf den Stuhl. »Mach dein Scheißgespräch hier oder gar nicht. Los.«

Der Manni seufzte und sprach in das Handy: »Mach schnell. Was liegt an?«

Er hörte eine Weile zu: »Wo bist du jetzt? Was? Ja, dann bleib dort. Ich komme in einer Stunde oder so dahin.«

Und dann: »Was heißt das, du musst weg? Du kannst jetzt nicht das ganze Zeug einfach … Wie? Nein! Ich sag dir was. Du hörst jetzt mir zu. Da geht's um mehr, als du in fünf Jahren verdienst. Wir haben ein halbes Jahr auf das Zeug gewartet. Wie? Das wirst du mir büßen, glaub mir.«

Miro klopfte ungeduldig auf den grünen Filz und Manni hob den Zeigefinger: »Eine Minute!« Und ins Telefon: »Du nicht, du Idiot. Was? Das gibt echten Ärger, Mann. Los, gib mir die Adresse, ich fahre später selber dorthin.«

Er zog ein zusammengefaltetes Stück Papier mit Eselsohren aus der Jackentasche, fischte aus der Brusttasche einen goldenen Kuli und schrieb mit: »Arcisstraße, ja, hab ich. Natürlich weiß ich, wo die ist. Und die Nummer? Was? Gut, hab ich. Stockwerk? Name? Okay, du kannst dich jetzt verpissen Mann, aus dem Job bist du für immer raus. Zieh am besten nach Tschernobyl, und züchte Pfifferlinge, du Arschloch.«

Manni steckte das Handy wieder ein, sagte »'tschuldigung« und sah, dass sich Slatan den Hals verrenkte, um die Hausnummer und den Namen zu lesen. Nachdem sich der Manfred sicher war, dass der Trottel links von ihm alles erkannt hatte, was auf dem Zettel stand, schob er ihn umständlich wieder ein. »Neues Spiel, neues Glück.«

Aber Slatan stand auf und sagte: »Ich muss mal.«

Jetzt hob Manfred die Hand: »Ho, Junge. Dein Vater hat uns grade seine Regeln erklärt. Keiner geht raus. Also setz dich wieder und kneif ab, bis wir eine Pause machen.«

Der alte Miro räusperte sich: »Lassen wir ihn schnell raus. Er hat's mit der, wie heißt das gleich wieder? Prosmata.«

Manni grinste: »Du meinst Prostata. Hör mal, der Kerl ist 30 oder so, da hat man noch keinen Leitungsschaden, oder?«

Und Miro: »Der schon. Erstens ist er 40 und zweitens vögelt er einfach zu wenig. Ich hab ihm immer gesagt: Mach mehr mit die Mädels, sonst kriegst du Prosmata.«

»Prostata.«

»Sag ich doch. Lass ihn raus, er ist ja gleich wieder da. Soll er sich hier vollpissen?«

Der Slatan grinste dämlich, winkte und verließ den Raum. Die drei Männer am Tisch starrten sich an, dann sagte der Franz: »Bier?«

Und der Manfred zum alten Miro: »Der kann ja reden. Hast du das gewusst?«

Nach einer Minute oder so kam der Slatan wieder rein, setzte sich und schaute seinem Vater tief in die Augen.

Mein Gott, dachte sich der Manfred, der macht das so unauffällig, ein Wunder, dass er nicht zwinkert oder mit beiden Augen blinzelt.

Und jetzt, jetzt passiert alles auf einmal: Der Franz legt Karten auf, der Slatan sagt: »Los geht's!«, und in dem Moment gehen die Lichter aus. Gut, es ist noch hell draußen, aber das merkst du schon, wenn plötzlich der gesamte Strom weg ist.

Gleichzeitig brach überall ein Höllenlärm los. Der Manfred schaute am Miro vorbei aus dem Fenster. Unten im Hof, auf der kreisrunden Kiesfläche vor dem Haus, da standen wie aus dem Nichts vier oder fünf schwarze Kleinbusse. Aus denen purzelten viele schwarz vermummte Typen mit schusssicheren Westen und Maschinenpistolen.

Hunde kläfften, Männer schrien, vereinzelte Pistolenschüsse und das kurze, markante Rattern einer Maschinenpistole waren zu hören. Dann flog die Zimmertür aus den Angeln, und fünf oder sechs Vermummte stürmten in den Raum.

Das alles ging so schnell, dass sich die vier Männer am Spieltisch kaum bewegen konnten.

»Aufstehen. Hinlegen. Hände vom Körper. Beine breit.«

Einer der maskierten Polizisten deutete auf den Manfred und den Geldscheißer-Franz: »Die beiden in Bus A, die anderen beiden auf B und C aufteilen. Die restlichen Primaten von draußen und unten in den großen Gitterbus.«

Miro schrie: »Ich rufe meinen Anwalt an!«

Und der Polizist: »Echt jetzt? Du hast aber keinen Strom. Abmarsch!«

Den Manfred nahm ein Typ rechts vom Anführer am Arm und zerrte ihn nach unten und hinter einen der schwarzen Polizei-Busse. Dort nahm er seine Sturmmaske ab. Es war der Biker vom Parkplatz, der das Kuvert mit dem Geld gebracht hatte. »Geh du mit dem Kollegen da drüben nach draußen. Der bringt dich in einem Streifenwagen ein paar Blocks weiter. Gib mir deine Autoschlüssel.«

»Warum?«

Der SEK-Mann seufzte: »Mann, was denkst du, was mit dir passiert, wenn du in deinen alten Benz da draußen steigst und einfach wegfährst? Die haben ihre Augen überall hier in der Straße, okay? Ein Kollege fährt deinen Wagen um die Ecke, da kriegst du ihn wieder und fährst ab nach Hause.«

Manfred nickte, gab dem Kerl seinen Schlüsselbund und ging zu dem Polizisten in Uniform, der ihm mit Handschellen zuwinkte.

# FINAAAALE, OHOOO!

Es ist immer kompliziert, wenn zwei Dinge fast gleichzeitig passieren. Schwierig, denn was erzählst du zuerst? Mit dem Manfred sind wir ja so weit durch. Jetzt musst du dich gedanklich in die Zeit zurückversetzen, als der Slatan zum Pieseln rausging. Denn natürlich hat er nicht gepieselt, sondern ist runter und hat seinen Bruder, den Monzo angerufen, verstehst du?

Dem hat der die Adresse, Namen und Stockwerk durchgegeben, die er auf Manfreds Zettel gelesen hat. Und ihm gesagt, er soll mit ein oder zwei Mann da hinfahren, aber gefälligst yalla yalla, weil da was zu holen ist, das sehr viel Geld wert ist. Oder es ist Geld. Der Monzo hat natürlich gefragt: ›Was denn jetzt? Geld? Oder Stoff? Oder Bananen?‹«

Und der Slatan, ziemlich angefressen, hat gemeint, wenn er das wüsste, dann würde er nicht sagen, nimm noch ein oder zwei Mann mit, »zemmel, kauad nemesch« (das sind sehr unschöne Kraftausdrücke, die sich gegen ein weibliches Familienmitglied richten), klar?

Aber der Monzo hat gelacht und gesagt: »Das ist aber auch deine Mutter, behimzibby (dieses Wort wiederum weist auf das Fortpflanzungsorgan eines Esels hin), das ist jetzt nicht schön für Mama, oder?«

Auf jeden Fall hat sich der Monzo, der ganz in der Nähe in einer Shisha-Bar saß, zwei Kumpel gekrallt und sich ins Auto geworfen.

Von Grünwald bis nach Schwabing in die Arcisstraße fährst du, na ja, vielleicht 30 Minuten oder so. Kann aber auch eine Stunde werden, je nach Verkehrslage.

Wie dem auch sei, der Auer und seine zwei Helfer waren schon vor Ort. Eine sichere Wohnung heißt so, weil die Kripo oder die Jungs von der Droge oder der Sitte da ab und zu Zeugen verstecken, damit denen keiner vor der Aussage oder vor einem entscheidenden Prozess den Kopf nach hinten dreht.

Das Drei-Zimmer-Apartment lag im siebten Stock mit einem romantischen Blick auf den Friedhof auf der anderen Straßenseite. Während also der Arnie und der Danny auf dem Balkon standen und Gräber zählten, packte der Auer eine Tüte voll Mausefallen im Eingangsbereich zum Wohnzimmer aus. Gleich da, wo der Flur endete und das Wohnzimmer anfing, legte er 20 von diesen Schlagfallen auf den Boden.

Du kennst doch diese alten Dinger aus Holz und Draht, die mit der Wippe und dem Loch für den Käse? Ich selber hab mir als Kind mal fast den Zeigefinger mit so einem Gerät amputiert.

Vorsichtig spannte er jede Falle und drückte den Haltestift in die Öffnung hinter dem Käse-Loch. Die Fallen lagen so, dass man unmöglich dazwischen durchtänzeln oder rüberspringen konnte.

Danny kam vom Balkon rein und besah sich die Fallen: »Glaubst du im Ernst, da steckt einer den Kopf rein? Und wo hast du denn den Käse?«

Auer grinste. »Das ist mehr der psychologische Effekt. Wir wissen ja nicht, wie viele kommen. Und was sie in den Händen haben, wenn sie hier reinspazieren.«

»Wo sollen wir beide denn hin?« Danny schaute sich im Zimmer um.

»Arnie setzt sich in den Ohrensessel neben der Balkontür. Er soll seine Schrotflinte parat halten. Du gehst nach nebenan und greifst ein, wenn es Probleme gibt. Da haben dich die Kerle im Rücken, wenn du von da kommst. Ich setze mich an den Tisch hier vorne.«

Dann schaute der Auer sich um: »Ich geh mal schnell aufs Dach hoch, da war ich früher öfters. Mal sehen, was sich da oben verändert hat. Bin gleich wieder da.«

Dazu muss ich sagen, dass das Haus ein Flachdach hat, auf dem sogar mal Gras angesät wurde. Das ist aber weg, jetzt haben sie Kies dort oben. Was aber immer noch da stand, das war der Basketballständer mit dem Eisenring, von dem Fangkorb hingen nur noch ein paar Schnüre da. In circa zweieinhalb Meter Höhe rostete der Ring also vor sich hin und die weiße Platte dahinter, die mit dem roten Viereck drauf, war auch verschwunden. Neben der Tür zum Treppenhausaufgang lag ein verschmutzter Ball mit viel zu wenig Luft, den der Auer aufhob und in den Händen drehte.

Hinter dem Korbständer war mal ein Maschendrahtzaun. Zwei Meter hoch, damit die Bälle aufgefangen wurden, die danebengingen. Dieser Zaun war auch schon lange weg, nur die verzinkten drei Pfosten standen noch.

Wann war ich zum letzten Mal hier?, dachte der Auer. Das muss jetzt auch schon wieder drei oder vier Jahre her sein. Zwei Tage und Nächte hatte er damals den Bodyguard für eine Gangsterbraut gespielt, die gegen einen Luden-Ring aussagen wollte. Ich meine, fast ein jeder von uns hat diesen Film gesehen: Kevin Costner und die damals unfassbar schöne Whitney Houston. War das nicht toll? Die Romantik, diese bittersüßen Küsse, der tränenreiche Abschied und so.

Die Wirklichkeit damals mit dem Auer und der Dame mit heftigem Penetrationshintergrund war ganz anders. Die gesamten zwei Nächte stand der Auer am Fenster und hat auf die Straße runter gestarrt. Ob da ein Wagen langsam und öfters vorbeifährt, ob da Typen rumlungern und raufschauen und, und, und.

Immer mit zwei Mann. Einer hatte geschlafen, einer hatte

aufgepasst. Und die Lady hatte sich gelangweilt und einen auf Drama-Queen gemacht.

Der Auer grinste und ging wieder grade durch die Wohnungstür, als sein Handy anschlug: »Ja?«

»Ich bin jetzt wieder im Auto und fahre heim. Der Trottel von Sohn ist auf den Zettel reingefallen und gleich zum Telefonieren raus. Das war vor einer halben Stunde. Wie sieht's bei dir aus?«

»Noch nichts in Sicht. Vor einer halben Stunde, sagst du? Dann müsste sich hier bald was tun. Wer war am Spieltisch?«

»Der alte Miro. Der Slatan und der Franz. Dem ging es nicht so gut. Ich habe gedacht, der macht sich jeden Moment in die Hose.«

»Haben die Miros das Geld angefasst?«

»Und wie. Die hätten es am liebsten in den Mund genommen, glaube ich.«

»Okay, Manni, gute Fahrt und gib der Friedl ein Bussi von mir.«

»Kommst du auch?«

»Mal schauen. Ich muss jetzt wieder. Servus und Ende.«

Unten in der Wohnung angekommen, sah der Auer, dass Danny gespannt nach unten auf die Straße starrte: »Ich glaube, da tut sich was. Komm mal her!«

Max trat neben ihn. Arnie saß in dem Ohrensessel, sein Holzbein stand aufrecht auf dem Boden neben ihm, und seine pflaumenfarbene Polyesterhose hatte er bis über den blassen Stumpf, direkt unter dem linken Knie, hochgekrempelt. Liebevoll untersuchte er seine abgesägte Schrotflinte und legte sie dann quer über seine Oberschenkel.

Danny zeigte nach unten: »Da. Die zwei Scheißer, die da vorne aus dem tiefer gelegten schwarzen Audi steigen, siehst du die?«

Der Auer nickte: »Ja. Warum die?«

»Weil die aufgepimpte Discoschüssel schon dreimal vorbeigefahren ist. Immer schön langsam. Und der eine Kameltreiber, der Dürre neben dem kleinen Dicken, der hat immer hier hochgeglotzt. Unauffälliger geht's nicht mehr. Die Kids von heute, die haben es einfach nicht mehr drauf, sage ich dir. Legen wir sie um, sobald sie hier drin sind?«

Während der Auer noch überlegte, wie er die beiden trennen konnte, sagte Danny: »Jetzt guck dir die Idioten an. Was machen die?«

Die beiden Kerle standen jetzt vor dem Friedhofstor auf der anderen Straßenseite. Sie glotzten zum Haus rüber und der Dürre zeigte mit ausgestrecktem Arm auf die oberen Stockwerke.

»Die sind so was von blöd, die finden uns nicht, glaube ich. Soll ich mal rüberwinken?«

»Nein«, sagte der Auer, »die wissen schon, wo sie hin müssen. Geh ins Schlafzimmer und komm rüber, sobald die Mausefallen loslegen. Arnie, du machst überhaupt nichts. Sitzt einfach da und starrst sie an. Großer, böser Indianerblick, sonst nichts, alles klar?«

Er fixierte den Arnie, der dasaß wie eine Wachsfigur und durch den Flur auf die Eingangstür blickte.

Verwirrt wandte sich der Auer an Danny: »Warum sagt er nichts?«

»Weil du es ihm gerade gesagt hast, dass er nichts sagen soll.«

»Ah ja. Gut. Ich setze mich hier an den Tisch. Geh jetzt ins Schlafzimmer.«

Danny schaute sich um. »Bei allem Respekt, aber das ist eine ziemlich lausige Bude. Uralte Möbel, ein Röhrenfernseher, Tischdecke aus Plastik, löchriger Teppichboden. Schau dich nur mal um. Also, für mich wäre das nichts. Kann ich mich im Schlafzimmer unbesorgt auf das Bett setzen oder wohnt da schon was drin?« Dann schaute er noch mal aus dem Fenster: »Hey! Sie kommen rüber. Alle Mann auf Position.«

Der Auer saß am Tisch, schaute seine Fingernägel an und hörte Schritte und Stimmen von draußen im Hausgang. Schnell stand er auf und zog die Vorhänge zu, sodass es im Zimmer etwas dunkler wurde.

Jemand kratzte im Schloss rum, dann schwang die Eingangstür auf und die beiden Kerle kamen vorsichtig rein. Erst der Dürre, gleich hinter ihm Monzo. Beide trugen schwarze Gangsta-Rapper-Klamotten und Baseball-Caps, natürlich mit dem Schirm nach hinten, du weißt schon, oder? Um den Hals hatte jeder gefühlt mindestens ein Kilo Goldketten. Dicke, dünne, geflochtene und so weiter.

Der Dürre trat zuerst auf eine der Mausefallen, stieß einen Schrei aus und zog seine Pistole. Er machte einen schnellen Schritt zur Seite und trat wieder in eine andere Mausefalle und brüllte auf. Monzo zog ebenfalls eine Waffe, eine vergoldete Automatic, und wollte an dem schreienden Dürren vorbei. Dabei trat er in mindestens drei oder vier Fallen gleichzeitig und es krachte und knatterte, wie eins von diesen Spielzeug-Maschinengewehren.

Die beiden Jungs hüpften und schrien sich gegenseitig in ihrer Sprache an, dann stolperte der Dürre, fiel auf ein Dutzend Mausefallen, die noch gespannt waren, und wieder krachte es wie zu Silvester. Er wälzte sich schreiend auf dem Boden, und Monzo stand breitbeinig, der Fels in der Brandung, in Combat-Schützen-Stellung da, zielte auf den Auer und brüllte: »Pfoten hoch. Yalla!«

Der Auer hob langsam die Hände, Monzo starrte abwechselnd auf den Dürren, der sich immer noch wimmernd auf dem Boden wälzte, dann auf die Mausefallen, die im Eingangsbereich auf dem Boden lagen, dann wieder auf den Auer: »Was ist das für eine Scheiße, Mann? Wo ist das Zeug?«

Jetzt kam die Stimme von Danny, der schräg hinter Monzo stand: »Hier, Dickerlein, hier.«

Monzo fuhr herum, die goldene Automatic mit den aufgeklebten Swarovski-Steinen immer noch ausgestreckt vor sich haltend, und starrte den Danny an. Der stand lächelnd da, beide Hände hoch über dem Kopf, und sein pflaumenfarbener Polyester-Anzug glänzte im schummrigen Dämmerlicht.

Der Monzo, der den Arnie im Ohrensessel wegen des Halbdunkels noch nicht wahrgenommen hatte, schaute blitzschnell auf den Auer, dann wieder rauf zum Danny. »Weißt du, was ich geil finde? Wenn ein Dicker zu einem Dicken ›Dicker‹ sagt. Das ist so wie in den Filmen, wo die Nigger sich selber immer Nigger nennen und das saucool finden. Ich finde grade jetzt saucool, wie ihr Idioten dasteht, so ganz ohne Artillerie. Ihr habt uns einen Scheißschrecken eingejagt. Dafür gibt's gleich schön was in die Fresse.«

Der Dürre wimmerte jetzt nicht mehr, sondern pflückte sich im Liegen ein paar der Mausefallen aus den Klamotten, wobei er ununterbrochen »Scheiße« murmelte. Monzo trat ihm leicht mit dem Fuß in die Rippen. »Steh auf, Ahmad. Los, wir sind hier nicht auf dem Hadsch nach Mekka.«

Und zu Danny: »Na, kleiner Mann, was willst du mir jetzt noch erzählen? Mach schnell, mein Zeigefinger juckt so komisch. Gleich krümmt er sich, und du bist Sondermüll.«

Der Danny grinste breit, also, so De-Vito-mäßig breit, und wackelte mit den Fingern seiner immer noch hoch erhobenen Hände. »Jetzt erzähle ich dir, dass ich ein Zauberer bin. Beobachte mal meine Finger. Deinen kannst du dann immer noch krümmen, okay?«

»Was?«

»Meine Finger, du Blödmann. Ich habe keine Waffe, du hast eine. Schau, jetzt senke ich die Arme, siehst du das?«

Monzo nickte.

»Sehr gut. Jetzt kommt eine kleine, etwas ruckartige Bewegung. Nicht erschrecken, ja? Denn das ist der Trick. Pass auf.«

Danny, der beide Arme mit geöffneten Händen vor sich in einem 90-Grad-Winkel hielt, brachte diese mit einer schnellen Bewegung in die waagerechte Position, und hatte wie aus dem Nichts plötzlich zwei doppelläufige 9-Millimeter-Derringer in den Händen. »Hast du das gesehen? Oder soll ich es noch einmal machen.«

Monzo glotzte in die vier Läufe: »Scheiße.«

Danny grinste: »Dieses Wort wird hier eindeutig überstrapaziert. Leg deine Kanone hin. Auf den Boden. Ganz langsam. Und sag der Bohnenstange, er soll seine jetzt neben deine legen, aber in Zeitlupe. Los jetzt.«

Monzo ging sehr langsam in die Knie und legte seine Pistole ab. »Was war das für ein Scheißtrick, Mann? Wo waren die Dinger?«

»Schon wieder dieses Wort. Also nein. Hast du diesen Film mit Robert de Niro gesehen? Taxi Driver? Nein? Pass auf: Der Robert hat sich das mit den zwei Kanonen selber gebaut. Gardinenschienen ist das Stichwort. Die Knarren an Rollen geschraubt und auf den Schienen nach hinten geschoben. Und wenn du mit den Armen ruckst, dann springen die wie von selber in die Hände. Geil, was?«

Monzo nickte, und jetzt kam die Stimme vom Auer: »Ich störe euch Profis auch sehr ungern beim Fachsimpeln. Aber der Dürre da, der hat so was wie einen Schock, glaube ich jedenfalls.«

Monzo schaute seinen Freund an, der zitterte, der kalte Schweiß lief ihm über das leichenbleiche Gesicht. Er starrte jetzt in die Ecke, in der Arnie unbeweglich und stumm in seinem Stuhl saß, und er flüstere ohne Unterbrechung: »Allahu akbar. Allahu akbar. Allahu akbar …«

Jetzt glotzte auch der Monzo auf Arnie und flüsterte: »Verfluchte Scheiße. Lebt das Monster da hinten?«

Der Dürre sagte mit zitternder Stimme: »Den kenne ich aus dem James-Bond-Film. Das ist der Beißer, der mit den Stahl-Zähnen. Der die Gitterstäbe in der Zelle einfach so durchbeißt. Allahu akbar.«

»Nein«, sagte der Auer, »das war sein Vater. Der hier heißt Arnie und hat das Beiß-Geschäft seines Vaters übernommen.«

Und der Monzo: »Aber er hat eine Schrotflinte. Und was ist mit seinem Bein?«

Der Auer: »Die Flinte hat er, weil er nicht mehr so gerne beißt. Du weißt ja heutzutage nie, in was genau du reinbeißt. Mundhygiene und so, verstehst du? Und das Bein? Er hatte in Finnland mal was mit einem Bärenweibchen. Das ging aber nicht lange, obwohl die beide dieselben Ernährungsgewohnheiten hatten.«

»Scheiße, was?«

»Ja. Sie hat ihn vor der Verlobung verlassen und wollte sich ein Stück von ihm als Andenken mitnehmen. Das musst du dir wie bei einer Scheidung vorstellen, wo es darum geht, wer den Hund nimmt. Nun, die beiden hatten keinen Hund. Alles, was vier Beine hatte, haben die weggefressen. Und Kinder wollte sie nicht. Er schon. Sie nicht. Sie sagte: ›Wenn ich was hasse, dann, wenn ich aus dem Winterschlaf erwache und merke, dass ich schwanger bin.‹ Was willst du da sagen? Traurige Geschichte, oder?«

Jetzt bekam es auch Monzo mit der Angst: »Was habt ihr vor? Was läuft hier ab, Mann? Wir sind jetzt echt gefickt, oder?«

Der Auer nickte bedächtig. »Ich hätte das jetzt zwar ein bisschen anders ausgedrückt. Aber ja. Du hast recht. Pass auf, Monzo, und auch du, Ahmad. Wir machen hier und jetzt einen Deal. Du sagst deinem Vater, dass der Miro-Clan ab sofort seine Suche nach dem Geld vom Günter und natürlich auch dem Günter selber sofort einstellt. Für immer. Ihr vergesst einfach alles, was damit zu tun hat.«

Der Miro, der sofort schnallte, dass er, also, auf jeden Fall er, heil aus der Sache rauskommen würde, nickte sofort: »Ja klar, Mann. Machen wir. Soll ich meinen Vater anrufen? Jetzt gleich?«

Auer überlegte, tippte sich mit dem Finger an ein Ohr und meinte: »Können wir gerne machen. Hier drin ist kein Netz. Lass uns aufs Dach raufgehen. Nur du und ich. Du telefonierst, ich höre dir zu. Wenn alles passt, seid ihr in fünf Minuten wieder in eurer Rennsemmel unterwegs nach Hause. Okay?«

Monzo stand auf, zwinkerte dem Dürren zu und sagte: »Lass dir nichts einreden. Schau nicht zu dem Ding in der Ecke. Ich kriege das hin. Wie immer.«

Und zum Auer: »Hier gibt es gar nichts abzustauben. Ihr habt uns nur hergelockt, um mit uns zu reden, ja? Der Alte bei meinem Vater hat uns gelinkt? Seid ihr Polizei oder so was?«

Der Auer: »Eher ›oder so was‹. Das ist geheim, verstehst du? Und dass dein Vater, dein Bruder, ein paar Mädels und der andere Trottel verhaftet wurden. Nervig, aber das war nur, um euch zu zeigen, dass wir jederzeit und überall zuschlagen können. Der Günter ist einer von uns. Kapiert?«

Monzo klopfte sich die Cargo-Hosen ab und ordnete seine Goldketten. »Gut. Hab's geschnallt. Ab aufs Dach, Digger.«

# ENDSPIEL. WER FÄNGT AN?

Miro schaute sich auf dem Flachdach um: »Geil. Haben die früher hier Basketball gespielt? Hab ich nämlich auch. In Bernau, im Knast.«

Er ging zu dem Ständer mit dem Korb, sprang hoch und hielt sich kurz daran fest. Dann schaute er über den kleinen Dachvorsprung nach unten. »Amy, Amy, da geht's aber geil runter. Fünf Stockwerke?«

»Mit dem hier: acht.«

»Wow. Weißt du, Mann, ich war richtig gut im Basketball. Schnell, konnte gut springen, ich kam an jedem vorbei. Und meine Würfe waren immer drin. Und du, Weißbrot, hast du auch mal gespielt?«

»Ja, während ich auf der Polizeischule war. Hey, weißt du was, Monzo? Da hinten liegt ein Ball. Mit großen Anläufen und so ist ja hier oben nichts mehr, weil das Gitter hinter dem Korb weg ist, und das Netz auch. Aber pass auf: Wir beide machen jetzt ein Spiel. Alles oder nichts. Ein jeder macht drei kurze Anläufe. Nur drei Meter. Dann wird geworfen. Wenn du gewinnst, dann überlegen wir uns, wie wir beide doch noch an das Geld vom Günter kommen. Ist ja ein Haufen Moos. Vier Millionen. Ich wollte das vor denen da unten nicht ansprechen. Aber du, du bist ein cleverer Bursche. Mit dir kann man Deals machen. Was meinst du?«

Jetzt grinste der Monzo und zeigte einige seiner Goldzähne. Vorne, im rechten Schneidezahn, da hatte er sich sogar einen Diamanten oder so was einsetzen lassen, das musst du dir mal vorstellen. Also, für mich wäre das ja nichts. Weil, wenn der Stein mal rausfällt aus dem Zahn, und du verschluckst den auch noch … Da möchte ich mir jetzt lieber nicht vorstellen, was du da auf dem Klo alles anstellst, um den Stein wiederzukriegen. Ich hab nämlich mal einen Olivenkern verschluckt und das hat mir schon gereicht.

Auf jeden Fall, der Monzo witterte Morgenluft, schlug dem Auer kumpelmäßig auf die Schulter und sagte: »Du bist viel schlauer, als ich dachte. Komm zu uns in die Firma Mann, da kannst du es weit bringen. In meiner Truppe. Los, du fängst an.«

Der Auer holte den schlaffen Ball, blies darauf, wischte ihn an seinem Hosenbein ab und stellte sich ungefähr drei Meter vor dem Korb auf. Er setzte einen Fuß vor, ging in die Bückhaltung, aber Monzo hob den Arm: »Mooooment, Digga. Das muss ich erst nachmessen.«

Er ging zum Dachvorsprung, schaute noch mal kurz hinunter, dann machte er von der Stange mit dem Korb aus drei große Schritte auf den Auer zu. »Da, schau, du musst noch ein bissel zurück, Mann. Dahin. Stell dich genau da hin.«

Damit zeigte er auf einen Punkt hinter Auer. Der seufzte, ging etwas zurück und nahm seine Position wieder ein: »So gut?«

»Jepp. Ab dafür. Erster Wurf. Start.«

Der Auer lief kurz an, stoppte und sprang hoch. Etwas unbeholfen bugsierte er den Ball durch den Ring: »Eins-null. Hast du gesehen? So geht das!«

Monzo winkte ab, grinste, der Auer warf ihm den Ball zu, und der Dicke suchte den Anlaufpunkt: »War das hier, oder was? Hier? Hey, wie teilen wir?«

»Das Geld? Halbe-Halbe.«

»Geil. Weißt du, wo es ist?«

»Nein. Wir tauschen dann aus, wer was weiß, vielleicht finden wir es ja zusammen, okay?«

Monzo nickte grinsend und drehte den Ball in seinen Händen: »Bleib da neben dem Korb stehen, Digga, dann sehe ich besser, wo ich abspringen muss. Schließlich bin ich viel kleiner als du. Gut?«

Ich brauche dich nicht zu fragen, ob du weißt, was jetzt in dem Dummkopf vorgeht, oder? Der denkt sich: Warum soll ich mit dem Weißbrot einen Deal machen, wenn der auch nicht mehr weiß als wir. Im Gegenteil. Wenn der jetzt gleich mal über die Kante weg ist, haue ich ab. Der Ahmad ist zwar ein netter Bursche, aber nicht blutsverwandt. Und irgendwie wird er da schon rauskommen. Ich kann ja immer noch die Polizei rufen.

Das alles ging dem dicken Monzo jetzt durch den Kopf, ja, was glaubst du denn?

Also schaute er auf den Boden, spuckte kurz aus, kniff die Augen zusammen und rannte los. Direkt vor dem Auer sprang er aber nicht ab, sondern drehte sich im Lauf, immer noch den Ball zwischen den Händen haltend. Er setzte zu einem klassischen Eishockey-Bodycheck an und der Auer wich ihm in allerletzter Zehntelsekunde elegant wie ein Torero aus. Olé.

Und der Monzo flog über die niedrige Brüstung wie ein besoffener Albatros, riss die Augen und den Mund ungläubig auf, drehte sich einmal auf dem Weg nach unten wie ein Kunstspringer und schlug dann dumpf auf dem Rasen zwischen den Bäumen auf.

Ein kleiner Hund, der gerade sein Bein an einer Birke hob, schaute zweifelnd auf den Fleischberg neben ihm und dann misstrauisch nach oben.

Der Auer winkte ihm zu: »Sorry, Kumpel. Ging nicht anders.«

Dann zog er sein Handy aus der Tasche und wählte die Nummer vom Lechner: »Grüß dich. Ich möchte einen Selbstmord vor der Wohnung melden, du weißt schon. Rufst du den Schnitzler an? Aber warte damit noch fünf Minuten.«

»Klar. Ich schick in fünf Minuten den Kriminaldauerdienst, dann erst ruf ich den Schnitzler an. Muss ich die Wohnung erwähnen?«

»Nein. Da drin ist nichts passiert. Und wir wischen alles ab, bevor wir verschwinden.«

»Wir? Wer ist wir?«

»Ach, das redet man so dahin, vergiss es. In der Wohnung war nichts, also hast du keinen Grund, die Jungs da reinzuschicken. Der Selbstmörder ist vom Dach gesprungen. Ein übermütiger Kerl, der da oben Bälle im Korb versenken wollte, keine Ahnung, ich war ja nicht dabei. Depressiver Suizid, wenn du mich fragst.«

»Ach so, ja dann. Und warum warst du in der Nähe, nur mal so vor mich hin gefragt?«

»Ich war mit dem Hund unterwegs.«

»Auer, du hattest nie einen Hund.«

»Aber ich denke dran, mir einen anzuschaffen. Die Leine hab ich schon. Echt jetzt. Übrigens, weißt du schon was von der Grünwald-Aktion?«

Der Lechner lachte hart auf: »Ja klar. Die SEK-Jungs haben insgesamt zwölf Leute festgenommen, zwei sind verletzt. Einer ist tot.«

»Wer?«

»Uninteressant. Den alten Miro, seinen Sohn Slatan, zwei Frauen aus dem Clan und ein paar Muskelberge haben wir mitgenommen, die sitzen bereits im Präsidium. Wird nicht mehr lange dauern, bis die Crème de la Crème der Münchner Strafverteidiger hier zum Plausch versammelt ist. Aber wir kriegen sie wegen Waffenbesitz und Verbreitung von Falschgeld dran. Hoffentlich jedenfalls.«

»Was ist mit den zwei Mitspielern?«

»Den alten Mann aus Rosenheim haben sie gehen lassen, nach Rückruf bei mir. Und den Geldscheißer-Franz müssen wir ein paar Tage in der Zelle braten, sonst merken die Miros, dass der uns einiges durchgestochen hat. Würdest du bitte jetzt freundlicherweise deinen imaginären Hund an die Leine nehmen und von dort verschwinden?«

»Wir sind in fünf Minuten ab jetzt weg.«

»Danke, Auer. Hey, und pass auf, dass sich kein Selbstmord mehr ereignet, solange du noch am Haus bist. Over und Ende.«

# NACHWORT 1:
# ICH HAB DA NOCH EINE FRAGE.

Dem armen Ahmad, der in der Wohnung vor Angst zu sabbern anfing, dem haben sie erzählt, dass er alles, was er hier gesehen hat, ruhig an die Miros weitergeben kann, ja, sogar muss. Als Botschaft, sozusagen.

Und dann hat sich der Auer vor den schockstarren Kerl hingestellt, breitbeinig wie Al Pacino in »Der Pate«, hat die Augenbrauen hochgezogen und wie Al genuschelt: »Du bleibst am Leben, weil du eine Botschaft bist, hast du kapiert, was ich dir gerade vorhin erzählt habe? Ja? Dann nicke.«

Und Ahmad nickte. Nicht ein- oder zweimal, nein, er nickte in einer Tour, das musst du dir jetzt mal vorstellen, der Kopf von dem Kerl ging schnell auf und ab wie bei einem uralten Headbanger im Seniorenstift, der es zu einer Musik, die nur er in seinem Schädel hört, noch einmal richtig krachen lässt.

»Gut«, meinte jetzt auch der Auer, allerdings immer noch patenmäßig: »Wenn du den ›Paten‹ gesehen hast, mein Junge, dann kennst du die Szene, in der Vincent Corleone, also, der Andy García, einen von den zwei Burschen erschießt und der andere ist die Botschaft. Du, du bist jetzt dieser Bote. Was also musst du sagen?«

»Dass sie euch in Ruhe lassen sollen, dass der Günter und sein Geld ab jetzt tabu sind, weil ihr sonst kommt und uns alle holt, und, gegen euch, da sind die regulären Bullen ein Haufen Ziegenscheiße. Ist das gut so?«

»Ungefähr. Ist noch was? Wenn nicht, kannst du abhauen.«

»Wo ist Monzo?«

Der Auer stellte sich wieder normal hin, räusperte sich und schaute auf seine Uhr: »Du meinst, jetzt, im Moment? Na ja, wenn das alles stimmt, was man euch so vom Jenseits erzählt, dann kriegt er wohl grade seine 72 Jungfrauen überreicht. Läuft das eigentlich gegen Quittung, weißt du das zufällig?«

Wenig später, sie waren schon seit ein paar Minuten wieder auf der Autobahn in Richtung Rosenheim, klopfte der Danny dem Auer von hinten auf die Schulter. Der schaute in den Rückspiegel: »Ja? Was ist, mein Freund?«

»Sag mal, Max, kann ich die Mausefallen behalten? Der Arnie und ich, wir haben uns da ein neues Geschäftsmodell überlegt, während du auf dem Dach oben warst.«

# NACHWORT 2: ALLES KLAR?

Jetzt wirst du sagen, da sind noch einige Dinge, die du gerne wüsstest. Wie das mit der Rosi und dem Laden weitergeht, zum Beispiel. Ob der Auer Max endlich den Mut aufbringt, um seinen Heiratsantrag an die Frau zu bringen. Oder das mit der Friedl und dem Manfred: Kann das gutgehen? Wie will er die neuen Möbel finanzieren? Ja, und was ist eigentlich mit der Silikon-Wally und dem Günter? Und wer ist der Kerl, der in Rosenheim plötzlich anfängt, junge Prostituierte umzubringen? Ich würd's dir echt gerne noch erzählen, aber ich muss jetzt wirklich weg. Ehrlich. Also dann: auf bald.

# DIE SPEISEN